我们需要的一切，

是在那些能够影响我们、

时时置我们于伟大而自然的事物面面的环境中生活。

——里尔克

高原之上

离阳光最近的人

应该成为我们时常关注的群体

他们的西藏

是从孩子们的歌声中开始的

只有太阳，能追上万水千山

生命的肉体，触摸大地，像触摸无可抵挡的力量

那闪烁着的，是人的光芒，也是大地的光芒

无论是坚硬的石头，还是卑微的泥土、河流、山岭

只要有太阳照临，都会放出熠熠的光芒

孩子

喜玛拉雅山和雅鲁藏布江蕴育的美丽精灵

他们醉心于蓝天、白云、冰川、雪山、荒野、河流、牛羊

还有天真烂漫、格桑花一样的孩子，笑语如歌

大美高原，超越了生命本体的存在

行走中蓦然闪亮的天光，照映了灵魂

略则市儿童福利一院

他们从孩子的笑脸中

体验到了一种无法言说的高贵

秋天来了

我看见一株沉甸甸的青稞

深深地弯下了腰

亲吻大地

倾听高原呼吸，浇灌大地

梦想，是一朵朵格桑花的图案

工作队三年时光，留下的记忆，太多太多

"不后悔来一趟西藏"是一辈子的最美回忆

《西藏人文地理》书库

阳光陪伴成长

黄恩鹏 著

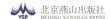
北京燕山出版社
BEIJING YANSHAN PRESS

图书在版编目（CIP）数据

　　阳光陪伴成长 / 黄恩鹏著. -- 北京 ： 北京燕山出
版社, 2019.6
　　ISBN 978-7-5402-5404-9

　　Ⅰ. ①阳… Ⅱ. ①黄… Ⅲ. ①纪实文学－中国－当代
Ⅳ. ①I25

　　中国版本图书馆CIP数据核字(2019)第115511号

阳光陪伴成长
YANGGUANG PEIBAN CHENGZHANG

黄恩鹏 著

作　　者　黄恩鹏
责任编辑　朱 菁　任 臻
责任校对　杜 睿　张瑞武
装帧设计　柒拾叁号
社　　址　北京市丰台区苇子坑路138号嘉城商务中心C座
电　　话　01065240430
印　　刷　北京文昌阁彩色印刷有限责任公司
开　　本　889mm×1194mm　1/32
字　　数　200千字
印　　张　12
版　　次　2019年6月第1版
印　　次　2019年6月第1次印刷
定　　价　48.00元
出版发行　北京燕山出版社
　　　　　BEIJING YANSHAN PRESS

目录

序

今年，是西藏民主改革 60 周年，是个吉祥年。

新旧西藏的鲜明对比，人们生活的巨大变化，无一不在证明：国家高瞻远瞩的对口支援战略，维护了民族团结，促进了地区经济、文化、教育的跨越式发展。援受两地，心相连、一家亲，为经济的长足发展、民生的显著改善、社会的长治久安，做出了积极的贡献。可以说，西藏的一草一木、阴晴冷暖，时时刻刻，牵动着援藏干部的心。

促进各民族像石榴籽一样紧紧抱在一起。援藏就是援心。社会各界，唯有大力培育中华民族共同体意识，牢牢抓住和把握改善民生、凝聚人心这个出发点和落脚点，倾心致力于日喀则经济发展，着力解决群众最关注的现实利益，躬身为民。将全部的精力，用在增强各族人民的向心力和凝聚力、加快建设幸福日喀则、人文日喀则的美好愿景的实现上来。

　　孩子是雪域高原的格桑梅朵，孩子是民族灿烂的未来。著名作家黄恩鹏以纪实的手法和深情的文字，讲述了黑龙江省第六批援藏队员与日喀则福利院、桑珠孜区二中的孩子之间的互相陪伴、共同成长的高原故事。

　　一束光，可以照亮一个角落；一束光，可以点燃一个希望；一束光，可以放飞一个梦想；一束光，是世上所有的温情。孩子们在老师们的悉心关怀和教育下，学会了坚强、懂得了感恩、树立了远大的理想。

　　在雪域高原，援藏队员们筚路蓝缕，仰望苍生，风尘仆仆，奔走于珠峰脚下，为孩子们的健康成长、为藏族乡亲的幸福生活而努力奉献。他们深知，与孩子们日常守护、相濡以沫，关心他们的生活和学习，不一定就是惊天动地或者说了不起的大事。但是，谁会说，持之以恒地对孩子们的陪伴与呵护，不会成就未来的家国大业呢？

孩子的成长，有了温暖和关爱，生活就会有方向，学习就会有动力，成绩就会有提升。全体援藏队员，始终相信，那些幼小心灵里，都有一颗参天大树的种子，在发芽、在吐蕊，向着阳光，健康成长。黑龙江省第六批援藏工作队的队员们，仿佛就是那些手执火把的高原跋涉者，他们胸怀家国，站在高处寻高处，把使命和担当，作为人格修为，作为理想追求。

他们在实现小我的同时，实现了大我的升华，生命精神，与高原同在。

"不忘初心，牢记使命"是黑龙江省第六批援藏工作队队员坚守的信念和担当的责任。三载寒来暑往，伟业百代千秋，他们坚持不懈地在工作之余，以挚爱的情怀，专注去做一件事、一件公益的事。

黑龙江省第六批援藏工作队的"阳光系列公益行动"告诉我们，他们为孩子们所做的一切，其实很简单，但却足以慰藉生命心灵。阳光行动，大德永存，大爱永在。

西藏自治区文学艺术界联合会

《西藏人文地理》杂志

己亥年六月

第 一 部

亲 爱 的 格 桑 梅 朵

梦想，是一朵格桑花的图案。

嗨，姑娘

1. 女孩次仁吉巴

藏族小孩，他们非常害羞。上课回答问题时，眼睛不敢看老师，总是低头小声地说。老师主动跟孩子说话，孩子也总是低着头躲着，不敢直接用语言来交流。

但是现在好很多了。孩子回答问题的时候，站起来，先是向老师笑笑，然后再回答。向老师笑一下，其实就是在心里接受了这位援藏老师。

这是庞颖老师三年来感触最深的。

而不管这些孩子回答的问题是对还是错，当老师的，最后只要给孩子一个好的评价，孩子总会羞涩地笑一下，然后，规规矩矩坐下。孩子们的心理发生了变化。

庞老师到班级上课，有个小女孩儿跑到她跟前问：老师，你什么时候还到我们那儿去上课呀？庞老师知道这个孩子一定是福利院的孩子。庞老师马上想起在福利院上课时，这个小女孩儿坐在第几排、哪个位置、上课时的样子。

她叫次仁吉巴。

桑珠孜区二中的英语课有时候两节课连着上，中间10分钟休息。

庞老师找到了次仁吉巴，她正在跟同学踢毽子。庞老师叫次仁吉巴，次仁吉巴跑了过来，仰着小脸儿，看着庞老师。庞老师问她这节课有什么不懂的问题没有。

次仁吉巴忘了要说汉语，也可能说不好，就说藏语。庞老师听不太懂。庞老师说的话，次仁吉巴却能理解一些意思。后来慢慢，庞老师也能从次仁吉巴的话里听出一些意思了。从最开始的能说一句、两句或者三句，到课间次仁吉巴主动跟老师说"老师，作业，我昨天写得不好。没写，我。"虽然汉语说起来不那么流畅，有的时候还"倒装"，但从她的言语中，庞老师明显觉到次仁吉巴很喜欢和老师交流，也喜欢和老师亲近。

次仁吉巴需要更多的关爱。

次仁吉巴能听懂老师的话，老师也能听懂次仁吉巴的话了。

两人都有进步。

庞老师感觉挺神奇的地方，是次仁吉巴有时说藏语时，自己也能从她的表情和语态中理解意思了。虽然庞老师还不会翻译，但已经知道她说的是什么意思了。

有一次庞老师对次仁吉巴说，想邀请她到公寓来玩儿。想法很简单：就是想多教她一点儿，提高一下分数。庞老师感觉做得挺好。但是后来却发现，不光是要教次仁吉巴学点儿什么，还要多给孩子一些关爱，这才是孩子最想要的。

那天周末下午下课，次仁吉巴走到庞老师面前说：老师，我星期天上你家？

好啊，欢迎。

星期天这天，教地理的王世君老师骑着电动车，将她接到了庞老师所在的教师公寓。

庞老师做了简单的准备，为她准备了一些学习用品、衣服、小零食、两本书，等等。

次仁吉巴来了，有些拘谨地坐在沙发上看书。小茶桌上摆着次仁吉巴爱吃的橘子、苹果和点心。后来次仁吉巴不那么拘谨了。师生两人交流得非常好，聊天、看电视。看到开心时，次仁吉巴的小脸上洋溢着灿烂的笑容。庞老师的心里也有了一束温馨的阳光。

虽然交流存在着一些语言障碍，但相互都能明白对方的心意。

走的时候，庞老师用英语说：次仁吉巴，你要好好学习。你将来学好了，到黑龙江上大学，然后你告诉我，我去看你。

次仁吉巴说：英吉格拉（英语老师的意思），我挺喜欢的！你的东西多得很、好得很，然后你要回家了。我想你会的（我会想你的）。我一定要学习努力（努力学习），考上黑龙江，在黑龙江上大学，到时候我还去你家做客。"

次仁吉巴用她并不熟练的英语加汉语，回答她的老师。

对于像次仁吉巴这样一个从小在藏区长大的孩子来说，英语已经是他们的第三种语言了。藏语是她的母语，然后是汉语。英语是他们的第三种语言，其语序与句式，是一个崭新的模式，接受起来很难、很难。当然最大的问题，是理解上的问题。

还有他们的自身的条件与境遇。但孩子们没有自卑，仍然很努力、很刻苦。

次仁吉巴和卓玛拉姆，这两个女孩儿玩得挺好。她们俩，每到星期五，就问来"阳光夜校"上课的王鸿飞老师，这个星期六和星期天，庞老师来不来上课呢？

福利院的这两个孩子的英语课，都是庞老师教的。

次仁吉巴 2004 年出生，今年 15 了。她今年上初二，成绩有些下降，没有以前那么理想了，她总是觉得不好。庞老师就跟她说，哪天你上我那儿去啊，老师给你做东北菜，让你尝一尝！次仁吉巴羞涩地笑："老师，不好，成绩。"意思是成绩不好，哪好意思啊。庞老师就说，到老师家不需要成绩好不好的，老师就需要你高兴。老师给你包点儿饺子，酸菜馅儿的。

庞老师知道次仁吉巴是乒乓球队员，一次比赛因为错过了饭点儿，到工作队那边的食堂吃饭。工作队食堂那天好像做的东北酸菜炖排骨粉条，次仁吉巴很爱吃，回来后，就一直跟小伙伴们炫耀。

有一天上课，次仁吉巴的校服里面穿了一件庞老师给她买的 T 恤衫。

课间的时候，她怯怯地走到老师身边。她可能要说话，但又不会说这衣服挺好看、挺漂亮的，不会说些客套的感谢话。

她说：老师，看！

往哪儿看？没明白。

她说：看我。

哦，看到了。次仁吉巴的校服里面穿着庞老师给她买的 T 恤衫。

老师说：好看。特别喜欢，喜欢。

像次仁吉巴这样的小女孩儿，她们不会主动表达什么，但她们会猜想老师的一举一动和表情。时间长了，援藏老师和蔼可亲，让孩子们不怎么害怕了。有时候老师没进教室，就能听见声音吵吵的。而当老师进来了，站在讲台时，瞬间，吵吵声一下子停止，孩子们起立，等待老师上课。

2. 男孩欧珠

庞老师刚刚来上课时，这个班是英语成绩排名第七。现在是第三。

一开始，他们就是不学。

经过多次课堂磨合，现在上课的状态不一样了，能够互动起来，主动思考和回答问题。回答问题的嗓门儿也大了，这就很不简单了。因为从一开始的语言交流不了，到现在他（她）能跟老师互动了。而且现在当老师的都知道，要是真正进行一节全校公开课的时候，老师必须要与学生一起提前准备。

现在这个班级的公开课基本上不用庞老师跟他们准备或

演练了。和平时上课一样,他们和老师的互动也非常好。老师做到不落下一个问题,不丢下一个学生。

与学生磨合,近于完美。

以前,庞老师上课非常严肃。现在她忽然觉得英语教学应是快乐教学,不能生拉硬扯,强迫孩子背诵单词和句子,就和他们一起开玩笑,一起大声对话。老师和学生,教学相长,相互获益。老师教了他们知识,他们也教了老师如何快乐。

孩子们用一种生活态度,告诉老师,怎么去教育此前从来没接触过的藏族孩子。

庞老师觉得自己也在成长。

有个小男生不听讲,还在课堂上说话。

庞老师说:欧珠,你到我这儿来。本意是他在下面不好好听,让他站在旁边听,监督他学完这一课。

这个叫欧珠的学生到了英语老师前面，扑通跪下了。

吓了庞老师一跳！

欧珠，你干什么？快起来！老师不是体罚你，快起来！欧珠仍是跪着不起来。庞老师急了，说：欧珠同学，抓紧时间起来！

下面能听懂汉语的学生用藏语告诉欧珠：你起来。老师让你起来。

欧珠起来了。

庞老师说，你站在这儿，拿着笔记本听老师讲课，你没听懂，要举手问老师。

后来欧珠就在课堂上经常问：老师，我可以到前面去听课吗？其实他觉得站在老师身边听课效果挺好。虽然教室前面的空间狭窄。

庞老师说，欧珠，这样吧，你把凳子搬到前面来听。欧珠说：我站着就行，老师。

那年的第一学期是在三中。庞老师就要离开三中到二中去上课了。学生们舍不得，有的女生还哭了，欧珠更是哭得不行。

庞老师离开的那天，欧珠跟庞老师说了一句话：老师，你没打过我，我学会了，记住了。这话说得特别慢。然后欧珠突然带着全班同学大声给老师唱了一首藏族歌曲《嗨，姑娘》。

——藏语的意思，是表扬勤劳能干的姑娘卓玛。

学生们用充满少年朝气的嗓音，来表达对他们的女英语老师——庞老师的尊敬和喜欢。

美好始终相随

1. "元帅"次旦欧珠

苑仁成老师从三中到二中过来的时候，接的是三年五班的化学课，班上有一个孩子叫次旦欧珠。次旦欧珠以638分的好成绩，考到了内地四川棠湖中学西藏班。

四川棠湖中学在成都双流县，整个日喀则，就两个学生考到了这个内地学校。其中就有三中的次旦欧珠。

次旦欧珠是一个好孩子，苑老师很喜欢这个学生，给他起了个名儿叫"元帅"。

为啥叫"元帅"呢？

个儿高挑、健壮，声音宏亮，总之，次旦欧珠在同学中的号召力，有时候要超过老师。因此叫他"元帅"，也是名符其实。他能统领 45 个学生一起把学习搞好，提高成绩。

苑老师刚刚接触这个班级的时候，这个班级的化学课基础差到了极点。次旦欧珠的化学成绩也很差，但是他和这些孩子一起，能跟上苑老师的步伐。而且，每一次苑老师留的作业，他和同学，都能按时完成。

学校里大部分孩子都是日喀则市区的，次旦欧珠是从农村来的。他的家庭结构很特殊，他爸爸和他叔叔，都是三个孩子。他爸爸养不过来，于是次旦欧珠就寄养在姑姑家。

次旦欧珠特别优秀，对老师特别尊敬。他坐第一排，课堂上苑老师要是标个重点，没带笔，就会跟坐在第一排的次旦欧珠说：次旦欧珠，借我个笔。

次旦欧珠这时就把自己的笔双手恭敬地捧给老师。

期末考试，次旦欧珠的化学考了 83 分。班级里有 5 个学生考到了内地西藏班，次旦欧珠是其中的一个，他的成绩是 5 个学生中最好的。

分数公布时，正值暑假，苑老师在黑龙江齐齐哈尔。次旦欧珠用手机给老师发了一条微信，告诉老师他的总分数。

次旦欧珠以 638 分的总成绩，考到四川棠湖中学。知晓了消息的苑老师与次旦欧珠的父亲通了一个电话。可是，对方一句汉语都听不懂。

苑老师返回日喀则。这时候次旦欧珠也到学校拿录取通知书。苑老师看到次旦欧珠满身是泥、蓬头垢面，站在他面前。

很显然，他是从家里过来的，风尘仆仆，走了很远的路。次旦欧珠说他父亲开着小三轮来城里了，他自己到学校来看看老师。

次旦欧珠这个样子有些滑稽，也有些可怜。苑老师有些心酸，想起了刚刚来日喀则的时候送儿子上大学的情景。苑老师说：次旦欧珠啊，今天老师要给你换一身新衣服。

苑老师就领他到山东路的一个商店。苑老师说：次旦欧珠，相中了哪件衣服，老师给你买。老师负责讲价，你不用管花多钱。老师要给你的行头换换。从里到外，全都要换。

苑老师想给他换一套新衣服去上学。

换完了新衣服之后，苑老师问次旦欧珠，你父亲上哪儿去了呢？次旦欧珠说父亲去磨青稞面去了，完了还要买一些哈达。

次旦欧珠邀请苑老师到他家去吃饭，也是当地的学子宴。他们这儿也有这个风俗，但不像内地那么隆重、铺张。次旦欧珠说就是家人和亲朋好友们，坐在一起欢聚欢聚，喝酥油茶和青稞酒，祝贺祝贺。他真诚地邀请苑老师，参加他的家庭为他举办的升学庆祝酒宴。

苑老师有课要上，不能去参加他的家宴。后来次旦欧珠就把那天吃饭的视频发给苑老师了。

次旦欧珠的入学通知书来了，但需要办一张农行卡。次旦欧珠的爸爸一个汉字也不认识，还没带身份证。苑老师就用自己的身份证，给次旦欧珠办了一张农行卡。

次旦欧珠跟老师微信联系。他是索朗普尺老师的学生。五四青年节那天演节目，他在四川棠湖中学给苑老师和索朗普尺老师发微信视频。他说：老师我们放假了呢，你们干什么呢？

苑老师说你看现在你们老师班的同学在登台表演呢！就给他直播了一段。

苑老师说自己其实没给孩子更多的资助，只是一百二百的给他打到卡里，或者是到了什么节日给他发个红包。当然，孩子也特别感谢。

次旦欧珠现在上高二了。他和苑老师一直保持联系。

"我感觉挺有成就感的。"苑老师说。

次旦欧珠，一个藏族孩子，以638分的总成绩，名列全校升学成绩的第3名。不容易！

2. 盯住云旦多吉

云旦多吉是小学五年级下学期来福利院的，现在是桑珠孜区二中初三七班的学生。

苑老师刚接触云旦多吉的时候，他正在读初二。

有一次二中要开家长会。此前一天，学生们都兴奋不已地相互询问家长谁来呀，能说什么呀，等等。学生们的心情也是复杂的，聚到一块儿，说这些。

苑老师想起了自己带过儿子六年：初中三年、高中三年。苑老师一直负责给儿子开家长会，看到那些学生的眼神，知道他们心里在想什么。内地开家长会时候，孩子成绩不好的家长，压力特别大，也没面子。苑老师的家离儿子的学校非常近，有一次苑老师的儿子站在阳台看爸爸开完家长会，闷闷不乐往家走，当时儿子校榜排122名，非常不好。而每次孩子考好的时候，做家长的，都要跟一些孩子的家长聊天，问问人家的孩子考了多少，说说自己的孩子考了多少，相互夸赞一番。儿子那次考了122名，苑老师掐着名单，一句话没说往回走。儿子看见爸爸不高兴地回来了，就对妈妈说：坏了，我爸要打我了。苑老师一进屋，儿子就面带微笑迎出来了，问他考了多少名。爸爸说，儿子啊，你考得挺好啊，122！孩子妈妈说，咋那么不好呢？没想到，儿子非常幽默地说了一句：也不错了呀，没考123顺的号呢。一句话把两个大人逗乐了。

其实苑老师很愿意接触像儿子这般没心没肺、天生乐观派的孩子。

苑老师问几个学生的家长谁来，云旦多吉躲在了一边儿，显得很孤独、很落寞。苑老师走过去问他：云旦多吉，你家谁来呢？

云旦多吉沮丧地低声说：老师，我是福利院的。

一句话问完，苑老师就后悔了，说出的话收不回来了。会不会伤了孩子的自尊呢？苑老师见云旦多吉把头低下了，不敢看他。苑老师说，云旦多吉，没事，明天我来做你的家长。

其实，第二天开家长会时候，苑老师还真的没去，因为上课。再说来了也听不懂藏语。但是，云旦多吉这个孩子，从此就在他的心里装着了。

从那以后，苑老师就经常关注他。他上化学课，也特别努力，学得认真，作业按时完成，成绩也不错。

福利院的孩子个人卫生习惯搞得不好。云旦多吉头发长长，衣领子油乎乎的，脸上始终像有灰似的，身上有味儿。冬天的一天，苑老师领着云旦多吉到公寓洗了澡，给他搓搓背。还找来了范老师和唐老师到寓舍来，给云旦多吉理了发。

给孩子洗澡的时候，发现孩子还穿着单裤。苑老师说，云旦多吉啊，都这个季节了，你怎么还没穿绒裤呢？云旦多吉说没买。看来不及了，苑老师就把自己刚刚买的一条绒裤给云旦多吉穿了。第二天上街，又再买了一条绒裤。

苑老师感觉云旦多吉就像自己的孩子一样。如果儿子在哈尔滨上学打电话要钱买绒裤，苑老师一定很快地把钱打给他。孩子不懂得寒天添衣，但是大人要想着。云旦多吉这孩子，因为是孤儿，因为就在自己身边，当老师能做到的，或许也就这些了。

云旦多吉老实，品质好。有一次他从苑老师的寓舍离开，因为苑老师没时间送他，就让他坐公交车回福利院。孩子没钱，苑老师给他拿了10块钱，是两张5块的。

云旦多吉说，老师，一张就够了，拿了一张。苑老师感觉这孩子品质好，不乱花钱。

上初三时，云旦多吉有时候到苑老师的寓舍来写写作业、背背题，挺用功。到初三下学期，就没时间来回跑了。苑老师有时候考完试，便把他找到办公室，聊聊天，说说话。

云旦多吉之前在学校全年级排80名。但是这次考得不好，排到了123名。英语考了17分。苑老师有些发愁。因为好几个学生英语都是60多分、70多分。苑老师对云旦多吉说，云旦多吉，英语考得这么差，理想去哪儿了呢？

云旦多吉没有听出弦外之音，仍是信心满满：老师，我想上北高，想上拉萨！

那你得努力，在全校你必须得进前50名，才有希望考到拉萨。

在二中全校排名前50名，就能进内地的西藏班。苑老师

就跟他分析英语成绩：你的数理化都行，从以前的成绩看，你在班级排过前 5 名，但是现在呢，成绩下滑得太多！

云旦多吉在校期间的表现不错。苑老师跟他的班主任老师卓玛央金每次都会聊到他。卓玛央金老师说，是这样啊，这个孩子，也不知道怎么了，不确定的因素太大了。

苑老师跟卓玛央金老师说：盯住云旦多吉，不能让他贪玩。现在的孩子，一不注意就会跑偏。还因为他是孤儿，也因为他是援藏工作队特别关注的孩子。

孩子老实，会听老师的话。哪个课不行，就给他补哪个课。后来云旦多吉在两个老师的督导下，成绩上来了。

3. 老师病了

班里有一些孩子来自外县牧区，在日喀则没有家，在学校寄宿。

苑老师到三中比较晚些，还没有完全脱离高原反应就走进了课堂。

走进课堂的第三天，高反更加强烈了，简直就撑不住了。于是，苑老师就去医院输液，然后直接进教室给孩子们讲课。那天，苑老师的手背带着扎针的胶布。学生看到了，瞬间静息了。苑老师惊奇地发现有几个孩子哭了。

下课后，苑老师问班长次旦欧珠：同学们为什么哭呢？

次旦欧珠告诉苑老师：

你输液了，就要喂鹰了！

知道啥意思吗？

孩子害怕输液。

不是苑老师教的知识如何打动人家了，也不是说苑老师个人有什么魅力了，而是老师在他们的心目当中，或许就是要离开人间的人了——老师输液了！

他们想着，老师就要喂鹰了！

虽然输液对于内地人来说，可能是一件最平常不过的事。

谁的梦里藏着一把钥匙

　　有些孩子卫生习惯不是很好。天热了，孩子们爱跳爱蹦的，上课的时候，教室里面不洗脚的孩子、不讲卫生的孩子，身上就会有一股子味儿。

　　马海云老师忍不住了。问孩子，晚上洗不洗脚呢？

　　答：一周能洗洗。

　　明白了。平时没这习惯，味儿也就有了。马老师心里头挺难受。

　　周末，马老师约另外一个老师到日喀则超市给孩子买袜子，反正是均码号的，特别是男孩，脚大，每个小家伙，都多买个三双五双的，一大兜子。

　　男生次仁罗布就问：老师，你买这么多袜子干嘛呢？是给我们的吧。

　　看看，这么敏感！马老师说，能跟老师保证一下吗？一星期七天，七天一星期，至少要每隔两天洗一次脚。要不时间长了，晚上睡觉会有虫子啃吃脚趾头，还会有苍蝇咬蚊子叮的。脚也容易得病，到最后走不动道儿了。

妈妈那种碎碎叨叨的。

每次去给孩子上课，马老师都心疼，带着吃的、喝的，还带着碎碎叨叨的劝诫：说的是古代啊，有一名少年名叫陈蕃，自命不凡，一心想干大事。一天他的老朋友薛勤来看他，见他住的屋子很脏，就对他说：你为什么不打打扫扫屋子呢？陈蕃说：大丈夫的志向是做天下大事，谁在乎一个屋子？薛勤反驳他：一屋不扫，何以扫天下？

所以呀，我们要从小养成良好的习惯，先做好自己的小事，才能去做大事。

阳光陪伴成长

老师，我们懂了。

好，那就奖励吧。谁洗脚洗手洗脸，书就先给谁看。什么书呢？很好看的书！

一部书，或因一个小细节，或因一句半句的话，就会改变一个人的理想、目标和方向。一部书，是一把钥匙，能打开梦想，开启向往，实现愿望。

除了有好书看，还要有好看的电影、有启发性的电影。马老师问：想让老师放啥呢？

《幸福来敲门》！《小鬼当家》！孩子们大声嚷嚷。

日喀则私人书店就一家，可贵可贵的了。

马老师回到大庆，组织了一次大型捐书活动。

"你捐书，我掏运费。"这些书，都是家藏的好书呢。花了800多块钱邮资。书是马老师的同事和毕业了的或在校的学生捐的——马老师在朋友圈说了一句"缺书"，三天时间，就收到了近三千册图书！这些书，寄到了日喀则，寄到了学校，给孩子看。

每个班级，都建立了一个"读书角"。

班级里都有书看，孩子们课间的时候就翻一翻、看一看，有的还找出些名句什么的，抄在了小本子上。

让心灵来个预热，让大脑活跃起来。

上课前，念一段《哈佛家训》。小孩子脑子不笨，童话的、神话的、寓言的，百听不厌。

今天读一篇小故事：《土拨鼠去哪儿了？》——

"有三只猎狗追赶一只土拨鼠，土拨鼠钻进了一个树洞。这个树洞只有一个出口，可不一会儿，居然从树洞里钻出了一只小猪。小猪飞快地向前奔跑，并爬上了另一棵大树。小猪躲在树上，仓皇中没站稳，掉了下来，砸晕了正仰头观望的三条猎狗，小猪逃脱了。"

讲完了。老师问："这个故事有什么问题吗？"学生说："小猪不会爬树；还有，一只小猪不可能同时砸晕三条猎狗；还有小猪怎么能跑得过猎狗？""还有呢？"老师继续问。直到学生再也找不出问题了，老师才说："可是还有一个问题，你们都没有提到——土拨鼠哪儿去了？"

土拨鼠哪儿去了？是啊，是啊，猎狗追的那只土拨鼠，哪儿去了呢？

因为小猪的突然出现，大家的注意力不知不觉中打了岔，土拨鼠竟然在头脑中消失了。

这个故事的道理是啊：在人生的旅程当中，要时刻地提醒自己，心中的理想或目标，哪儿去了？人一定要怀着目标前进，否则，一事无成，碌碌无为。

还有《当一块石头有了愿望》《一粒沙子的命运》《一条小面包》《假如真的希望飞翔》《永远都坐在前排》《我没有鞋他没有脚》，等等。

给孩子们念讲这些个故事时，孩子们都静静地，睁大了眼睛，看着马老师，听着马老师标准的语音，像看另一个世界、听另一个天地。

孩子爱踢足球。再买两个足球作奖励。谁的成绩好，就奖给谁。

藏族孩子对汉字的理解能力差。马老师就把女儿看的《知音漫客》，还有《飒漫画》，还有《意林》，还有《读者文摘》少年版，统统带给他们。

这次，非要动漫。寒假回去时答应了的。

那天，马老师问孩子们，这次回去，你们想要啥呢？孩子们说，老师，能不能给我们拿点儿漫画书或者是动画书？于是，瘦小的马老师，就从大庆背过来了 30 多本书。是动漫。

格林童话，觉得很简单是吧，但是读懂的同学，很少。

以童话来启发孩子，对于数学课来说，也是必要。

举个例子，今天刚批一道数学题，题目是："同角的余角相等。"这应该大家都知道了，然后把它改成"如果……，那么……"的形式，批了十个班，就听批改的老师说，这道题只有一个学生答对了。

"如果两个角是同一个角的余角，那么这两个角相等。"

就是不理解。是语法顺序问题吗？

五四那天，有一个节目叫《阿库尼玛》，阿库尼玛，什么意思？阿库是叔叔，尼玛是名称，尼玛叔叔，他们叫阿库尼玛。

初中是义务教育，但也有的家长不想让孩子上学。讲一件事吧，开学的时候，班里有个叫洛桑扎西的学生，他家很困难，他没有爸爸，妈妈有点儿残疾，属于低保家庭。这学期一开学，洛桑扎西的妈妈就让洛桑扎西去学唐卡去了，死活就是不让孩子来上学了。边桑老师上他家四五趟，劝说孩子的妈妈，终于，把洛桑扎西给找回来了。

马老师找到洛桑扎西问，听说你喜欢学画画？洛桑扎西点点头。是啊，学画画，没有文化，画得再好，没有内涵，缺少内在，咋能说是画得好、画得成功？知道唐卡大师都有谁吗？知道他们画的唐卡的价值吗？那里面蕴含了多少故事、多少意境与神迹？

马老师就把带来的两本绘画基础训练的书《石膏几何体》《素描静物》给了他。

语言存在障碍。

马老师说，学生们从初一开始就得背乘法口诀，背到现在了，还有几个孩子不会。到了初二还背：一一得一，一二得二。乘法口诀、完全平方数、立方数，都一遍一遍背过，天天都背，还都不会？没走心，只走在了嘴边边了。好的习惯少，就算不错听话的，基础知识掌握得也非常不好，文化课的基础底子，实在太薄了。以后建议援教啊，要从最早的幼儿园开始。现在这样，在小学，在初中，拔苗助长。

天生的，就是一个爱管家的人。

马老师还把自己积累多年的教学课件和导学教案跟组内的老师分享。

本地老师也开始吸收先进的多媒体教学。马老师带了两个年轻老师：次仁卓玛和拉真。帮她们做课件、磨课、设计课程。

次仁卓玛老师在她的帮助下，在全市赛课中取得了二等奖的好成绩。

那年，大庆电视台采访了马海云老师。学生们知道了，发来了信息——

索朗卓嘎：马老师，您教给我们的知识和教诲，我们会铭记在心。

亚拉姆：老师，我们想你。祝老师身体健康，万事如意。

降央：感谢老师您对我们的悉心照料，祝老师扎西德勒。

偶尔欺负一下老师

廖青梅老师接手现在这个班的时候，物理只有两个及格的。

大面积的荒芜，必须要改变。暗淡几天，就会耽误萌芽。拿出绝活来！廖老师就搞实验教学、思维训练，半个学期，这个班就有五六个及格的了，再往后，越来越多及格的。班级名次，也由学年第八，前进到了第二。

在与班级中学习好的学生交谈时，他们说听了廖老师的课，知道该怎么做题了。

你说神不神。

在廖老师看来，所谓师者，授业传道解惑者也，这没错。但是，作为教师，要想得到学生们的认可，特别是能把学生的成绩提高上去，还得靠扎实的学识和多年来的丰富阅历。

学识是手到擒来的问题，庖丁解牛般地，层层剥笋般地，将问题的核心找出来。

阅历就是判断能力、学与教的经验，是教学相长，教学互补，相得益彰。

但是，总有调皮捣蛋不爱学习的小家伙，听不进去，脑子是真空包装的。因为廖老师长得矮小，且又属于面善的那一类老师，学生一般不怕的。

也有偶尔欺负一下老师的事情。一次上课，有个小男生说话，廖老师几次发出警告，不听。廖老师生气了，急匆匆地走下讲台——廖老师想走到那个孩子跟前，说他几句。没想到，那个小男生顽皮惯了，见廖老师走过来，还没走到他那儿呢，起身跑了。嗖嗖嗖，那种跑。边跑还边回头，像是气老师。这半大小子，瘦小的廖老师哪里能追得上？但也得追，不能让他

跑出教室，那成何体统！于是廖老师就在后面追。

教室的地面刚刚用拖布拖过，水还没干呢，廖老师脚下一滑，咚的一声，摔倒了。

很严重，腰也得摔断了吧？

老师突然的摔倒，让刚刚还有点儿噪声的教室，一瞬间静寂，声息全无。

捣蛋的男孩儿也害怕了，羞愧难当回到了座位，心怦怦地跳。

廖老师抬头一看，学生们都呆坐那里，眼睛里流露出了惊恐的目光。善良的孩子们，从来就没有遇到过把自己的老师气得摔倒了的这样的"恶性"事件。

他们很害怕、很惶恐。

廖老师呢，急忙爬起来，好像是自己做错了什么。笑着对呆若木鸡的学生说：没事，没事，真的没事……

有个叫格桑卡卓的小女生忍不住哭了。还有两个小女生，也在抹眼泪儿。

下课后，廖老师安慰格桑卡卓。

格桑卡卓仍在哭泣。她问老师：老师，多疼呀？

已过去一年多了，格桑卡卓的哭，依然让廖老师心疼，也让廖老师心里暖和。这个女孩儿，该是多么的善良啊。当然，班里所有的同学，都吓坏了。对于廖老师来说，因为吓着了孩子们，倒有些不安起来。孩子们呢，则感到这位被他们偶尔欺负一下的老师，多么善良。

善良与善良，其实就是阳光与阳光。

他们的小脸上，流露出了歉意、愧疚和伤感。孩子们是善良的。

恨铁不成钢，才发火呢。给福利院"阳光夜校"上课的王鸿飞老师，不是有一次也因为学生不听话而发火了吗，那次老王老师把自己的手表都摔碎了。

其实啊，你把表碎了，摔得就剩了一个表链儿，这些个没心没肺的淘气包儿估计也不会收敛他们上蹿下跳的本性。

但要是孩子的家长知道自己的孩子这般的淘气，那肯定坏事儿了。孩子的家长们，别看有的没有上过学，甚至根本就不识字，但非常希望自己的孩子听老师的话好好学习。他们，即便老师不打孩子，他们也要打的。要是跟家长告了淘气孩子的状，他们真的就能管，而且会严厉惩罚自己的孩子。他们与内地的一些家长无原则地溺爱孩子截然不同。

他们盼望着自己的孩子在学校里能刻苦学习，掌握知识，将来有个出息呢。

前一段时间，廖老师因为教学成绩突出，得到了援藏工作队的认可，被推荐给省妇联参加"龙江最美家庭"活动评选。这个活动获得学生们的大力支持，大家纷纷给投票给廖老师。

有个学习不太用功的女生白玛卓嘎，主动给廖老师发朋友圈拉选票。这件事虽不大，但让廖老师看到了学生们的善良和对自己的喜爱。

　　学生看廖老师长得瘦小，主动关爱廖老师。廖老师有上早课不吃饭的习惯，白玛卓嘎就将学校发给自己的酸奶和水果给廖老师。廖老师推都推不掉。

　　真心换真爱，廖老师也给学生买吃的，还给福利院的学生买一些学习资料。这些单纯、善良的学生们激发了廖老师的教学热情。廖老师常常利用休息时间，对他们进行辅导。

　　课堂上，再也没有孩子想欺负善良的廖老师了。

阳光陪伴成长

伦珠塔杰,小男生。他在福利院长大。班级里,这个孩子学习认真,也非常懂事。

廖老师是伦珠塔杰的物理启蒙老师。做实验、做习题,每次,伦珠塔杰都在70分左右。这个成绩,在当时的班级里面,还是不错的。

伦珠塔杰,你知道年楚河那边,为什么那些巨大的柳树生在那里吗?

伦珠塔杰不知老师说的啥意思。

因为那里有常年不枯的水源!

你看啊,树的根,总是向有水的地方延伸。学习也是一样的。你要好好用功,你就像一株小树,逐渐会长成一株大树。努力吧,多学知识,打好基础,你会成功的!

廖老师刚接手现在这个班时,有一位同事,藏族老师,叫多吉欧珠。多吉欧珠担心廖老师由于汉语问题和身体高反不适,会使教学成绩下降,会被援藏工作队领导批评。

有一天,多吉欧珠老师说:廖老师,去与学校领导说说吧,这个班,我来替你上。但你跟你那边的领导,就说是你上的。

多吉欧珠老师的心意是好的。

虽然最后廖老师没有接受多吉欧珠老师的建议,但他的这个心意,廖老师很感激。

与学生"过招儿"的老师

程红霞老师在高原经历了两个学校。刚来的时候，在日喀则桑珠孜区第三中学。三中是一个住宿学校，学生大部分都是边远县乡来的牧民的孩子。程老师教初一政治。

那天她刚刚进入教室，还没开口说话呢，就有一个小女孩儿把风头抢了。

小女孩儿叫巴桑。巴桑问：老师，什么叫眼角膜？听说姚贝娜死了后，捐献了眼角膜？

好，那就从眼角膜开始。程老师就给孩子们解释什么是眼角膜。眼角膜是眼睛前端的一层面积非常小的透明薄膜。眼角膜完全透明，位于眼球前部，呈椭圆形。对了，就像隐形眼镜那样的小小薄片。姚贝娜真是好人啊，她去世了，可以捐出自己的眼角膜，用医疗的手段植在了另一个活着的、失明了的人的眼睛里，让他（她）从此能看见世界。

瘦瘦的小女孩青措拉姆问：老师，为什么要去做义工呢？

矮个儿小姑娘伦珠曲宗问：老师，我好多汉字不认识怎么办？

哈哈，都说藏族孩子腼腆，也不都是这样啊。看来，这几个小丫头是班里的人精儿。那得好好解答噢。程老师就耐心地一一解答。

程老师带的初一共有十个班。考试成绩出来了，程老师带的两个班，居然排在了第九和第十，这对程老师来说，是一个不小的打击。

越想越怄火。

自认为是一个资深老师呢，自认为在内地是一个很出色的老师，到了高原学校，也应该是很出色的老师吧。可是成绩在这儿哪。面对不好好学习、精灵古怪的孩子，从哪里入手呢？

程老师想着，自己本来是来高原援教的，结果可好，教学成绩居然是最末儿！不但自己跟自己说不过去，工作队那里，该怎么交待？

问题是，自尊心受到了前所未有的打击！

从此以后，晚上孩子们自习，程老师就陪着。上完自习后，就一个人走回去。走到驻地可不算近，40分钟。早上又会早一点儿起床，走着去学校，课间会陪着孩子们一起玩儿。

就是害怕因为一些简单的教学方法，拉远了与孩子们的距离。

就像小骆驼进帐篷，把以往的教学方法，一点一点地，试探着，用到了孩子们身上。

程老师发现孩子大多来自附近乡镇，除了县里的孩子汉语说得稍微流利一点儿，他们的写作水平，也就相当于内地小学三年级。这仅仅是一说，写到纸上呢，可能就相当于小学一、二年级。班级里，基本上就有 10 个孩子，不认字，或者是不会写字。

班级里有三个孩子有些问题，一个女孩和两个男孩。程老师就盯住了这三个小孩。这是班级里的三个小巨头。这三个小孩儿，基本上处在一个汉字都不会写的程度。程老师就把这三个小巨头变成了一个小拨儿。

老师就观察，那个小女孩有一点儿进步，就表扬她：你今天有进步了，真棒！

然后又对一个小男孩说，你比她聪明，但是她用心了。

孩子们就说，老师，你说得对，他很聪明，但是他不用心！后来他每次取得小进步，程老师就会在班级里说：你看看，白玛且增，他很努力啊。

三个小巨头，成绩提高很快。

有一次讲一道题，那题是一个选择题，是这样的：

在家我们要学会孝敬父母，帮爸爸妈妈分担力所能及的家务，这样才能证明我们长大了，让我们的妈妈变成最美的妈妈。

程老师灵机一动，对孩子们说：你们在家里，要帮妈妈做家务，让妈妈变成最美的妈妈。但是，也要让你们的老师，变成最美的老师。可是，怎么才能让老师变成最美的老师呢？

　　学生喊：好好学习，成绩好，老师就会变成最美的老师！

　　程老师说，对了，一定要努力学习，上课认真听讲，这样你们就会让教你们的老师，变成最美的老师！

　　到了年末，二中跟三中合并了，三中的老师要去二中。程老师就跟孩子们说，这可能是我最后几次给你们上课了。下学期，因为工作需要，老师要去二中上课了。

　　班里还不太会说汉话的小女孩曲桑拉姆，特别笨拙地画了一个心形的小卡片，上面写道：老师，你就是我心中最美的老师！

程老师就到了二中上课。新的环境不熟悉，心里直打鼓，又是一个开始，会怎样呢？

在学校开学第一次教学大会上，巴旺副校长讲完话，对程老师说，新来的程老师，我们有位政治老师休产假了，你辛苦一下，接手初三毕业班和初二班级的课。

也就是接手了两个跨学年班级的教学！

程老师当时心里非常不愿意。因为到高原来了，个人比较重视成绩，希望自己教的班，成绩好一点儿。高原这种教学，跟平原教学比，相差太多。现在，除了接初二的学生跨学年教学，一个三个月的毕业班又交到手里了，压力太大！

初三毕业班的孩子已经很大了，他们不会听我的，肯定不会听我的！

程老师有些抓狂了。

没有准备，开始上课。上了半个月左右的课，摸着石头过河，中考的成绩如果很糟糕的话，程老师可能就会崩溃！可这话，不能说。人家把任务交给你了，咬着牙，也要干。

又是学生来直接挑战。接了毕业班不久，女生德庆曲宗，上课的时候对程老师说：老师，我们前一个政治老师特别优秀！

这是挑事的节奏啊。

德庆曲宗是一个学习成绩突出的孩子，担忧也不无道理。但这孩子心直口快，说出来了。也不完全是挑事儿。因为前面有这种事，程老师有准备，就把话接过来了。程老师说：说得对啊，我相信你们前一个政治老师非常优秀。但是，同学们，请你们一定要相信我，我站在你们的教室里，是有勇气站在这儿的。我是凭资本和能力站到这儿的。我以往的教学成绩，充分说明了我是一个优秀的老师。但是，我再怎么优秀，如果没有你们的配合，你们的中考成绩也不会很理想，这不是我单方面的付出。我在接受你们这个班级时，是有压力的。其实我真的不愿意接，但是把我安排到这儿了，我只能接，因为这是我的责任、我的义务！

程老师说：同学们，请你们一定相信你们的老师，给我这个机会，我有信心能做好！

小女孩德庆曲宗听这位新来的老师说得真诚，没再发难。

程老师又说：就剩三个月就要中考了，你们如果把我给气跑了，再换下一个政治老师，不见得会比我好，受伤害的，是你和我双方。

德庆曲宗气完了老师，觉得有些内疚。

这事儿就过去了。

中考体育测试，程老师跟孩子们一起做各种体育活动，打乒乓球、打篮球、赛跑。程老师是乒乓球高手，借一个机会，就给学生们露一手。她后来还在日喀则地区乒乓赛中获得女单冠军。程老师跟学生们一起玩儿，陪着他们一起跑赛，拉着德庆曲宗的小手，一起跑向终点。又忙不蹀躞地给孩子们买饮料和矿泉水。孩子们接受了程老师，上课听话了，不再与老师敌对了。

中考成绩出来了，十个班，程老师带的初三班，考了第三。

初二的班级，程老师教了一年，到最后全市统考成绩在十个班中考第一。当时程老师接手的时候这个班级排名是第八，名次大跃进，非常欣慰。

但是程老师对初三毕业班有点内疚。孩子们成绩可以更好一点，可惜接手的时间太短了。

第二年更艰苦了，又给了程老师三个层次不同的初三毕业班。

三个都是毕业班哪！

一个是"尖刀班"。是藏族班级当中比较优秀的班级，称之为 A 班。一个是"联合"班，50 多个孩子，就是所有家

里在市区做生意家庭的孩子，称之为 B 班。一个是最弱的班，称之为 C 班。

ABC 三个等级不同的毕业班，程老师又抓狂了。

富有挑战性。就像打乒乓球一样，打难度非常大的球，一场下来，精神紧张要休克也是可能的。登一座容易的山，不算登山者。必须在心里，定一个目标，悄悄地。

藏族"尖刀班"——是一定得把成绩弄上去，成为耀眼的尖刀。

"联合"班——只要能把课上下去，守住山头，不拖后腿，就不错了。

最弱班——水平差得不可想象。拯救大兵瑞恩！

"联合"班，确实能持续把课坚持上下去。但是，教他们是一种特别心痛的感觉，为什么？孩子们特别成熟、聪明，就是不用心。程老师再怎么语重心长，就是难以打动孩子的心。程老师说：只要你们用功，你们的成绩一定是十个班第一的。但是他们头脑当中，没有学习，只有父亲给买的 iPad，只有好玩儿的苹果手表。他们说，老师，我不考高中，以后跟着爸爸妈妈做生意。你教你的，我玩我的。老师，我就练习算账，8 块钱加 6 块钱再加 6 块钱等于 20 块钱。程老师说，那绝对不行，我是一个老师，你在我的课堂，必须得学习，责无旁贷。你不学习，你让一个当老师的，看着你在下面玩，我还配当一个老师吗？

A 班藏族"尖刀班"，教学比较流畅。自觉性强，不用督促。

到毕业的时候，程老师还记不全学生的名字。

B班"联合"班，乱的程度难以想象，但是程老师能够记全所有学生的名字。

C班最弱班，虽不像B班那样乱，但讲完了课，也得一个一个过筛子问问谁还不懂，因此下的工夫也是最多的。也能记全所有学生的名字。

A班，有三五个学生不重视这门学科。看一眼就明白了，老师，你教什么，我们都会啊。学生说。有什么好学的，我看看就会了嘛。程老师就会跟他们说，也许你看看就会了，但是你考试的时候，落到了纸上，想拿高分就很难。这是一个能力问题。

"尖刀班"的小孩儿就一直说看一个问题解决一个问题，一直到最后，A班还是出成绩了：十个班考了第二名，跟第一的全班总分，仅差了0.7分。

屈居第二名啊。程老师有些不忿，也不解。跟爱人诉苦：哎呦，怎么搞的？我的梦想是把他们带到第一，但是第二了，全班成绩差了0.7！你说我哪儿没教到呢？

爱人说，你说什么哪儿没教到啊，批卷的时候，错了一个字，总分就会差0.7！

最弱的C班，有一个小女孩儿，叫德吉拉姆。

德吉拉姆一个汉字也不会写。学校一直在说，这种班预设的目标，就是消灭零分。可是，德吉拉姆，不会写汉字，怎么消灭零分？

程老师发愁了，给其他孩子教背诵或测试。可是，德吉拉姆，达不到。

每次上课的时候，就把德吉拉姆放在前边。教她写"上、中、下""大、小"。然后告诉她，那应该怎么答。选择题的汉字，肯定不会写了，告诉她选择题一共有几个空，然后，每个空你要怎么选，就这样教过几次以后，她会了。

程老师跟德吉拉姆说：对了的，要记住。好好记，反复记。能做的，也就是这样了。

德吉拉姆，从此黏上了程老师。有时候，还特意地，给找点儿小理由，与程老师接近。

辫子松了、没有皮套了，她会说：老师，辫子松了。程老师就帮她把辫子梳上了。等到程老师给上完最后一节课的时候，德吉拉姆就会在门口站着不走，等着老师。等老师走到班级门口时，她就把小手儿伸到了程老师的手里。

每次，程老师上课时，小小人儿德吉拉姆都这样。

就是为了让老师握着她的手，送她到学校门口。

程老师曾经打了两个学生。她知道，做老师的不能打学生，也不准打学生。其实也从来没有打过学生，但她在 C 班，打过两个学生，一个男孩，一个女孩。

一次上课，那个叫扎西的男孩儿淘气，程老师生气了，打了他一巴掌，打在了肩膀上。

中午程老师把扎西留在了教室。程老师不能回去，扎西也不能放回去，万一路上出了点儿问题，不行的。程老师就给扎西买来了午饭，陪他一起吃。程老师买的是肉饼子，也叫小party，藏语的意思是肉饼子。买了三个，程老师给扎西两个。程老师说，你是男生，吃得多，把这两个都吃了吧。扎西当时眼泪就出来了。他说老师你吃两个。程老师说老师是女生，吃得少。你是男生，你吃两个。

扎西从那以后，努力学习了。虽然上课时仍会淘气溜号调皮，但是不再跟程老师有敌对了。以前程老师一说他，他就顶嘴：老师你干嘛说我，我没写作业他不也没写吗？他说老师你说我说话，他也说话了呀，你为什么不说他？扎西总是心里总有那种愤愤不平的情绪，老觉得老师找他的毛病。但自从打了他之后，他很努力地学习了。后来他的中考成绩上来了不少。

程老师打过的另一个是一个女生，叫德珍。

德珍长得美丽，乖巧、聪明。但是她喜欢把聪明用在别的事情上。比如说写作业，她会迅速交上来，但是作业有可能是抄的。上课她一发现老师看她，就赶紧去学习、就举手，表现得很乖巧。实际上，她没有用心看书。程老师凭经验，完全知道一个学生在不在学习状态。

有一天最后一节课，德珍仍然那样。程老师就打了她一下，也是拍在肩膀上。打她的时候，程老师的眼泪就掉下来了，因为打一个学生，尤其是打了一个女孩，对一个女教师来说，是一件特别难受的事。

程老师说，德珍，你跟老师说说，老师打过咱班的同学几次？

德珍说，老师从没打过咱班的同学。每次老师要打同学的时候，老师的脚都踹在了凳子和桌子上。程老师说，我对你们不学习特别愤怒。当老师打学生不对，但是我每次只好把脚踹到桌子和凳子上，为什么？德珍说老师我知道。程老师说，今天打你，你服不服气？德珍说我服气，我做得不对。程老师说，老师自己的孩子是一个男孩，老师没有女儿，尤其是女孩，我从来都主张呵护教育。但是，我要让你知道你做错了事，是要受到惩罚的。

程老师说这是她在高原唯一打的两个孩子，而且是弱班的孩子。当然，提高成绩，不是打出来的。一个孩子健康成长很重要，但做一个有担当的好孩子更重要。

德珍啊，老师今天打你，不是你的学习成绩差了，也不是你的学业怎么样，是因为你做人做事的态度，让老师伤心了，我必须得教你。我要告诉你的是，做错事是要受到惩罚的。老师今天不打你，你的小错不去改正，往后的错，会越来越大，将来你会付出惨重的代价。

德珍听懂了。她向老师保证，好好学习，将来上大学。程老师感动了，把德珍搂在怀里轻轻拍拍，跟她说，我想给你更多的爱，可是我不能不跟你说，你的成长，不能没有巴掌。

带初三 A 班时候，为了鼓励孩子努力学习，程老师在网上买了一些精美的小书签：世界名校、古诗词、烟雨江南等这类的小书签，想送给孩子。

一次，一群孩子到办公室补习功课，把那些小书签拿走了一百多个。

程老师特别纠结，怎么处理？如果不处理，那叫纵容孩子；如果处理不好，就会引发矛盾，而且还会将与班主任的关系、与孩子们的关系一下子弄僵。

过了两天，程老师对学生说：同学们，我给你们的礼物，是想告诉你们学习是一件美好的事情，如果你努力了，值得老师赞美，老师就用小礼物来表达一下心意，但是我这个小礼物放在我的办公室里，有一百多个丢了！我丢了小礼物，第一个感觉是惊讶，第二个感觉就是伤心。我教出来的孩子，竟然不问自取！想想，这件事给老师带来的伤害是什么？我希望今天下班之前，不应该拿书签的同学，给老师放回班里，我相信我教的孩子不会让老师伤心。

第二天，那些个小书签，果然陆陆续续回来了。

程老师感到十分欣慰，觉得自己又很好地处理了一件棘手的事情。

程老师身体有恙，不常去福利院，就让王鸿飞老师代她做点儿微薄的小事。比如，给王老师拿 300 块钱，让他代自己给孩子们买点儿糖果蛋糕什么的。

有一次去福利院跟孩子们一起过生日，当时她身体很差。

一个小男孩拿着跳绳跑过来，跟程老师说，老师你带我跳绳吧。因为每个孩子都得找一个家长或一个老师跳绳，这个小男孩就拿着跳绳来找程老师。其实那时程老师的心脏一直不好，刚切除了一个良性肿瘤不到一个月，身体很虚，医生说在高原，特别是刚刚手术了的人，不能剧烈运动。

程老师还是带着小男孩一起跳绳。

到福利院上课。之前程老师给孩子们买书、带几个小笔记本。程老师这边忙上课，就跟福利院一个大孩子说，要是需要什么，可以让孩子们写信来，几句话都可以。孩子们就给程老师写信，把心里话说给程老师听。再后来，孩子们给程老师的写信，就主要是要吃的了。

今天要让明天记住

像拉家常一样，说起福利院的孩子，赵伟艳老师有些小感叹。

课堂上，你看孩子们的小脸蛋，两片儿高原红。冬季，他们和我一样，嘴唇发干、发紫。

福利院的孩子，白玛玉珍、朋琼、洛桑卓玛、拉巴普尺……你看她们的小脸蛋啊。

援藏教师教过的孩子，一半儿都是这样儿的：高原红。没有擦脸油、防晒霜、保湿霜等护肤品，她们不像城里的孩子，有爷爷奶奶疼爱，有爸爸妈妈呵护。

赵老师跟在南宁上大学的女儿说说生活在平均海拔4000米的日喀则小女孩儿，她们，娇嫩的脸，风吹日晒的。夏天晒伤了的，冬天皴了的。女儿说，妈妈，福利院的孩子挺可怜的。女儿惦记着，买了200多块钱的洗面奶、护肤霜，算是小心意，寄来了，给小女孩儿们分了。

几天后，小小的、黑黑的、瘦瘦的曲桑拉姆，扭扭捏捏地来到了赵老师面前，让赵老师看她。娇羞的样子，想说，又不想说。突然鼓足了勇气，小脸蛋儿一扬，说你看呢。

第一次，第二次，老师还没反应过来。

后来发现，是让老师看她那被护肤霜润过了的黑红黑红的鲜嫩的小脸蛋儿呢。她的小脸蛋儿，不那么起皮儿了。她想让老师看她一下，夸夸她。

小小的、黑黑的、瘦瘦的曲桑拉姆啊，可美可美的啦。

孩子眼里，渴求着被关爱，她希望有人像妈妈那样，夸夸她。

于是，赵老师就经常去福利院。曲桑拉姆上课的时候，就跟老师很亲近，就很用功。

前几天，赵老师跟带的初一二班的孩子们说，这学期结束，援藏老师就要回去了。

孩子当时说一句话，赵老师的眼泪都快下来了：

老师，别走了。

高原反应，身体出了毛病。赵老师说，去年，去南木林监考，住的环境不行，比日喀则还高的海拔。一天过去了，两天过去了，第三天，没坚持下来。缺氧气短，头疼欲裂，心跳加快。严重的，打嗝儿。打到什么程度？不能停。晚上睡觉戴着氧气管儿，白天超过三句话，上不来气儿。

就提前回去了。

当时初三的课结束了，王东辉老师把赵老师带回去了。

到了哈尔滨才缓解。然后在哈尔滨，找中医扎针，总算把这个嗝儿压了下去。这可是高原的嗝儿啊，后来家人开玩笑说。赵老师说自己毛病多了，去年和今年，头疼。如果，哪天不头疼，就觉得开心。

夏天晒到什么程度呢？不敢穿半袖衣服，从没穿过裙子。更不敢穿凉鞋，两天就脱皮了。

男不入川，女不进藏。女老师啊，真的很难。

有点儿往事不堪回首的意思。赵老师说她那次回家，一进家，外甥哭了，孩子说：看我老姨瘦的。怎么这么瘦呢？是晒的吗？从没看过老姨这么瘦，那脸黑的，那脸粗的。是啊，是啊，我原来是130多斤，将近140斤，到高原，四个来月，掉了15斤。然后就是醉氧、迷糊，一点精神头都没有。赵老师继续说：我父母走得早，我就三个姐姐在身边，姐姐说，妹妹，你回来吧。我姑娘说，妈妈，你申请回来吧。我说，那可不行，对不起我的经历。

后来有一件事，让赵老师和女儿特别骄傲。

赵老师说，我40多岁的人了，在今生的事业上，有两件事还是值得骄傲的。特别是让我姑娘为我骄傲。第一件：1996年我考入师范，那个时候全国号召师范生下农村，我响应号召，回到农村干了二十二三年，然后回城。第二件：40岁时，我响应国家号召援藏。

这两件事，可以说是我这一生中最值得我和孩子炫耀的。

那次，工作队给援藏教师家里写信，寄到家或社区。当时赵老师留了女儿学校的地址。女儿收到信后，特别自豪。她对妈妈说：老师和副校长问我了，说你妈妈是援藏教师啊！

女儿当时特别骄傲，给妈妈打电话。女儿说她们的校长说，你妈妈真伟大，你要像你妈妈一样，毕业当老师，也去援藏，也去当援教老师，去国家最艰苦的地方。

为了让以后记住现在。

也就是说，赵老师和女儿，对高原，对那一群可爱的孩子，都有最美的记忆。

是的，人生剩下的事情，就是回忆了。这一段经历，非常有意义。那些曾有的阳光陪伴，那些曾有的心灵与心灵的共鸣，都是难忘的。

现在，给我扔到深山老林，也不成问题。赵老师对自己充满了自信。

完美存在于细节之中

我到教师公寓采访，晚上与几位老师一起吃个"家宴"。

我先到王东辉老师的寓舍。在王老师的寓舍小客厅采访援藏老师。那一边，王世君老师在张明老师的寓舍厨房掌勺炒菜。王东辉老师说，黄老师，我就不陪你啦，我要到那边去帮世君老师打个下手做饭。随后他叮嘱英语老师张春艳和生物老师赵伟艳，说黄老师采访完了后，让她们跟着王鸿飞老师一起到张明寓舍吃饭。

我开玩笑说，少炒几个菜，别弄成了大餐。王东辉老师大笑。

气氛轻松起来。张春艳是英语老师，她先说起了自己的儿子。

儿子是个阳光、开朗、乐观向上的孩子。十四岁，正是青春逆反期。在学校时比较听老师的话，妈妈回来了，自然是高兴不已。在妈妈面前也会撒点儿娇。虽然是男孩子，嘴上不说，心里头，想着妈呢。

每回妈妈打电话或者视频时候，问他想不想妈，他说不想，嘴可硬了。但真的等到妈妈回来了，就黏在了身边，一会儿这么蹭蹭，一会那么蹭蹭，就是腻着，不愿分开。

今年四月初，张老师上课，太专注了，不小心一脚踏空了，从讲台上摔了下来，腰碰到了讲台的边沿，伤得不敢动弹。先生知道了，十分着急，跟单位请了假，带着儿子来看望她。临出发前，先生问她，想要带点什么吃的？

她跟先生说，就想吃俺们东北酸菜馅儿饺子。

张老师的先生、这个东北憨厚爷们儿就背了足有十多斤的酸菜，从佳木斯到哈尔滨，从哈尔滨到北京，从北京到西安，

从西安到拉萨，从拉萨到日喀则，整整万余公里的路，背着酸菜来看她。虽是密封，但还是有一个袋子破了，酸酸的汤水流了出来，酸味儿撒了一路。

到了后，先生顾不上高反，到厨房开始忙活开了：洗酸菜、切酸菜、剁馅儿，忙个不停，给心爱的妻子做了一顿香气扑鼻的酸菜馅儿饺子。这是一次来自遥远北方的生活慰藉。一家三口，在高原教师公寓，吃了一顿很有东北特色的团圆饭。

张老师讲那次先生和儿子来日喀则给她做东北特色饭菜时，眼里盈满了泪光。

前年寒假，小张老师回家收拾屋子，看到了儿子的作文本。儿子在作文中这样写道：

"妈妈上西藏了，离家可远了。家里亲戚都问我，你妈妈去那么远的地方，你不想她吗？我说不想。实际上我心里头可想她了、可惦记她了。我特别想妈妈陪伴在我的身边……"

三年援藏离家，没陪伴自己的孩子，这是对孩子的一种亏欠。其实，孩子特别需要妈妈在身边，可是当妈妈的，却不在身边。儿子有时候可能有委屈的事，却不能跟妈妈说。孩子也怕妈妈担心。孩子的作文，是一种心灵倾诉。倾诉出来也好，孩子就没那么多的压抑了。

张老师想。

孩子把思念藏在了心里，他选择了不跟妈妈说。妈妈更是觉得愧对孩子。现在，离结束援藏只有两三个月的时间了，能回去陪陪孩子了，孩子往后的学习生活，也会顺畅些。

去年学校开展了全员育人"导师制"活动，就是每位教师带7到8名学生。在学习、生活、心理和行为等方面，给他们以正确的引导。张老师在班级宣布，有愿意继续跟着老师的学生，请自愿报名。上交的名单人数大大超出了学校规定的人数。

张老师不好拒绝学生的热情。

学校的每次活动，张老师的受导学生早早聚到指定的活动地点，大家畅谈一周发生的事，表达着各自对事和对人的看法。张老师指出问题所在，提示学生思考。

孩子们很乐意把自己的开心事和班级里的问题和盘托出。每一个细节，都必须分析、讨论。张老师边听边建议问题的解决途径，力求完美的答案。比如，向班主任反映，或借鉴其他

同学的正确做法，共同帮助有违规行为的同学等。

一个学期的时间，受导学生与老师建立了深厚的情感。

今年开学后，学校基于上学期导师制活动开展情况，做了新的调整。因为有的老师带的学生较多，有的老师没有受导学生，学校便想调整部分学生到另外的老师那里。

孩子们围在张老师身边，叽叽喳喳，问老师受导学生名单上有没有自己的名字。知道有自己名字的兴高采烈，没有自己名字的，心里异常难受。

女生次仁卓嘎，眼睛红红，眼里溢满了泪水。因为，这次她将被调整离开张老师，去达普老师那里。女生次仁卓嘎一直在张老师这里，突然的调整，让她不知所措。

张老师说，次仁卓嘎，你可以问一下现在的导师，可不可以调一下组，如果可以，老师还愿意带你，不怕再多一人。

次仁卓嘎就去问现在的导师，达普老师执意要换一个学生才成。

张老师问学生，有谁愿意去呢？在场的9名学生一直跟着张老师，都不想去。

一位学生说，非要去的话，抓阄吧。张老师就做了9个纸条，上面写了1和2，抓到1的，就留下，抓到2的，就去达普老师那里。

结果又弄哭了央金卓嘎，其他人笑逐颜开。

央金卓嘎流着眼泪，像小马驹，不停地用脚来回蹭着地。

一种悲痛绝望般的难受。张老师心软了，哄着央金卓嘎：好了，好了，我去和达普老师沟通吧，咱们一个都不能少，谁也别离开。央金卓嘎听了老师的话，破涕为笑。

一次学校文艺演出，孩子穿着盛装彩排，张老师教的初二班也参加了。有一天上完课，全班长得最漂亮的德吉卓嘎找张老师。她说，老师，能求你一件事吗？张老师说，啥事？德吉卓嘎说，老师，明天就要演出了，想问问你明天，能不能早点儿来学校？

张老师说，为啥？

老师，我们表演的时候，想化妆。老师化妆好，能帮我们吗？

德吉卓嘎也知道奉承啊。

张老师说，这事没问题。只是我的化妆水平的确很一般。

德吉卓嘎说，上次老师给初一班化妆，得了表演一等奖，老师的水平高！

好了，好了，老师一定让你们得奖。这事行，没问题。

第二天一早，张老师就赶早班车去了学校，到班级，小姑娘们可激动了。张老师就坐下来，给她们一个个描眉、画口红、擦小脸蛋儿。画完了这个，那个说，老师给我画得好看点儿。孩子特别纯真，跟老师没有那么大的距离感。

此后，张老师上课，学生们比较听话，班级成绩和个人成绩也特别好。

嘿，尼玛普尺

有些孩子不是脑子笨，而是对于数学这个学科还有些畏惧。可能老师的一种眼神、一个举动、一次鼓励，就能唤醒孩子的求知欲。每个老师都有这样的经历。

是的，当我们在迷茫、不知所措的时候，可能是谁不经意地说了一句话，把一个东西像火焰一样，忽地一下子点燃起来了。思考被照亮，一下子全明明白白了。

噢，原来是这么简单的问题！

我跟学生说，数学其实是不难的，只要你掌握了方法。什么东西都是只要掌握了方法，你的能力就会提升，你就受益了嘛。

陈国明老师说这话的时候，有点儿哲学的味道。

小孩子，能理解吗？

尼玛普尺，就是这种情况。这个福利院的小女孩儿，对问题有领悟能力。

尼玛普尺有一个亲弟弟，还有一个，是她姑姑家的弟弟。那天，陈老师去学校的时候，看见她正从街上买吃的回来。

陈老师问尼玛普尺：为啥买两份吃的？尼玛普尺说给两个弟弟吃，她不饿，不吃。

她买的是庞毕，藏地特产食品，很好吃的。

尼玛普尺，这个小女孩品质优秀，学习也不错。她的藏文，班级考试总是第一。

陈老师很喜欢这个孩子。

当年陈老师去福利院接触尼玛普尺的时候，她数学成绩只有40多分。

那次陈老师去福利院，一看这个小女孩很熟悉，是二中的学生。这不是尼玛普尺吗？就开始对这个孩子格外关注了。

每次，陈老师都先检查她的数学作业，看她做到了什么程度。做对了的，表扬；做得不好，就给她指导。去一次，给她指导一次。然后跟她聊一聊，要记住哪些公式、哪些方法。

平时上课，陈老师对尼玛普尺也经常提问，因为她毕竟成绩不佳，再后来就中等偏上了。提高很快。如果把整个班级分成5个梯队的话，尼玛普尺无疑应该是第4梯队的。

现在，尼玛普尺变成第1梯队了。陈老师想着，对这个孤儿，课堂上多提问她一点儿。陈老师在选择问题的时候，也是一个

循序渐进的过程。这个问题适合尼玛普尺回答，她肯定能回答上。这个问题稍有些难，尼玛普尺能回答一半，就行。

尼玛普尺很专心，答得非常好。

嘿，尼玛普尺，你真棒！

她获得了老师的一个夸奖。下节课再获得一个夸奖。陈老师掌握着她的心理。

尼玛普尺肯动脑子，她的数学成绩在飞跃，考试得了80多分。

陈老师经常进行小型考试。小型考试，如果出现了没有答好的学生，陈老师都要利用课间休息时间，找三个优秀同学，来辅导别的同学。三个同学，就最容易错的共性问题，一起来说说。陈老师偏爱尼玛普尺一点儿，要提高她的成绩，将她列入了第1梯队。让她当辅导组小组长，一对一，让她带一个同学。

陈老师出个题，让7个小组长来做，限定时间，交上来。要看他们，做得对不对。

尼玛普尺的题做完了，交上来了，对，都对。

陈老师说，尼玛普尺，你去找你负责的同学，给她讲讲这道题吧。

这个过程当中，她又当学生，又当小老师。当小老师了，对于她的自信心，是一次加强。因为她还要带另一个同学、一个成绩不好的同学。毕竟班级里的学生多，陈老师不可能逐个指导，就利用辅导组的小组长，先给小组长指导完，再让他（她）去指导同学。

尼玛普尺带的是德吉卓嘎。

两个小女孩，平时很要好。而同学之间，尤其是藏族同学之间的交流，要比老师跟同学之间的交流更好些。尼玛普尺用她的小方法，跟德吉卓嘎交流，因为她们可以用藏语来解说疑难问题，是以别样的语言表达。她们之间，以藏语来交流，没准儿就把疑难的问题，变得非常简单了。这种互帮互学，就起了作用，就有了意义。

另外6个小组长、比尼玛普尺学习更好的同学，可以多带两个、三个同学。

同学之间的一对一、结对子辅导作业，一是增进了相互帮助的友谊，二是给孩子树立了自信心。尼玛普尺对自己要求严了：自己现在是小老师了，得好好学。要是不好好学的话，还能指导同学吗？潜移默化，发挥长处。帮同学作题，也锻炼了自己。

比如说今天老师留题了，得好好做才行。做会了，明天还要给同学讲。要是不会的话，怎么给别人讲呢？价值是在不断的磨砺中，一点一点地显现的。尼玛普尺，越来越优秀。

陈老师又给尼玛普尺加了一个同学：阿旺白玛。

阿旺白玛数学不好，尼玛普尺完全可以教教他。福利院孩子，除了尼玛普尺，陈老师的班级里还有两个：扎西塔杰和阿旺白玛。阿旺白玛是从定日来的新生，今年 14 岁。

那天去福利院了，阿旺白玛正跟同学玩足球，生龙活虎，抢球、争球，还会带球过人。陈老师看了一会儿球，就喊：阿旺白玛，你先歇歇，你把作业给我拿来。

阿旺白玛跑到陈老师面前说，老师，我还没做完呢。

陈老师知道阿旺白玛的基础差，今天的作业有些多，也有点儿难。趁在福利院的时间，教一教阿旺白玛。就对他说：老师和你一起做，好不好？

陈老师就和阿旺白玛一起做作业。做的过程中，陈老师提了几个简单的问题，也就是能让孩子说对了的问题。难的、说不上来的，尽量不让他说。不太难的，就让阿旺白玛来说。那一张卷子，很快做好了。阿旺白玛的心情非常愉快。

阿旺白玛，有什么收获？陈老师问。

阿旺白玛说，老师，我的收获挺大。又说，老师真好！

看看，这小鬼头，还挺会顺溜人的。

肯定有更深更难的，留着以后讲吧，先避开不说。给他讲，讲一天也不明白。一些他不能理解的难点，老师来细讲。一些简单些的非难点问题，让孩子自己来说。在他没有压力、没有负担的情况下，把这张卷子完成了。

阿旺白玛，有什么问题，你要问问你的同学尼玛普尺。现在，你可以去踢球了。

我们看到了世界

初二的九班有一个叫巴桑罗布的孩子，是福利院的。这个孩子，我在福利院上课时见过，没看出来有什么特殊的。但是一回到学校的班级里，他就不敢抬头了。

教地理的张天利老师说。

自卑导致自闭，巴桑罗布把自己封闭了起来。

当老师的，要给他自信。换句话说，对于这样的孩子，就是让他不要跟老师有距离感。

巴桑罗布有一次感冒了，鼻涕一把泪一把的，像开粉条厂似的。张老师上课，就偷偷地、还不能大张旗鼓地，拿一小包面巾纸给他。还得不让别的孩子看见。偷偷地，像是检查作业，到他跟前，塞给他，维护了孩子的尊严。孩子自己，擦一擦，揩一揩，笑了，抬头看人了。

下课时候，走廊里，巴桑罗布主动地搂一搂张老师。这孩子，挺知道你的心的，懂事儿。

福利院与二中，一个是孩子住的地方，一个是孩子上学的地方。环境不一样，心境也就不一样。做老师的，不管教什么，不要总是强调分数。更重要的，是做心理学家，知道孩子的心里想着什么。这一边有风吹到了河面，你能在那一边看到泛起的涟漪。孩子，一个眼神儿，就能让你感到心的震动。跟他（她）拉近了心理的距离，不让他（她）有什么自卑感。

学校的环境，当然要比福利院好多了。有那么多的同学，有那么多的老师。学习氛围与群体的交往。孩子融入了一个大的校园文化氛围当中了，孤独感会逐渐减轻。

藏区孩子基础薄弱，汉语的接受较晚，这是短板。孩子们活泼，上课的时候，后边的孩子，从这儿进来，从那儿又出

去了。猴一样的，好动。坐不住板凳，孩子的天性。

当老师的，就得想办法，怎样吸引孩子，让孩子喜欢上课。

但是，啥是好课？只要孩子喜欢，就是好课。孩子有学习动力，就是好课。张老师说。

高原不像内地。内地那种地理教学方法，普遍是为会考做准备。但是这里的孩子不这样。没有会考，那你这课怎么上？

上课的时候，张老师发现孩子喜欢画东西：各种符号画，画小人什么的，不闲着。作为地理老师，张老师主张：画地图，像画画一样地画地图，先是描摹。头脑里有了印象后，默画。孩子爱画画。不管你是画得像与不像，能说明问题就行，不要求太高。

张老师这样说：你们画吧，大胆地画。把所有的重要信息填全。不一定跟书上是一样的，可以画大画小，哪怕比例失调也是可以的。最起码，把重要的地理信息，标在了相应的位置上，能够说明问题就可以了。

地理课，让孩子徒手画图，不用格尺和圆规。照着画，点和线、板块，一支笔，就够了。

这种课堂教学模式，孩子们比较喜欢。孩子画图出来之后，对于某些地理现象或者自然环境，大致了解了。时间长了，就会烂熟于心，手到拈来。

张老师让他们画：某一个省、某一个区，分成了单元来画。比如：中国四大地理区域，北方、南方、西北，青藏某一个区域，全国的图。然后某一个区拿出来再画。比如讲北京的时候，北京的图，你要画；讲港澳的时候，港澳图要画。孩子喜欢。包括整个世界地图的大致轮廓，孩子能徒手画出点和线，不用看地图、看参考，都可以画出，方向感都有，虽然位置差点儿。

从初一开始教画图，百画不厌，虽然有的时候画得四不像。作为教师来说，如果用语言文字表述，就感觉很枯燥，学生也难以记清。让孩子画图，动脑、动手，都培养。

藏区的孩子，活泼好动，他（她）的某些习惯，跟内地孩子不太一样，自由自在那种，如果说没有人看着的话，就我行我素了。当然了，这些孩子，还有一个比较令人赞赏的，就是没有太出格的行为，完全是那种小孩子从小到大成长必经的阶段。蹦蹦跳跳，你搂我一下，我捶你一下，在走廊里大喊大闹。课业负担重，也是一种发泄。

一对一，张老师一共负责了7个孩子，这7个孩子，成绩每学期都在往前推进。

西热平措这孩子，有导师制之前在班级是13名，现在是第1名了。这个孩子最大的问题是什么呢？跟他说完了，回头就忘了。他属于那种没心没肺的孩子。

西热平措，每次张老师跟他谈的时候都是这样：你现在成绩挺好，全学年排名是28名，将来考内地班也应该没啥问题。如果你把你每天每件事都给记好，而且每天都有一个回顾，你就不会忘了某些事情，那么你的成绩还会往前提提。

人的面前有很多路，其实没有一条是可靠的。但是，最值得信任的不是路，而是脚步。

西热平措在班级学习成绩第 1 名。在全年级，还要再往前走走。西热平措的父亲长期在外，操心较少。孩子虽然聪明，但是做事不太认真。老师指导则显得很重要。

小女孩拉珍，福利院的。小女孩没什么天分，甚至有点儿不太聪明。但是拉珍是听话的那种孩子。都下课了，还坐在座位学习。这孩子品质好，做什么事情主动，行为习惯好。

张老师跟下了课仍坐着不动的拉珍说：拉珍，你每堂课下课都不出去活动活动，身体不好怎么办？拉珍性格内向，冲

阳光陪伴成长

着老师笑了笑，不说话。

张老师说，拉珍啊，你要学会跟同学沟通，性格就会开朗一些，也有助于你的学习。

孩子成长过程中，经常把学习成绩放在第一，不见得是什么好事。孩子这种日常生活习惯，包括每天什么计划，不要把自己的目标定得那么高。孩子在成长的过程中，以前的理想有时会改变的。

张老师最反感的，就是嚼口香糖了。张老师辅导的7个孩子都有这个坏习惯。得改。从心理学上讲，一般得经过3个月，最少90天，你每天都坚持，才能改正。

张老师说，你们要做到，上课，谁也不许嚼口香糖。这不是好习惯。毕竟是导师，距离又近一些，每周都要见面。好了，现在7个孩子上课，没有一个嚼口香糖的。其他的学生，也是如此。张老师一共教10个班，在课堂上，没有嚼口香糖的。

以经验的合力带动二中的教学。地理课好像不重要，其实太重要了。每一个区域，都有历史感。学生不懂。那些点与线，交织着历史与文化。每个人都像大地板块，都有自己的位置。

教育目标的实现，需要教师、家长、社会三方面的合力。目标只有一个：让学生健康成长。这才是教育的根本。如此，教育的潜力，才是巨大的。

喜欢吃牛肉的格桑央拉

在福利院，刘宏霞老师接触最多的，是一个叫格桑央拉的女孩儿。

就说说格桑央拉吧。

刘老师觉得有时候在饮食上、钱物上给孩子一些照顾和一些温暖，让孩子快乐，很有必要。但是，作为老师，想的是要让孩子的学习跟上去。吃好是关键，但是，光是吃和穿，孩子的学业不行，也是问题。

给钱，怎么花呢？文具不用买，那就是吃了。节假日，还有一些大型活动，有时候就给孩子五十块、一百块的。没有一次性给得太多，怕乱花钱。

有的时候，在同学面前不能给，怕的是，伤了孩子的自尊心。

牛奶、水果、糕点，学校供给，并不缺。孩子有时候不爱吃。

刘老师决心要改变一下格桑央拉，看看能不能激起她学习的劲头。

也就是说，给炉子里加点儿柴。

格桑央拉这孩子脑子不笨，就是学习不用功。刘老师改变了以前给她买酸奶和小食品的想法。刘老师教了她两年半了。她现在念初三了，再不改变改变，或许就晚了。

要改变她！

刘老师就去买了大猪蹄子、鸡翅儿、大块羊肉、手抓肉，熟食类的、包装很好那种。

买了一兜子，给格桑央拉。

每周都买一次。之后就觉得格桑央拉在课堂上非常认真，各科的成绩，也是突飞猛进了。刘老师的课，她一下子从60多分，上升到了90多分。这是超乎寻常的进步。

真的很见效！

没有更好的路线可走吗？吃肉，更要吃蔬果啊。但为了让她坚持，跟马拉松跑一样，要有长劲儿，一瞬间的快可不行。可靠的，是内心。怕的是，孩子不能坚持，成绩又会下降。

有时候有心多买熟食，但又有顾虑。想想咱自家孩子，或许不会这么买，里面的添加剂很多。但这个孩子是孤儿，平时吃不到这样的肉食食品的。孩子这一生当中，不可能有很多人这么去给她买这些东西。因为她喜欢，所以才会买。这是对了她的心情的。

刘老师为了她能好好用功。

但背地里，又问她：这几天想吃啥呢？跟老师说，咱们是朋友。

牛肉，我很喜欢吃！格桑央拉第一次这样跟老师说话。

那就牛肉！街东头的那家酱牛肉做得好，有味道。

这样的对话，是与这孩子没有隔阂了。现在，孩子与老师，心热与心热，能相互像家人一样沟通了。刘老师就觉得以前给她买那些衣服，穿在身上，不如一块牛肉好使呢。不过，200多块钱的衣服，孩子还是喜欢的，天天穿着，只是效果，不如一块牛肉这般地有力度。

对于跟自己孩子差不多大的福利院孩子，刘老师觉得，能做的，都做了。

让刘老师感到欣慰的是，作为老师，探测到了孩子的心理。

对于格桑央拉来讲，刘老师确实是下工夫了，而且起色非常大。说教归说教，还得多了解她、熟悉她。

于是两个人就无话不谈了。老师跟你说啊，你不能只是这一科好，其他科，也要进步。

后来三模。格桑央拉虽然没得80分，但是也得了70多分，将近80分，在班级排名还是靠前的。格桑央拉毕竟还小，她现在16岁，上初三。

刘老师说，在内地，讲究精讲多练、不能重复。但是，一来到这儿，唯一的，就是话唠了，话语频繁，而且简单。一节课，重复的内容非常的多。原来上这儿来，听课不习惯，重复的语言太多，甚至每句话都重复。现在理解了，你不重复，孩子不知道。你不解释，孩子不理解。

但还是有两个最高分在刘老师的班里出现了。两个孩子的理解能力强，分别考了94分和96分。但孩子的汉语语言水平普遍低，这是事实。

教师会上，刘老师提了个建议，今后的援藏，教育应该从幼儿园开始。有教育局的干部就说，日喀则市已经拟定了计划，200多个幼儿园，将会在日喀则拔地而起。

从初中开始，太晚！因为语言问题，浪费课堂时间太多。对于课堂讲授，学生先进行语言消化，然后再去理解，从而造成了时间上的浪费，将有效时间排挤掉很多，这就是问题。但

是，一堂课，讲得少，解释得多，必需达到学生先理解了，才进入下一个环节，才解决最后的问题。你不重复，行吗?

上次来的外县的罗布次仁老师，他多重复，但是剖析问题非常深刻。罗布次仁老师是藏大毕业的，汉语水平高，代表县中学来到日喀则赛课，非常精彩。

作为选手，当初他的课，被列为第一个了。刘老师和上海老师，都认为他的课讲得非常棒。后来2017年刘老师当评委，发现这种重复，不是个别案例，而是普遍现象。一个问题，反复讲，反复练，老师顶着同学来解决问题。

藏语和汉语，语法不一样，给教学带来了障碍。

比如说："我在车上吃油饼。"汉语正常顺序应该是这样的。

孩子们则会把"油饼"置放在"我"的位置上。学生说："油饼，我在车上吃。"所以，最大的困难，是语言障碍，就是说语法、句法不一样。

"牛肉，我很喜欢吃!"格桑央拉也是这样说，像英语一样，语言倒装。

精着怪着的小套路

崔兴荣老师一到福利院，就被一个小男孩给缠住了。

小男孩真小，四五岁的样子。但挺淘的，挺依恋人的。一开始在院子里玩儿，拉着老师，围着老师转。让老师扮装"老鹰"，跟老师和几个小男孩小女孩，玩"老鹰捉小鸡"的游戏。

六一儿童节，给孩子整些福利吧。有玩具，有吃的，孩子围着大人的身边转。

进屋看节目的时候，崔老师坐在哪儿，小男孩就跟到哪儿，或是坐在跟前儿。于是老师就拿出给小孩儿们准备的蛋糕，帮他们切蛋糕。然后崔老师帮他取了一块，喂他吃蛋糕。

小男孩儿就黏上了崔老师。上厕所、到外面溜达，干什么都领着老师去。

小男孩儿，叫什么呢？扎西、泽旺、平措，还是巴桑？反正每次到福利院，都能见到这么大点儿的小孩儿。桑珠孜区二中，对应的都是初中生。可是福利院不一样，有大孩子、小

孩子、小小孩子。来福利院，是给初中同学讲课和习题。这么点大的小孩儿，就是陪着玩儿。

说说初中生吧。比较起来，有的挺会来事的，都有小花招儿。但是学习都不太好!

班里有两个学生，都叫拉巴顿珠，一个大拉巴顿珠，一个小拉巴顿珠。

大拉顿是孤儿院的，小拉顿是当地的。这两个孩子，跑前跑后，跟老师的关系处得都挺好，还能当老师教学上的小助手。

二中每个班级都有福利院的，2到4个左右。他们一般都是平均分配到各个班的。对他们来说，学英语挺难的。他们学完了藏语，还得学汉语，然后用汉语学英语，相对来说挺难的。

像大拉顿这样的学生，小学英语不好。到初中时候，跟其他乡下来的孩子一样，基础更薄弱。援藏教师刚来的时候，测试了一下，初三班的孩子，英语基本上没有及格的。

三年了。当老师的，每个人的身体多多少少有一些毛病。现在干什么，不能像刚来的时候，急了是不行的，只能慢走或者慢慢来。

上课时，只要声调高一点，心跳就加快。大脑就像被抽空了一样地痛。

福利院的孩子在崔老师的班里有几个呢？一班有四个，四班有两个。刚刚从定日转到福利院一个，总共七个。这个从定日来的小男孩，叫阿旺白玛。

阿旺白玛长得挺小的，他父亲去世了，他妈妈也没了。他有个哥哥，他归到这儿了。

但是孩子很聪明。他说，老师，我英语不好。

白玛长得瘦瘦的，个子不高。14岁，跟11岁、12岁的小孩似的那么高。

还有尼玛卓嘎、玉珍，都是福利院的。

当然，每个班都有重名的。他们的起名，或者按星期、或者用太阳一类的词语。区别他们，就是叫大或小。大拉顿，小拉顿；大扎西，小扎西；大格曲，小格曲。

福利二院那边，有一个学生叫巴桑。他现在是初三了。福利二院的小孩，普遍是这样的：他学习好，他就好；他学习不好，就不好。但是老师上课，不可能要求每个孩子的成绩都一样地好。老师关心他们，告诉他们上课与下课不一样，不要睡觉，要认真听课。走神的时候，叫你。下课了，孩子好像浇了水的叶子，一下子支棱起来了。小孩挺愿意到你身边跟你唠嗑，说说他的情况，有时也问问老师的家庭、孩子等。

崔老师的女儿今年高考，她爸爸陪着。

有一个小女孩儿，叫次仁曲宗。挺会来事儿的小女孩儿，聊天时，会夸人：老师，你真年轻，真漂亮。这个小女孩儿，小脑袋瓜儿，挺单纯的。

"阳光超市"启动仪式，崔老师看见了那个孩子，几天不见，个子长高了、猛了。跑过来跟老师照了一张像。巴桑，小孩挺可爱。在福利院二院，现在初三。

班里有个挺皮的男孩叫扎西罗布。

下课时，他就到你跟前问：老师，你吃没吃过糌粑？喝没喝过酥油茶？

老师，你别喝甜茶，甜茶对脑子不好！

他们，就是小孩儿，有的来得早，有的在家不吃饭，带他们自己做的烙饼。拿出一个，老师，你尝尝肉饼子。老师你尝尝嘛。崔老师说，你快吃，吃完了上课的时候，可别惦记。

有时候上课时，书包里带吃的的小孩，偷摸儿地，往嘴里塞点儿东西。

反正都是小孩。

老师呢？对他们的成绩，要求可能低一些。内地的话，家长的意识也挺高的，会督促孩子上学，写作业，报各种班，关心孩子各科的复习怎么样儿。

这儿的孩子，完全自由自在。学习好，除了老师的督促，全靠孩子自身的努力。

这些大孩子、中等大孩子、小孩子、小小孩子，哪儿有那么多的自控力呢？

但是，别急啊，每个小孩儿，他们都精着怪着呢，他们都有自己的小招数小套路呢。

感恩面包，更要感恩麦子

赵老师和张老师，到福利二院，陪伴孩子写作业。因为是一上午的时间，要进行分课：这节课哪个老师讲点什么，哪个老师教什么。小孩儿们，不习惯，因为以前到了周六周日是昏天黑地疯闹淘气玩耍的日子，忽然间坐进了教室，而且是一个上午，噘嘴、不高兴、闹情绪。老师们就想，能不能又上课，又让他们快乐呢？

赵惠老师是教英语的，数学作业，相对简单的，也能帮孩子解决。

张明老师是教物理的，语文作业，也能帮孩子看看作文或背诵什么的。

基本就是全科老师了。

就领他们唱歌，或是聊聊天，讲讲故事。

一开始两位老师去的时候，带点儿小奶片、小点心之类的。

有点儿小贿赂的意思。

孩子挺高兴。但是，他们看着老师的时候，仍然很惧怕。那种对陌生人的害怕。不过，一旦接受了大人，也会跟内地小孩儿一样，特别认可、喜欢，甚至黏人、缠人。

不过，这一步还真挺难走的。

有一天，要走了，有几个胆儿比较大的小女孩儿，走近悄声地问两位老师：

老师，你们什么时候还来呀？

当时听她们这样说，两位老师心里头那种高兴呀。孩子，特别是福利院的孩子，是需要时间沟通的。是需要真心，来抹平代沟的。

快放寒假了，快过藏历新年了。王老师求赵老师一件事，让她带着朋琼和格桑央拉洗洗发、洗洗澡。赵老师就把朋琼和

格桑央拉带到寓舍，陪着她们洗澡。

饿了的话，就做点吃的东西。

提前准备了一些面包、点心、苹果和柑橘。吃什么呢？她们腼腆，不知道吃啥。那就饺子吧。想吃饺子吗？冰箱里有肉馅儿和酸菜，和一块面，剁一点儿酸菜，包点儿饺子。她们平时很少吃饺子，尤其是东北的酸菜馅儿的。

吃完了，老师让朋琼和格桑央拉洗澡。

两个十四五岁的初二、初三学生，可能以前没遇过这种情况，有女老师帮着洗澡。害怕，抵触。赵老师说，看你们两个，头发特别厚，还留长辫子，都有头皮屑了，头油把衣领都弄脏了。不洗头，头发会发痒，还会生虱子。讲究个人卫生，是一个女孩儿必须做的。

还有，经常接水龙头洗头不是好习惯。冬天了，凉水洗头，容易着凉感冒，也洗不干净。

像哄孩子一样。但两个孩子就是不接受，不接受女老师帮着洗头、洗澡这样的事。

格桑央拉，怎么跟打仗似的呢？

后来，终于说服了这个孩子，勉强地，让妈妈一样的赵老师帮着洗头了。格桑央拉的头发长，像一团粗重的麻线，洗起来费力。终于洗完，用电吹风吹干，一下子轻爽了。

朋琼坚持自己洗，干脆把老师从洗漱间推了出来。

后来估计洗得太麻烦，想到伙伴儿让老师帮着洗了。于是也不再拒绝，让老师帮着洗了头发。

猜着那个意思了。让老师帮着洗一次头还可以，帮着洗澡，绝对的不行。

需要对老师的熟悉。但比对母亲的熟悉，似乎容易些。因为天天接触这个老师。还因为老师身上焕发着母性的光芒，她们是孤儿，渴望着得到母爱般的呵护。格桑央拉和朋琼，再看到赵老师，竟然很羞涩，那是一种少女见到母亲的感觉。

感恩面包，更需要感恩麦子。

麦子的意义更多于面包。

一个老师，不光是传授知识，更要关注孩子的细节。细节是情感的媒介。这往往比过儿童节拉一面旗、弄一些节目，会更有拉近情感的效果。

爱看书的达瓦央金

达瓦央金是宋延军老师的物理课代表。有一天她到办公室，跟宋老师说，她想看《小王子》。老师，有这本书吗？

小女孩儿家家的，喜欢看《小王子》？也不错！

宋老师也不知道这部书，但却装作知道。他对达瓦央金说，有的，有的。我回去找找看。其实是记在脑子里了，回头在网上搜了一下，果然有。还是精装的呢，于是下单，给学生达瓦央金买了这部书。

宋老师把书给她。跟她说，这部书，不用还，是老师送给你的。

达瓦央金很高兴。

一个月之后，她把这本书看完了。速度还是挺快的，看来她的汉语不错。达瓦央金想把书还给老师。她说，老师，我看完了。宋老师说这书是名著，送你的，你以后还可以再看。她有些不好意思，想了半天说，她最近也不知道怎么了，就是想多读些书。还想读《纳尼亚传奇》。宋老师说，这书也应该有的，有的，给你找一找。不过自己确实没读过这书。

达瓦央金说图书馆没有。

也不知道《纳尼亚传奇》是什么书。上网去搜，是学生读物，畅销的那种，还有不少故事拍成了电影。挺贵的，给她买了一套。过了一段时间，达瓦央金看完之后，就给老师送回来了。她说老师，书我看完了。

宋老师说，爱读书是好事啊，你留个纪念吧，老师送你的。

后来，又买了两本适合中学生的书，送给她看。

达瓦央金从此好像是愿意学习了，除了物理比较强些，其他科的成绩也上来了。性格还有点儿开朗了。她也愿意和老师聊天了，时常说说自己和家里的事。

书籍拉近了师生之间的距离。

后来，宋老师就让家人和学生从东北寄书来。有神话故事和孩子读得懂的世界名著。送给达瓦央金和她的同学。

这些课外书，虽然说与物理没有什么直接联系，但是，达瓦央金爱看。

达瓦央金现在上了初三，今年该读高中了。她跟老师说，她将来要当一个女作家。

普布顿珠的头发和洛桑扎西的手表

　　唐庆捷老师是佳木斯桦南县人，2016 年 9 月份开始参加
"阳光夜校"，是第一批的参与者。一开始夜校刚刚运作时候，
他与王鸿飞、赫英杰等老师一起去福利院，给孩子上课。

　　唐老师看起来年龄不大，瘦瘦的，我让他在本子上签名，
他的字，简直就是手写的仿宋。或许是语文老师的特点，字写
得很工整，一笔一划，一撇一捺，都是那般的讲究。

　　说话也是抑扬顿挫。

　　那个时候，也就是 2016 年刚刚进藏来日喀则时，唐老师
与王老师，每人买了一辆自行车，从公寓到福利院，来回骑车，
给孩子上课。那时候，大家都在双语中心那边住。

　　唐老师说，福利院相对来说，比二中近一些，骑车大约
15 分钟。天天去，筹划怎么上课。一开始做了很多准备工作。
第一个年末，就参与到了给学生上课辅导和阳光陪伴。

给孩子剃头，是一件很有意思的事。唐老师虽说是温文尔雅的老师，却也是一个技术精湛的理发师。公寓的男老师理发，都是唐老师给理的。日喀则理发不见得就比黑龙江便宜，因为物价本身就高，理发也当然不会有什么特价。

唐老师可是一位老理发师了。

援藏的老师，头发基本是短的，一来怕总是洗头，二来减减重量。也有极个别的老师，型没变，但是减少了肆虐的蓬蒿。从家来时，唐老师带了理发推子、剪子、梳子、毛刷、裙布，理发业务从未断过。当然是不收费的，而且还要搭上好茶：绿茶、红茶、黑茶、普洱或乌龙。谁要剃头，就给谁剃。夏天，就在外面楼影下理发，凉快。王东辉老师住在一楼，当然要用他的那张只能放五六个茶杯的小桌子了，泡茶、聊天、剃头，增进了兄弟间的感情。

透过公寓院子的铁栅向外看，能看到街上寂寥的车辆。透过楼缝向两边看，能看到不长绿草、光秃秃的山峦。大家放松心情，嘻嘻哈哈。剃完一个起来，另一个坐下。

吉林援教的一位女老师，看见唐老师给大家剪头。问，能不能给我也剪剪？

唐老师没给女士修剪过头发，女士的头发，需要护发养发美发和卷夹子，这里好像没有贵重的护发素呢。吉林女老师说自己哪有时间到外面做头发？再说了，她也是观察了好久，信任了唐老师。那就给剪了一下、扫一下边儿嘛。于是，唐老师就给吉林女老师修剪了头发。

女老师挺满意。还想叫来自己的闺蜜来剪。唐老师紧张得一身汗，这可要对女士的美颜负责啊。不过，女老师大气，剪啥样中啥样。女老师叫孙国英，教语文的，跟唐老师同行。

剪发，认识了，后来她也加入到了"阳光陪伴"这个活动中。

后来，唐老师和王老师、陈老师、刘老师，又到敬老院给老人理发。

张明老师和王鸿飞老师有一件发愁的事。

就跟唐老师说，福利院有个小孩儿，初二一班的普布顿珠，个子不高，瘦瘦的。就是头发长，非常长，长到让人替他担心，已经把耳朵都遮上了，把眼睛也遮上了。能听见声音吗？能看清楚街上来往的车辆吗？二位老师看见他就说他，普布顿珠啊，

阳光陪伴成长

你的头发都这么长了，你想要留披肩发吗？头发长得，快赶上英国皇家卫队了，看见了那高高的熊毛帽子了吗？

剪一剪吧。

普布顿珠不理睬。有时候听得烦了，撒腿就跑。

两位老师，决心要把普布顿珠的头发给剪了。于是就找唐老师，看他有没有办法。

唐老师给福利院的小孩理发，小孩儿的发细，也好理。有的小孩理成了小短发，长了一段时间，长了，再理。总之，不会长得连眼睛和耳朵都遮住了。不卫生呀，还遭灰，尤其是刮大风时，头发长，不洗头，有油，更脏。唐老师说，不剪了普布顿珠的头发，把推子砸了！

怎么有捉拿孟贼的感觉啊。

普布顿珠，"护头"像护命，剪头像砍头。老师要硬来，小子我就躲。

三个人一商量，这么吧，利用中午时间，把这个孩子找来，想要啥都行，不是爱吃庞毕吗？不是爱吃油饼子吗？没问题！兄弟们，工具都带好，争取给这小子剪了。

来硬的吗？

唐老师说，那不行，还得攻心为上。哄劝他说，认识歌手扎西平措吗？认识歌手德吉才让吗？认识歌手容中尔甲吗？认识歌手亚东吗？这可都是孩子心中的歌星啊。他们的头型不像你这样的啊，你要剪成歌星一样的，没问题！不给你剪短的，保证让你更时尚，如何？

普布顿珠将信将疑。但眼前坐着的，是他信任的物理老师张明和历史老师王鸿飞。

教物理的张明老师厉害，能把全班从排名最末，一下子教到了排名第一。就跟带兵打仗的元帅一样，由败寇，变成了胜利之师。谁能做到啊？普布顿珠最服气的，莫过于张明老师。

教历史的王鸿飞老师，常常夸奖他作业做得好。王老师跟他说：普布顿珠啊，你很有历史天赋，将来考军校吧。我敢保证，你将是一个出色的战场指挥员，统领千军万马，能打胜仗！夸得他走路都像江河水浪得很。他最喜欢王鸿飞老师了。

张老师、王老师、唐老师，圆桌会议商谈成功——普布顿珠同意理发了！

唐老师原本想给普布顿珠剪短点儿，可是，这个小倔孩子，万一不高兴了，生气了，今后就不好办了。学校要求剪小寸头，小男生们，却也爱美。有的小男孩儿剪了寸头，上课就戴着帽子，不摘掉，怕同学笑话。所以还不能给这个淘气顽皮的普布顿珠剪成了小寸头。

三个大人，三位老师，一个给他身上围上了裙布，又垫了一条毛巾。一个往他的头发上抹一些洗发水，一个端来了水壶调调热水、试试水温，那水正好，不热不凉。

这种的伺候法儿，简直比皇帝还皇帝！普布顿珠有点不好意思。这三位，可是老师啊。天底下最淘气的长鬃小马驹儿，坐在树荫下，享受着小皇帝的待遇。

相信唐老师的手艺，就像相信唐老师的课！谁不知道唐老师的语文教得顶呱呱呢!

果然,唐老师修理的杂草,虫儿没了,灰尘净了。只一会儿,就将一个蓬乱的荒蛮的杂草滩,修剪得成了一块让小鸟儿小雀儿欢悦跳舞的漂亮的芳草坪。

看看,这小头型修剪打理得,符合学校的要求。

剪了头的普布顿珠,用小镜子左看右看的。俊俏的小后生,高高兴兴地跑到操场踢球了。

唐老师教的初三三班有个孩子叫洛桑扎西,16 岁。他是唐老师"一对一"帮扶活动的一个贫困生,桑珠孜区二中每个老师,都帮扶一名贫困生。

但是唐老师很快发现,洛桑扎西经常迟到。有时候上早自习很久了,才见他气喘吁吁来学校。唐老师找他谈了几次话,还是没有改变他常常迟到的毛病。

这个孩子什么情况?

洛桑扎西是单亲家庭。还是在他很小很小的时候,父亲遭遇车祸去世了。母亲没有再嫁,在外打工,养家糊口。洛桑扎西有个小弟弟。洛桑扎西的妈妈也没有时间照顾他,只有他照顾年幼的弟弟。唐老师了解了这种情况后,知道了这个孩子为什么经常迟到了。

怎么办呢?

突然灵机一动,唐老师就在网上给洛桑扎西买了一块手表,当然是便宜的那种。即便孩子弄丢了也不要紧。唐老师把手表赠给洛桑扎西，要他经常看看时间，几点钟应该来学校，几点钟早自习，几点钟第一节课，下午几点钟放学，等等。

跟他说了一大堆的时间，就是要他有一个时间概念，不要迟到。

唐老师跟洛桑扎西说：把握好时间，才能保证好学习。还风趣地逗他，你长大了，要谈恋爱，要组建家庭。你不遵守时间，约会迟到，人家姑娘，也会反感你的！

洛桑扎西羞涩地笑了，把手表戴上了，从此以后就不迟到了。而且，每天都提前到教室。也知道用功了，成绩也不错。

这事儿虽说不大，也不惊天动地，但会改变一个人的习惯。有好习惯，就会有个好结果。

唐老师教语文，先是汉族班，然后是藏族班。藏族班是尖刀班，汉语程度不错。这个班的孩子从小就学汉语，除了上海实验之外，就是二中的藏族班。考试成绩不错。

作文这块儿存在什么问题呢？优等的少！藏语与汉语的语序不太一样，译成汉语不是太顺。还有的孩子，汉字写起来，缺胳膊少腿。

写字缺胳膊少腿的，非男生扎西群培莫属了，一个马虎的孩子。但他的汉语口语表达非常好。扎西群培的父亲是汉族，母亲是藏族。他说话很流畅，就是写字，缺胳膊少腿。在书面表达上，扎西群培跟其他同学相比，弱了很多。

唐老师经常把他叫到前面来，纠出错字，让他记住这些容易写错的字。

要一遍一遍地记。后来，扎西群培的缺胳膊少腿汉字逐渐少了。到期末考试，几乎一个错字都没有了。

前年十一，唐老师的爱人和孩子来看唐老师。

在青岛理工大学读大二的女儿，背了一个双肩包。打开来一看，哇，唐老师乐了：我姑娘哟！这一路，背了一包的小布娃娃，五颜六色的，女孩儿家的，不能背重的。这些个小布娃娃，送给福利院的孩子们。

唐老师刚一提到女儿，手机就响了。是女儿要跟爸爸视频聊天。

我停止采访。让他跟女儿视频。

唐老师将手机按掉。唐老师一笑，说，我姑娘啊，每天晚上9点都要跟我视频聊一会儿。这是我和我姑娘从上大学开始一直到现在的约定。从未改变过。都养成习惯了。

高招儿的老师教出高分数的学生

每次来福利院阳光学堂时候，孩子们还没进教室。王东辉老师就得先去找孩子。

到哪儿找呢？

寝室，太阳老高了，可能还躺着睡觉呢。让大孩子玉加去扒拉扒拉他们。

操场，太阳无遮挡地晒着，孩子不管天上太阳大不大的，还在踢足球呢。

王老师就喊：玉加！扎西塔杰！次旺多吉！普布顿珠！多布杰！……

这是周六和周日的早晨 10 点钟。

去的时候，有的孩子还没进教室——按理说孩子们应该坐好了，可这是福利院，孩子们大的小的男孩儿女孩儿，都是在一个教室里。况且，小孩子，天性爱玩儿。去寝室找，到操场寻，拉拉扯扯的。把睡的、玩的，都得哄来，让他们高高兴兴，到教室上课。

进入教室，告诉孩子们，今天重点讲哪些内容，把作业和资料拿出来看。"孩儿们，操练起来。"这是《大闹天宫》里的花果山那只"腰束虎皮裙，脸涂红油彩，手舞金箍棒，逍遥天地间"美猴王的台词儿。孩儿们，得听美猴王的。规矩坐好了，遇到什么问题，快快说出来，哇呀呀呀，呔！孩子们笑了，这个老师好玩儿。

还有什么问题。无外乎就是汉语的理解。于是，数学课瞬间切换语文课，然后再切换到数学课，然后再切换。教着数学，还带着给上语文的名词解释。王老师说那是常态。

援藏老师，基本上都是全能老师。自然而然，一点一点，赢得了孩儿们的心。

王老师是教数学的，这个数学有很多专业词语，孩子就更不太明白了。就得细致点儿讲。

孩子们，都是淘惯了的。管严了呢，�‍嘴了、不乐意了。松了呢，就蹬鼻子上脸了。得威严，得怀柔，当然，需要拿捏。恰到好处的那种。

王老师可是内地学校的副校长，学生的这点儿小伎俩、小套路，对付起来小菜儿一碟。孩子的内心单纯，更多的，是引导，是疏通，让他们明白学习的重要。"阳光学堂"里各个学校学生都有。上海实验学校的，一中、二中、三中的，还有小学的。但都是福利院的孩子。

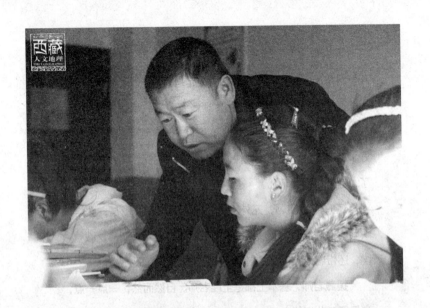

上小学的孩子喜欢画画，感觉有意思。施海波老师的美术课，不管大孩小孩男孩女孩，都愿意上。画嘛，就像藏族文字，是天下美妙的符号。数理化，关乎抽象思维的，关乎动脑筋的，关乎逻辑思维的，就不愿意上。愣神儿想着踢足球的，痴想着中午吃什么的都有。是听不明白吗？这题这么简单，还不会吗？王老师口干舌燥，讲完了题，学生明白了多少呢？

还得学鸿飞老师，对福利院的孩子，采取另一种"勉励"。比如，发点儿吃的，发点儿书本。学字是必须的，小词典买了15本，大词典买了7本，新华字典买了3本，奖励加鼓劲儿。

王老师教桑珠孜区二中汉族班，相对来说，比内地的汉族班差一些。

但也有好的，去年数学成绩，有个得满分的，邵之婷，中考升学考试，数学得了满分，这个不容易。在西藏自治区日喀则市，邵之婷是唯一得了满分的孩子。王老师教的，多自豪！

一开始，邵之婷不显山不露水，数学是 88 分。但是，一学期之后不长时间，二中开始班级模拟考试。第一次模拟，邵之婷就考了 92 分，第二次模拟，考了 96 分！

这次，真的没想到，邵之婷能答满分。即便最简单的题，答满分也是不容易的。

这个孩子是汉族班的。所谓汉族班，其实就是多民族班，当地老师叫它"联合班"，汉族、门巴族、康巴族等。这个班的孩子，聪明、调皮，捣蛋的多。教他们，得有定海神针。

班里还有几个不错的。藏族班的学生数学最高分是 86.5 分，汉族班有 5 个学生得了 90 分以上，还有一个是藏族学生，数学得了 86 分。

"尾巴"还是挺大，两极分化严重。不学习的，基本就是二三十分的。这部分孩子，就得给好好补课了，不听也得听。就是要盯住大尾巴，耐心说服他们加把劲儿，不拖后腿。

男生丹增朗杰，考上了内地班：郑州四中。

王老师刚开始接这个班时，丹增朗杰的数学成绩还算凑合，但不出类拔萃。丹增朗杰上初二。王老师就觉得他的逻辑思维好，一些作业题，一点就通。很认真。虽说分数不是很高。

成绩有提升空间，当老师的自然高兴。王老师要给丹增朗杰一柄方天戟，相信他一定能成为好战将。让他当数学课代表。果然，期末考试，丹增朗杰在所有班级里考的分数最高。

女生丹增卓玛，数学成绩还可以，但是英语和物理，却差了不少，是一大截：英语30多分，物理40多分。王老师觉得，丹增卓玛的数学，也有提升空间，会越来越好。但是，如果丹增卓玛的英语和物理一直就这么差下去的话，不但拉下总分，还会影响考入内地班。

王老师很着急。找到丹增卓玛，跟她说：丹增卓玛，这次期末考试，你的英语，要达到60分，你的物理，要达到70分。达到了，你说要啥吧，300块钱以内的奖品，老师给你买！

我要篮球。

说得如此肯定、平静。什么，没听错吧？女孩子家家的，要篮球？

我要篮球。

又说了一遍。而且不容置疑。

好，就给你买篮球。没听错。王老师听得清晰。

期末的时候，丹增卓玛的物理和英语分数果然提高了，没提高多少。但从那以后，丹增卓玛的高分意识上来了，每天早来晚走，专攻物理和英语，什么题难做什么题。难的题、简单的题、综合的题，一概不放过。英语也是书本不离手，念得比谁都认真。最后期末考试，也就是升学考试，物理90多分，比数学还高！英语80多分，远远超过了最初的预想分数。

丹增卓玛这孩子，神了！

　　连教学组的老师们都感觉意外。孩子聪明哪。篮球，不用说，肯定给买了，还得外加一些她喜欢的书。让她开个书单子，慈祥的老师都给她买。王老师想着，她要是没有这两科上来，内地班就不可能去。后来，丹增卓玛的这个成绩一直保持到最后，考入了郑州四中。

　　王老师教的那个汉族班里面，考入内地班的是 6 个，北京 1 个，郑州四中 5 个。

　　考到北京那个，就是数学得满分的汉族班的邵之婷。

　　所有的孩子，都有潜力，就看当老师的怎么开发了。孩子的智慧比成人高，要让其释放！

　　索朗央宗和益西，她俩都是数学老师。

上学期开始的时候，三位数学老师，带的班成绩如下：益西第八，王老师第九，索朗央宗第七和第十。期末的时候，索朗央宗两个班，一个第二、一个第七。两个班全提上去了。

从教学的角度来说，这学期对益西的影响比较大。

索朗央宗去支教了。益西开始上课时，还是不成型。他们两个，都是新毕业的年轻老师。益西是藏大本科毕业，进步空间，应该会很大。

教会一两个孩子，不如带好一两个老师。老师一对一，结成师徒对子，老教师带新教师。新教师有上进心，能融入。岁数大点的，效果就不好，爱面子，不愿意学。因为就要退休了，要改变他多年的教学模式吗？他认为自己有多年的教学经验，不该给你当徒弟，应该当师傅。

阳光陪伴成长

趣味地理课

王世君老师是地理教师。

王老师认为批改作业，也是师生沟通的一个纽带。每次批改作业，他都会在孩子的作业本上写一句安慰的话或让孩子高兴的话。当然都是鼓励型的——

老师很欣赏你这次的作业，希望你下次能比这次做得更好更优秀。加油，超过别人，相信你能做得更好！你很认真，继续努力！你可以做得更好！这一次做得不错，再努力一些就会更棒！这么端正的作业，一定是下了很大功夫！批改你的作业，是一种享受……

没事的时候就收集一些评语。还要找一些素材，或者写点儿日记。给孩子写完这些字，有的孩子也会回复，学生雍措是这样写的：

老师，你看我这次注意了，是不是就比上次好一些了？是写得好了吗？

有时候孩子们的语言组织不是那么太对，这是普遍的"藏地风格"语言。但能看懂。这样，老师已经觉得自己与孩子的距离拉近了，因为孩子愿意跟老师说说心里话。

批改他们的作业，难度最大就是挑错别字，几乎每一篇都有缺胳膊少腿儿的。每每这时，王老师都要给孩子挑拣出来、纠正过来，让孩子照着，重新写这个字。

来三年了，第一年、第二年的地理不算中考成绩、不算毕业成绩。学校每周就给安排了一课时。一周给一个课时，当然讲不完。或者可能只讲了一半，快点讲，能讲一多半。因为不算结业成绩，学校活动，就占用了地理、历史或生物课。

有一年课一半没讲完，学期就结束了。因为老是占用地理、历史和生物课，这真的不公平，老师都愤怒了。这学期开始，地理课结业了。

后来，学校开始重视，地理以 80 分算入中考成绩，学生也卖力了，分数也上来了。

每周的课也比以前多了一节。

王老师就想，能否在地理课上，多讲些学生感兴趣的话题？

还真的去做了，这不是把语文老师的课抢了吗？

抢了就抢了，能咋地！把一门比较古板的地理课讲活才是关键。也就是说，能将学生的味觉调动起来，才是好菜呢。

比如，看看地图。巴西在哪里？巴西属于拉美。巴西最厉害的是什么？足球。罗纳尔多、罗纳尔迪尼奥、罗马里奥，有三位姓罗的，哈哈。全是大牌球星啊，拿了多少世界杯啊。踢足球的男孩们感兴趣了。对的，巴西的亚马逊河相当出名。澳大利亚在哪里？这个国家最明显了，是在南边，像一个吊坠儿。周围全是海。北：阿拉弗拉海。南：印度洋。东：太平洋。西：印度洋。美国在哪里？美国有个写大海的作家是谁呢？是海明威。知道海明威的《老人与海》是写哪里的大海吗？学生摇头不知。是20世纪中叶的古巴。然后，借此向学生讲小说里面的老人代表什么——一，永不言败的强者。二，锲而不舍的理想追逐者。三，理想破灭的辉煌失败者。为什么啊？先说一，老人桑地亚哥钓到了一条大马林鱼，想把大马林鱼弄上岸，可是风暴来了，于是驾着小船跟风浪搏斗了数小时，这是英雄的强者形象。二，老人桑地亚哥的理想，就是那条大马林鱼。那条大马林鱼，就是桑地亚哥的理想。得鱼才能过好日子，因此他必须得到大马林鱼。所以不放弃。三，大马林鱼被大海里的鲨鱼啃得只剩下了骨头，桑地亚哥最后变得一无所有，从似乎获得了，到"理想"的破灭。但是，他做过了，就不后悔，虽败犹荣啊。同学们，老师的理解，大体是这些。

学生们点头。这个故事，真好！

就是这样的，通过地域来讲课，一下子拉近了与孩子的距离了。

　　海明威的《老人与海》有的孩子读过，有的孩子没有读过。

　　于是王老师就找那篇文章或者那个动画片来看。他们在地图上找到了古巴，在地图上找拿破仑的阿尔卑斯山，在地图上找乞力马扎罗雪山……地图上的地理，是文学，更是历史。这样，孩子就喜欢学地理了，就愿意学地理了。学生跟老师的关系，也从此紧密了。哪怕老师说错了一点什么，这时候也会去包容你，不给你顶嘴对抗。孩子们认为：我喜欢他，我不能看到他错了，我得维护他，我不能挑刺，或者故意找麻烦呀。

　　上学期期末考试的时候，王老师教六个班，有三个学生得了92分。其中就有王世君老师和王东辉老师教的那个初一四班。有两个孩子，一个男孩一个女孩，都得了90多分。80分以上的，在他教的6个班里头，就有20多个。这个成绩，就是在内地学校也不能是差的。当然了，大尾巴还有不少，因为每个班都有三五个孩子听不懂汉语。

最后一年时，王老师教的初一四班，有个小孩代表全体同学，给老师写了《告别书》，给王老师的感觉好像生离死别一样！孩子这样写的《告别书》：

王老师您好：谢谢（您）教我这个班。我们都知道我们这个班不好，我们能看到您的努力，我们不能确定您是成绩最好的老师，但知道您是最称职的老师、最优秀的老师。谢谢你！
初一四班全体同学

信的结尾，还画了一个太阳的笑脸。错句、倒装句都很多，但是读了就感动。

王老师说，去福利院的时候，每天两个小时，就是辅导学生，与这些孩子们交流，既教学又沟通。藏区孩子喜欢在野外奔跑，你真给他（她）约束起来，不太愿意呢。特别是福利院的孩子，好不容易放了一天半天的假，却有老师来给他们上课，把他们圈在了屋子里，肯定不高兴了。所以，每次我们到课堂，等着学生的时候，都是管理员去找学生。

教室桌椅不摆，咱就边等学生边摆好桌椅。差不多的时候，孩子三三两两地就来一些。王老师教的是地理，前两年的地理不算结业成绩，他们也不好好学，所以没办法，就提前再准备一些能够教的。语文或数学这些学科，都是要给孩子上的内容。

王老师就和孩子们说：我们啊，挺羡慕你们的！你们懂三种语言：汉语、藏语和英语。

藏语，老师根本不会。到这儿来呀，是教你们来学习的，你们到时候，也教我几句藏语，我要带回去。继续说：老师呀，是一名师范生。就是为了躲着英语才考的师范。老师的英语肯定也是挺烂的。孩子们问老师汉语，字词、造句，老师能会。当然，有时候孩子也故意考老师、难为老师，问老师藏文和英文，但没想到，这个地理老师，是这么给他们解释的。

王老师继续说，再一个就是，有时候上课，可能两个半小时，圈在了屋里，孩子们太累。

然后就与他们一块做做游戏。和他们一块去打打闹闹、沟通交流。我觉得这种做法，没准比圈在屋子里一直学习的效果能好一些。换换脑筋嘛。

王鸿飞老师经常会带一些衣服回去洗。王老师一看，这么多，这么脏，确实洗不过来，一洗他就洗得挺晚的。就直接说，老王啊，你实在洗不过来，我那儿还有洗衣机呢。

孩子们的衣服味儿挺大，特别是洗衣机用凉水洗，根本洗不干净，就得用热水泡，一泡，那味儿熏得屋里呆不了人了。可能是福利院的孩子洗澡的机会少或不愿洗澡的缘故吧。

有一个叫次仁吉巴的小女孩儿，现在上了初二。那年王老师教她，偶尔一次唠嗑，就说她要上王老师公寓去看看，王老师说行啊，等着老师要有时间，有机会就领你去。

就这么随口一说，实际上就是随嘴这么一说，次仁吉巴就记在心上。

那次到福利院，次仁吉巴就问：老师，你什么时候让我去你那儿？

王老师就说：现在，就今天。你可以再找几个小伙伴儿，一起去。然后就领着她们去了教师公寓。到了公寓，看她们确实太脏了，王老师的妻子就给几个女孩儿洗澡。如果有男孩子，那就是王老师的事了。王老师的妻子是在王老师来的两个月后来的。她没有工作，自由职业者。正好，陪着丈夫到西藏来了。两年多，她在教师公寓的食堂上班。

王老师的女儿在家上大学。"说起孩子啊，我觉得我挺对不住她的，填报志愿时，本来我想去南方，我说：爸妈就你一个姑娘，你要上南方了，你不回来了，爸妈多想你啊！

"在报考学校的时候，女儿选择了佳木斯大学，把海南的海洋生物学院报了第二志愿。这样她就不能去南方了，我这就是自私！就想别离我太远了，没准将来成家立业时候，在咱北方找工作，将来把她留在北方。没想到，把她留在佳木斯了，我们两口子上大西南来了。

"我姑娘偶尔也说两句，说你们把我自己留这儿了！五一和十一，我就自己回家。去年暑假，我姑娘埋怨说，你们把我扔在家里，你俩却去了西藏。"

高个子物理老师

　　张明是物理老师。对于福利院的孩子，张老师除了给大班的讲物理外，有时候还要给小班的孩子讲语文和数学。讲语文时还要穿插着讲故事。比如《夸父追日》《铁杵磨成针》《假如给我三天光明》《爱迪生的故事》，等等，都是励志的故事。孩子们爱听。

　　然后再讲内容。高个子张老师的理念是，知识是循序渐进的，不能一下子全倒给孩子。他有一个"不满"之说，即不要满堂灌，这样无助于孩子的知识消化，要点滴地渗透。

　　张老师每周都要去福利院"阳光学堂"上课、讲习题。

　　张老师觉得孩子有个健康的童年，非常重要。他强调不要将孩子关在教室里面，有时候也跟一些小男孩踢踢足球。到福利院，每次都早一个小时去，跟孩子们玩一玩；有的时候，去得更早点儿，看见大一点的孩子自己洗衣服，那种脱下就洗的单件衣服，就帮着他们洗洗，告诉孩子如何打肥皂，如何搓揉、冲洗，等等。很细心。孩子喜欢这个高个子物理教师。

冬天的时候，张老师就领着孩子到操场跑跑步、打打篮球、踢踢足球。俨然一个教练，或者一个球队的队长。

他发现，一些孩子，冬天不太愿意呆在屋子内，就坐在外面的小台阶上写作业。孩子说，小台阶那里，阳光足，身上暖呢。

但小台阶那里的阳光，实在太亮了，亮得刺眼睛。时间长了，对眼睛不好。张老师就劝孩子到教室里写，那里也是暖和的啊。提醒孩子，多穿点儿，太阳虽暖，还是有些小风，别吹着。

张老师跟孩子说话时，孩子就抬眼看着他，像看一座高塔。突然想起了什么，就跟他说：老师，手机，我借一下，给奶奶、给姥姥，打个电话……

是朋琼、白玛玉珍，或者是达娃央吉、洛桑卓玛。

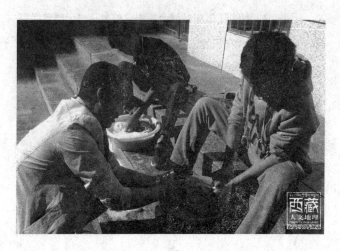

不像小男孩儿，什么都马虎，什么都忘。小女孩儿心细，记着家乡呢，也因此最爱借电话了。也都是话唠。张老师心里难受。孩子没有父母，只有奶奶了，只有姥姥了，她们想念奶奶，想念姥姥，想跟她们聊一会儿。所以每次，张老师都把手机的电充到满格，好给孩子们用。有时候忘了是谁把手机借走了。孩子一个传一个的。不过，不用担心。等他下课要走时，肯定会有一个孩子，跑到他面前，把手机还给他。

课间隙，张老师也跟一些孩子聊天。

卓玛拉姆，你是南木林县的吧，你喜欢的童话故事是《灰姑娘》和《白雪公主》。你爱唱动画片《小公主苏菲亚》的主题歌，是吗？我都知道。

旺布加参，你也是南木林县的，你喜欢德格叶的《记得》，给我唱唱吧。

于是，13岁的旺布加参就大声唱这首歌："记得曾经湛蓝的天空，记得你孩子般成熟的笑，多少次回忆曾经，多少次梦想长大，记得曾经湛蓝的天空……"男孩子跟老师熟了，就不怕羞，大声唱。虽然跑了调儿，但声音脆脆。张老师说，学校搞演出，能上台唱这个歌吗？

边巴卓拉，你是萨迦县的吧？次多，你是江孜县的吧？你们都喜欢唱扎西平措《阿妈的手》，给我唱几句吧。对了，你们喜欢的书，我给带来了。

孩子也想听张老师讲讲黑龙江佳木斯冬天厚厚的冰雪，

那雪下得，可大可大的了。讲讲满山遍野掉落的松塔儿，可多可多的了。他们吃过那种大大的松子儿，一种带着松油清香的坚果，据说可贵可贵的了。是老师的家人，从黑龙江那边儿寄来的，是开口松子儿，好吃极了。之前没吃过，五仁月饼，好像吃过，那里面有松子儿。孩子想听听张老师再讲讲东北那疙瘩特产的大豆、玉米和高粱。还有大米呢。讲讲松花江、黑龙江、乌苏里江，讲讲每天的太阳，早早地，就从那个地方升起来了……

看看时间差不多了，张老师跟孩子结束了说笑。站起来，孩子们，开始上课了。

张老师教的那个班级里，有个福利院的孩子叫普布顿珠，他淘气，个子还小。课间没事的时候，张老师就跟他聊聊天。

张老师说，普布顿珠，头发太长了，让唐老师给你修剪修剪、洗一洗，多么漂亮的小伙子！

普布顿珠不好意思地笑了。

那就是说可以剪了。张老师就找到唐老师，把剃头推子拿到了学校，中午，找到普布顿珠，给他洗头、剪头。只按头型剪，不给剪短。普布顿珠很高兴，照照小镜子，还真的很帅！

个人卫生问题，是张老师最操心的问题。鸿飞大哥把衣服拿回去洗，王世君老师两口子也帮忙洗。福利院的小孩儿，要是都能好好地洗头洗脸刷牙，个个都是漂亮的小天使。

高原地区缺氧，对心、肺、血管，影响都非常大。很多老师身体都出现了毛病。

缺氧之后，平时在家喘一口气，在这儿得喘两三口气，肺活量本身就有一些要增大。有时候，打球累了，猛了，都会感到头晕脑胀地疼。

但是，课程一点儿也不能耽误，特别是给福利院的孩子，张老师就多给开点儿小灶。

刚开始的半学期，教学成绩不太好。张老师上课的时候，也有些力不从心，经常上不来气儿，说话不敢说快。学校却给了他三个班级，他是接手班级最多的物理老师。

当时这三个班级差到了极点。在全校十个班级期中考试成绩排名是：第八、第九、第十。

即：倒数一、二、三名。

张老师马上做了教学调整，用多年来在内地积攒的教育经验，来给三个班上课。当然孩子们也争气，头一年期末，就

有惊人的大扭转。成绩排名三个班是：第一、第二、第三。

即：原来的第八，现在是第一。原来的第九，现在是第二。原来的第十，现在是第三。

力拔头筹，战绩辉煌。大个子张老师在孩子们的眼里，就是一个巴顿将军！

是力挽狂澜的大元帅！

孩子开心，张老师也高兴。从钝刀到利剑，从猪尾巴到凤凰头。孩子的家长也高兴。

张老师却在孩子身上找原因。估计，援藏老师也可能占一点儿优势。孩子们都觉得张老师有气场。那种气场，是与生俱来的的强大。还有，张老师有风度，上课能抓住孩子兴趣。

比如做实验，比如大胆让孩子回答问题。还因为，表扬他们，回答错了，也表扬——

你看，其他同学都没回答，你回答了，你很勇敢！

像法拉第、牛顿、爱因斯坦！

大胆，是一个孩子学习的最好策略。鼓励孩子大胆做题。错了没关系，只要敢想就行。孩子们觉得比较新鲜，觉得物理还是挺好玩的。逐渐地，喜欢上张老师的课。而且专注、认真。就愿意学了。

上了初三，张老师教两个班了，期末成绩：一个第一名、一个第二名。

孩子们的心中，这个高个子的帅气的物理老师，气场强大，厉害！厉害！

献给老师的哈达

谢亚双老师清楚地记得她。

每次去福利院，次仁巴宗都会拉着谢老师的手，说她要找李原叔叔。李原叔叔教她打乒乓球呢。她还要跟李原叔叔多打几场呢。

谢老师说李原叔叔到拉萨了，不在工作队那边。一开始，次仁巴宗不相信，以为是她气着了李原叔叔，后来说多了，也就相信了。

李原真的调到了拉萨，那边的工作需要他。

次仁巴宗很懂事儿地跟大家说，等她长大了，一定要好好孝顺李原叔叔，要给他养老。小孩儿说这话时，真的有些小大人的感觉。这孩子，真懂事啊。也知道感恩。

于是谢老师就问她，次仁巴宗啊，有一天你长大了，会到黑龙江去找我吗？

次仁巴宗马上大声说：会的，一定会的，去找谢老师。

谢老师带我去看雪、去看冰灯。

更多的时候，在其他老师还有摄制组到福利院的时候，次仁巴宗和几个孩子，就会问摄制组的叔叔：怎么没见谢老师？谢老师怎么没来呢？

谢老师说，有一次我们去福利院跟大家一起拍摄"阳光陪伴成长"公益活动。旁边有一个小男孩儿，他是一个残疾的孩子，走路一瘸一拐的。其他的孩子四处乱跑玩耍，他自己一个人，在旁边待着，显得特别孤单。我就去陪他。有一些其他学校的孩子，也在福利院跟孩子们玩，看见我陪着这个孩子，就都聚了过来。这些上了高中的女孩儿，跟我们一起玩，也跟

第一部

小男孩一起照相。

　　谢老师说，我主抓二中的德育，那一次的毕业典礼活动，由我来主持。

　　那天的大太阳很烈、很亮，特别的晒。但我不能戴帽子，因为我得主持活动。我只能站在台上晒着。整个过程，晒得不行，下来之后，我的脸就红肿起来。

　　我觉得这个活动组织完了，孩子们对我不会有太深的印象。

　　因为那个时候，我才跟他们接触一年多的时间，也不是他们的授课老师。所以，我就想，他们心里或许对我的感情不

会太深，他们对我的印象，也仅仅是我在开大会时讲话、在他们上课时候查课、在他们活动的时候检查。

当散了会之后敬献哈达的时候，孩子们排着队，来给我献哈达!

孩子们一个个地走到了我身边。

一个小女孩对我说：校长，我们太喜欢你了，你讲的话，我们特别喜欢。那一刻，我不觉得脸晒得有多痛了。我的泪水盈在了眼睛里，一下子觉得是最幸福的。

我感觉我没付出那么多，却得到了孩子的赞美。我有点儿不相信自己的耳朵。小女孩仰着头，她在望着我，大大的眼睛，闪烁着清澈如水的光泽。我从心里要对孩子说什么，但是说不出来。我真的没有想到，我会留给孩子们留下这样的印象。

整个活动基本结束了。

那个小女孩儿也回到了队伍中了。

因为还有检查，负责迎接工作的谢老师要去门口迎接区领导和工作队领导。等她快要到门口时候，有两个小女孩儿、两个小格桑梅朵——次仁巴宗和米玛吉宗，从后面，飞快地追了上来。她们以为谢老师要走了呢。

气喘吁吁地，手里捧着长长的洁白的丝绸。

原来呀，是给她们喜欢的谢老师献哈达。

阳光里不忧伤

给福利院的又一批衣物来了。

这天，于雪松老师和工作队的几位队员，去福利一院给孩子们发放衣物。

早早地，孩子们排着队，在福利一院操场那里等着了。

于老师将工作队收到的捐赠衣服，分发给每一个孩子。让孩子们选择，是要粉色的、红色的、蓝色的、紫色的，还是一些带小花儿的，随便挑选。

孩子们兴高采烈，挑选着自己喜爱的衣服。

发放完毕后，因为前一晚上加了班，没有休息好。于老师坐在门口收发室旁的凳子上休息，有些疲劳，有些困盹呢。阳光直射下来，脸上跟刚才一样，热辣辣的。

一个皮肤晒得黝黑的藏族小姑娘走过来，递过来一个冰淇淋。

小女孩儿说："老师，吃冰淇淋呢。"

小女孩儿的小手里，拿着两只冰淇淋。

老师不吃冰淇淋。于老师说。

小女孩仍是执拗地举着冰淇淋，说这个可好吃了，老师渴了吧。我们天天都在吃呢。

看着晒得小脸黑红的小女孩儿，有些感动。接过了冰淇淋。慢慢吃起来。

小女孩儿坐在了于老师的身旁。主动问老师，好吃吧，老师？于老师点点头，问她叫什么名字？小女孩说她叫次仁吉巴，现在是桑珠孜区二中初一二班的一名学生。

这是二中的一个学生。

次仁吉巴很健谈，或者说是一个话痨。她没有掩饰自己的身世。原来她老家是西藏自治区日喀则市边境县城聂拉木县。她本来是一个家庭健全的孩子，但是父亲在外务工，脾气暴躁，常年喝酒，母亲不识字，在家做家务。前年，父亲喝酒回来与母亲在家发生口角，一失手，就把母亲给打死了，父亲被判刑进了监狱。没有了大人的照料，次仁吉巴成了一名孤儿。

次仁吉巴有一个叔叔，但养不起她。就把她送到日喀则儿童福利一院。

次仁吉巴亲眼看见了父亲对母亲施暴的场景，幼小的心灵，受到了极大伤害。她和于老师说了不少话。最后，她跟老师说，她无时无刻不想把他父亲杀死，为母亲报仇。

　　听到次仁吉巴悲惨的身世，于老师心里酸楚。想着眼前的这个孩子，真是命苦。但不能让她有仇恨啊，要让她改变看人看事的方式。当然仇恨是一个人与生俱来的权利，但是不要成为一种压抑心灵的东西。一个人，还有什么能比以知识来填补内心更重要的呢？尤其是对于一个孩子。于是，我就跟孩子说，过去的事，就让它过去吧。现在，你还小，不要把"报仇"作为理想，而是要把过去的经历当作一种动力，好好学习，将来考上大学，改变命运。

　　孩子默默地点头。

　　看得出来，次仁吉巴的内心，相当的痛苦。

　　相比那些大城市里的条件优越的孩子来说，次仁吉巴，真是不幸。成年人经历此事尚且难以接受，她小小年纪就要担负难以承受的心灵创伤，于老师想着，该如何安慰她？

次仁吉巴说他的叔叔偶尔也来福利院看看她。

但她再也不想回到那个让她噩梦萦绕的地方，她要好好学习，实现自己的美好梦想。

阳光里不忧伤。

于老师想好的话没说出来，但还是叮嘱孩子努力学习。特别是在文化课上，有什么问题，可找他问。于老师是教数学的，但不教次仁吉巴这个班。

现在，于老师只能耐心聆听，或许这就是对倾诉者次仁吉巴最好的安慰。

于老师在政教处工作。

从那之后，他每次在学校里的课间操时，都会看见次仁吉巴。孩子也主动和于老师打招呼。有几次，于老师还问问次仁吉巴，近期的学习和生活情况，看看有什么可以帮到她的。

次仁吉巴说她的班主任也是数学老师，但是，她更喜欢学英语。

于老师有时候也到次仁吉巴的教室看看，利用课间休息时，教她学习数学的方法，以及如何培养学习兴趣。于老师跟她说，数学并没有想象的那么难，学进去了，是很有趣味的。

他告诉次仁吉巴，只有学习，才是实现理想的最佳手段。也了解了次仁吉巴的其他课程情况，也还不错。但想考上内地中学，还需要努力。

援藏三年，于老师遇到了一个向他吐露心声的藏族小朋友，心灵收获了很多。

　　三年援藏马上就要结束了，于老师就要回到黑龙江牡丹江了。

　　于老师在日记里写道——

　　三年了，跟孩子的情感，难分难舍。老师与学生，已然有了一种很强的社群感。阳光陪伴，也已然成了老师与学生之间的状态了。高原之上，离阳光最近的人，他们不该被遗忘，而应该成为我们时常关注的群体。

　　次仁吉巴的未来，还有很长的路。

　　对我来说，或许多年以后，会时常想起她的那个悲惨家庭，想起这个自强不息、乐观向上的藏族小姑娘。我要把次仁吉巴的故事告诉内地的孩子。悲悯的高原，永远会保佑她。

阳光陪伴成长

高原的心灵神迹

柳大庆老师，被西藏自治区评为"2016年度最美援藏教师"。整个日喀则的黑龙江援藏教师，就他一位！还被日喀则教育局评为专家型教师，选派送教下乡。

在采访接近尾声的时候，我跟王鸿飞老师说，我要见见这位年轻的英语老师。

那天上午，我提出到桑珠孜区二中看看。工作队派车，将我送到二中。正好课间操时间，王老师带着我到操场，学生们正在做操，我拍了一些照片。然后跟着王老师到教学楼找柳老师。柳老师的办公室在二楼，他正患痛风，很严重，脚肿胀得疼痛难忍，无法长时间站立。他拖着脚，站起来，一步一挪，要给我倒水。我拦着他，晃了晃手里的半瓶饮料，说手里有呢。

柳老师真年轻啊。我说。

他自嘲大笑：啥年轻啊，都成了老弱病残啦。

就是黑了点儿，是高原阳光长期照晒在脸上的那种黑。

还有着一张笑哈哈的娃娃脸。柳老师说话语速飞快、有逻辑，还不时插进一两句自评语。很像我的一位诗人兄弟。此前，他已经知道我来这儿的目的。开玩笑说：你从我这儿听到的，肯定没有什么豪言壮语呀。

柳老师的英语很牛，牛到什么程度？人家可是被国侨办看中的援外的英语教师。2015 年代表国家赴菲律宾南岛和印度尼西亚支教，被国侨办评为"优秀外派教师"。

支教了一年半，回国仅三个月，就申请来到青藏高原。你说，这速度，是不是军人速度？

像《太阳的后裔》特种部队里的年轻军官柳时镇，一会儿奔赴热带丛林，一会儿又到了南非荒漠，一刻不停地奔赴各处。柳老师也是一个能顶得住高强度重负的人。这种类型的男人，若是穿上军装，没准也是一个非常有判断力、做事非常利落的职业军人。

来到日喀则不久，藏族校长边巴旺堆先生看中了他的才华。他肯定了这位年轻英俊的英语教师的教学方法和教学成绩。因为这种教学模式，在高原教学中绝无仅有，也给高原的英语教学带来了新的生机。学生的成绩迅速提高。大尾巴班，一下子冲到了尖子班的位置。

也恰好，援藏教师要下到乡村支教。作为专家型教师，柳老师无疑是第一人选。被选派上了送教下乡。斯时冬月，柳老师带着背包，下到 9 个县，大概 20 余天的时间。

都是哪些县呢？他语速极快地说了9个县，像说陌生的英语单词。我记不住，让他写在纸上。日喀则自治区的县城：定日、定结、冈巴、聂拉木、南木林、谢通门、萨迦、康马、江孜等9个县。冬月萧瑟，衣衫单薄。脚下踩着硬土，身上吹着烈风。那些碎裂的岩石与远方连绵的群山，都似乎给生命灵魂做着某种注解。神迹在侧，阳光照耀肉体，也照耀灵魂。

对柳老师来说，这些日子，是一次完美的出行。

只有太阳，能追上万水千山。生命的肉体，触摸大地，像触摸无可抵挡的力量。那闪烁着的，是人的光芒，也是自然大地的光芒。一个练达的人，其实是可以熟稔地将斜坡走成平地，而不是将平地走成斜坡。或是愈往高处，愈能看得清大地的轮廓和起伏的地平线。每到夜晚，苍穹之上，就是一块硕大的蓝宝石。而自己，是否就是被封存石头里的那一缕水光？

每到白天，大地万物又显映出了单调的记忆。他羡慕那些从四面八方来到西藏的旅行者，还有攀登珠峰的登山者：阳光普照山河，心灵优游梦想。行走的人生，该是多么的美！

脉动的山峦，是心灵起起伏伏的神迹。而这一次，他走到了5000多米海拔的高原。

高海拔之地，缺氧难受，就是说话都要倾注力气。

县乡的条件，肯定无法跟日喀则市区相比了。

但是，那种辽阔邈远，是他一生无法体验到的。9个县，每个县平均两天，也是急行军的速度了。把最先进的教学理念带到那里，是心愿，更是使命。尤其当他站在能摸着云朵的高原，面对苍茫，他的心境，像闪着银光的雪峰与河流，开阔、明亮。

山川在侧，人生多么渺小。面对皑皑雪山，茫茫旷野，感觉自己就是一粒水里的沙子，随时都会被神的手拣出扔掉。那么，一个人的生命状态，不在于身处怎样的环境，而是在于，能时刻自我调整、自我修复，从而找准自己的人生位置。

感谢阳光吧。因为阳光，一切事物与其灵魂，才闪闪发光。

无论是坚硬的石头，还是卑微的泥土、河流、山岭。只要有太阳照临，都会放出熠熠的光芒。诗人里尔克说："我们需要的一切，是在那些能够影响我们、时时置我们于伟大而自然的事物面前的环境中生活。"援教是心愿、是实现理想的一次迈步。但是，当有一天离开这令人心颤的高原时，记忆会不会就像过时了的、陈旧的衣服一样，被挂进了衣橱的一角，而显得落寞寂寥？高海拔令生命明白了低洼的卑微。柳老师有时候这样想。那就做好自己，做好眼前，做好要做的事。面对高原的孩子，一个人的精神状态，最是关键。

内地学生对多媒体教学可能已习以为常了，但对于西藏的教师和学生来说，接触得不多甚至根本没有接触到。因此，他们感到十分新鲜、新奇。多媒体英语教学，把图片、音视频集于一炉，给人最直观的认知，往孩子的想象空间里灌进一缕清风，助其飞翔。新的教学理念，能提起孩子们的兴趣。孩子

们觉得新颖、别致。无形中，调动起了学习英语的兴趣。而传统的教学模式，是陈旧的模式，或者说是羁绊、桎梏，束缚了思考。

因此，探求新的学习理念、利用课件优势，简化语言的繁琐，比传统的死记硬背更有效果。年轻的柳老师，成了学生眼中最时髦、最有方法的英语老师。

方法永远都是第一的。将枯燥变为趣味，跟凡俗老套的教学模式相比，效果也定然是不一样的。

柳老师教的班级，年考中排名为第一第二！

他的教学成果，也获得了桑珠孜区的教学一、二等奖！

老师的眼里，柳老师是一个有个性、才华出众的老师。

他的教学成绩，是一流的。他有水平，有方法，甘当孩子心中的"好朋友"，不落下一个学生，不放弃一个大尾巴。作为骨干教师，他能将内地的新课理念，融进当地的英语教学中。

他教了三个班，都是前三名：第一、第二、第三。

当年柳老师被选派出国任教，优中选优。在菲律宾执教一年，在印度尼西亚执教半年。他来西藏日喀已快三年，加在一起，近五年的时光。

国外援教，走的是公派。回国不到三个月，又来到了西藏日喀则，从低海拔，到高海拔，这人生的经历，多少有些戏剧化了的味道。可以说，柳老师连续5年在国外和国内援教。柳老师出国前，女儿刚刚3岁，还没上幼儿园呢。现在，女儿已经上小学二年级了，8岁了。

柳老师衣着时尚，白衬衣领围高高掩住脖颈，时髦而又随意地搭配外衫，很年轻的样子。在未曾有过的成绩面前，领导对他有了更深的认知。因为他是把超前而高效的教学理念带进高原课堂的第一人；因为他带领英语教师组，制作了各学年的英语教学课件，完善了一整套适合当地老师的英语备课资料；因为他立足于课堂，较好处理"课改"与"改课"的关系；因为他以"同课异构"理念，让学生的英语成绩，有了飞跃式的提升。

拉珍是尼玛次仁老师班的，是一个单亲家庭的孩子。性格偏执、逆反。你说的，她偏偏不做。柳老师就引导拉珍学英语的兴趣，课堂上让她回答问题。拉珍的成绩提高很快。

拉珍上了高中，成绩不错。有时候，柳老师在电话里指导她。柳老师说，拉珍，用英语问老师问题，大胆地问，不怕错，错了老师给你改。或者，直接用英语问拉珍，让拉珍来答。句子里面有的单词，拉珍发音不准，这边及时纠正。一个单词多说几遍。英语对话，让拉珍获益非浅。柳老师告诉拉珍，鼓励她会有一个很好的成绩，只要继续努力，不懈怠。

转眼间过去了一年。柳老师被分到了政教处当了副主任，主抓初三的德育。

这个期间，班级突发了一个事件，柳老师以包容和大度，让"刺头儿"学生及其家长深刻反思。那时临近中考，尽管一开始误解严重，但作为有责任的教师，柳老师坚持每天给刺头儿补课，又动员其他学科的老师给其补课。学生成绩一路攀高，考入了上海实验学校。

家长终于醒悟，不该对老师那般刁难。每到节假日，孩子家长都会给老师发祈福帖。后来又得知这位英语老师痛风严重，特意送来了一种叫"谱"的、从温泉里捞来的碱类的治疗痛风的矿石，说是很灵验。还有山南小木耳，还有酥油茶和青稞酒，表达对他的敬意。

时间验试了人性的冷热。

无需语言，只为孩子。只为未成年人今后立足社会的诚信品格，柳老师付出了太多太多。

福利院是孩子的心灵归所。孩子从小失去了父母，但并未失去温暖和陪伴。来日喀则第一年，几位老师一起去福利院。开始的时候，定位是补课。后来就是：陪伴成长。

　　我说你补课的效果，你去辅导课，你是啥呢？咱们干啥去呢？你得入心，你得融入情感。陪伴孩子，就是入心；不厌其烦地一遍又一遍教孩子，就是融入情感，才有效果。柳老师说。

阳光陪伴成长

最早是两个福利院，一院和二院。我一直提倡对福利院的孤儿要人文关怀。福利院的孩子，从小无管束，犯错多些。比如打架，比如骂人，比如有时候拿别人的东西，等等。我觉得，还是要以德育教育为主，多关心、多谈心、多帮助。柳老师说。

进入福利院以前，柳老师是大庆博爱志愿者协会会员。来到西藏日喀则，柳老师立即成立博爱志愿者协会日喀则分会，并担任会长。日喀则三年时光，志愿者协会捐了近十万块钱的钱物，现金五万多。更多的是衣物。这批刚刚来到，即将发下去。还有一批，下次来，再分发下去。

这一阵子，因为痛风，没有亲自去捐助。前段时间，与几位老师一起，装了一车物资，到镇乡村，发给贫困户的孩子。已经捐过的，比如定日长所乡、拉孜的幼儿园小学等。

装满车的，都是新服装。三年了，近十万元左右。

做慈善，扶小救弱，柳老师觉得心灵能得以安顿。一个人的良心好，就能解决一些事情。

那次挑事儿的家长找我的时候，我的一批救援物资到了。我说你先等等我，我先去个地方。那东西不能积压，我要捐出去。看到了我在做慈善，那个家长还跟我说，哪里哪里的乡村贫困。其实人与人，不就是沟通的问题吗？柳老师有些感慨地说。

人性之善之恶，是要看环境和条件的。

但也要看人的承受力，看人对真善美的判断。

捐助物资发到了县乡，给需要救助的贫困者。事先要联系。比如拉孜县下面的一个女乡长，经常联系柳老师，告诉柳老师，哪个村子需求衣物。物资到了，有时发给她，有时直接进村发放。从黑龙江大庆那边发过来的物资走铁路物流，发一批，一千多块。货到付款。志愿者承担。

还有捐款。

柳老师有一个做生意的朋友，看柳老师做慈善，转账了2万块钱，柳老师又添了1万块钱。用这3万块钱，购买了400套运动棉服，运到拉孜县，发给乡镇村的农民。

柳老师说这次援藏结束之后啊，准备在家里好好休养了，因为严重痛风，心脏也出了些问题，还有冠心病，挺严重。痛风了，看这脚脖子肿的。心脏怎么回事呢？医生诊断：左心室瓣膜闭合得不行，有个斑块，动脉上也有一个斑块，就是颈动脉的斑块……

全是高原病。

柳老师来高原之前，曾在医院做过严格的全面体检，啥毛病没有，非常健康。可是现在，你看看，痛风了，心脏有病了，还高血压了。长期服用降压药和心脏辅助药治疗。柳老师是1979年生人，才39岁。刚从国外回来的时候，黑瘦黑瘦，天天运动，游泳、踢球、登山。在日喀则三年，以为自己身体好呢，能抗折腾。可是，三年下来，把身体折腾成了这个样子。

有些伤感。

柳老师说他的爱人跟他同岁，39岁，牡丹江第五人民医院做护士。柳老师到国外援教、到西藏援教，5年时光，就等于把家庭压力全给了爱人。还有柳老师的父母、爱人的父母，帮着接送孩子、照顾孩子。女儿现在上二年级了，8岁了。

柳老师2015年评的高级教师。假如不来西藏，在家那边，也能混上个副科级。但他不想安于现状。他不想排拒命定要做的事。现在，他来了，来到了美丽的西藏。

来看看雪山、冰川，喜玛拉雅山、雅鲁藏布江、布达拉宫、羊卓雍措。来看看成群的牛羊和大片的蛮荒与苍凉……高海拔的山川，像一道道悬在高处的太阳的拱门。这天堂之魅，正是他想去的地方。低处的河流，高处的山脉，色调皆美的雪山和冰川，吸引他趋往。

大美高原，是天堂，是人间，是超越了生命本体的存在。

是行走中蓦然闪亮的天光，照映了灵魂。如同索尔·贝娄所描述的那样：

霞光渐渐变了，这是必然的。不过我总算再次见到它，如同抵达了涅槃境界的边缘。我就这样不加阻挠地让它消失了，心里盼望着多年之后它会再现……

其实，这也是给自己设定的理想追求。爱人也挺支持我的。柳老师这样说。

我说我要在45岁之前到处走走，特别是西藏，一定要上去看看。

我来西藏，不是被动来的，是主动申请、经过考核和选拔来的。当然，学校教学肯定受影响，因为在学校，我也算是中坚了。但我坚持要来，一定要来。这难免的，有精神寻根的意味。至于做些慈善，也是希望有一种力量，让灵魂有一个善美的归处。

来了，就要有经历。何止遇到一些坎坷呢？

自己的故事，别人的故事。对于我来说，或许有用，或许无用。但我记忆下来了。

已临近午间。下课了，办公室人多了。

我们是在三楼的播音室聊的，聊到 12 点半了。午间下课的音乐响起来了。

工作队的医生郭天龙开车来接我了。

柳老师要请我吃饭，我说回工作队吃吧。他下午没课，要回寓舍。他跟我一起下二楼回办公室。下楼梯的时候，我扶了他一把，怕他摔倒。他双手扶着楼梯护栏，艰难地挪着步子下楼。

一位藏族女老师经过身边，同情地看着他：柳老师，又犯痛风了啊？

把梦想一个一个画出来

1. 美术课，语文课

表面上听呢，这里的孩子和部分成人讲的，都是普通话。但是，由于环境和接触事物与内地不同，就会产生不一样的理解。

主要原因是：一，词汇比较少；二，有些词汇和内地不一样。

这里没有"水房"这个词。

施海波老师第一次让几个孩子帮着打扫美术室时，对一个孩子说：拖布脏了，你到水房把拖布敧一敧再拖。

说的时候，就没想到"水房"和"敧一敧"是两个口头词汇。这句话里有东北话，加上当地没有"水房"这个词，学生不知道这位带他们画画的美术老师说的是什么。施老师立即觉得孩子处在了上语文课的情境中了。孩子不懂，当老师的就得解释。

这里不说"水房"，只说水龙头。水龙头或水管子在室外环境相对封闭，因此，没有水房。将"洗"说"敲一敲""冲一冲"，他们就不懂。

与外界交流少，这里仍保留了一些古代汉语的用字现象。

刚开始上美术课时，学生说：写完了。施老师纳闷，没给留作业啊？

后来明白，学生说的"写"，其实就是"画"的意思。"写"在古代汉语里，确有"画"的意思。写实、写真、写生、写意，其实是古代汉语，画肖像，画风景。

施老师的美术课，跟语文课差不多了。干脆就叫"语文美术课"得了。一堂课下来，光解释词语，就占了不少时间。解释之后，才能画画。

后来的叶雕课的词语，更多也更复杂：线条、阴刻、阳刻。都得解释半天。

跟孩子这样，跟老师也这样。施老师在准备叶雕课的材料时，需要一种塑料垫板，一是保护桌子，二是保护刻刀。

施老师找到藏族后勤主任，说了很多遍，可以用塑料门帘替代。后勤主任就是听不明白。后来有一个新分配来的藏族美术教师，施老师找他，说用塑料门帘替代塑料垫板，当地有没有卖塑料门帘的？他回答说本地有卖的。于是藏族美术教师带他去找后勤主任。人家用藏语三言两语，就说明白了。第二天，塑料门帘就买了回来。

叶雕课上，施老师说，手不要碰刀刃儿。孩子听了，不知道啥叫刀刃儿，啥叫刀背儿。就得再当语文老师，作名词解释。还不行，拿出实物讲解，哪边儿是刀刃儿，哪边儿是刀背儿。边示范边讲解。用小剪子时，还要说说剪子把儿。然后才是具体操作动作，右手操剪子，左手要离剪刀刀刃儿远一点儿，上下刀刃儿一合，就能剪开纸张。

这哪儿行啊？语言这么费劲儿，今后的讲课，也肯定会费劲儿。

于是就开始规划自己能听懂藏语、说清楚汉语的方法。一是打听学校里有哪些教师在内地待过，多与他们交流。二是在课堂上一定要找助教。课堂上了解到，有哪些学生汉语能力强，就请他们当助教。上课时，施老师讲完后观察学生的反应，如果一些学生表情迷茫，证明没有听懂，就得让那个汉语理解能力较强的学生，用藏语把老师说的问题再说一遍。

孩子回答问题时，有的词语不太懂，有的词语懂了又不敢说了。孩子羞涩、腼腆，不愿意或不敢主动回答问题。即便是施老师提问到了某位同学，声音也是很低很小，生怕说错了，被老师批评或同学笑话。后来施老师就了解到，其他老师的课，也是这种状态。

施老师就鼓励学生：大胆说，你的地盘你做主！错了不怕，本山大叔说过，错了再改，改了再犯，千锤百炼。回答问题大声点儿，错了的话，可以说三遍。

玩笑一开，学生也放松了。

2. 挪开罩在小花上的玻璃瓶子

第一堂课，施老师以小故事作启引：有 AB 两个学生，他们一起画画，一起把作品交给老师。你们觉得 A 画得好，但老师给 A 的分数不高。为什么？因为 A 的基本功比 B 好，但 A 没有认真去画，只是应付。所以你们不要听周围人说什么，而是要听听老师的评价。

有的学生就问，老师你咋知道他是尽力画画呢？

老师的评价，不是说你画得好与坏，而是从你的用笔、画面效果等诸多因素中得出的结论。其他人只是从单一的方面去评价。老师是看你用不用心。你画得好不好是一方面，你只要尽力去画，就给你高分。你的画，不必被所有人接受，才是你的成功，有70%的人接受就可以了。

又进一步启发——

我在上大学时，班里有一个女生，画了一幅油画，放在教室一进门便能看见的地方，周五放在那里，家远的同学，周末不回家，去教室好多趟，也没看出那幅作品画的是什么。周日晚上，一个家近的女生来上晚自习，一进门，"哇"一声叫

了出来。油画的作者上前抱住她，说：知己！知己！作者让那个女生讲出画面的内容，女生说：我看到的是，从室内向窗外看，绿树成荫，突然一条毛毛虫从天而降，落在了窗户边上。画的作者竖起大拇指：完全正确！

这幅油画就是成功的作品。那么多人看了很多遍，不知道作者画的是什么，全班只有一个同学看出来画的是什么。

施老师以这样的故事为例开导学生，效果明显，他们懂了，比生硬的说教，要好得多。施老师说，就去大胆写（画）吧，把所看到的，用你的笔，表现出来就行！

学生们上文化课时可能吃力，但画画，很有天赋。每次交上作业，施老师都会以几个学生的画为例，一一作出评价。不论是在这里，还是在内地，他都主张给孩子办个画展什么的。

阳光陪伴成长

那年刚到日喀则不久，施老师就给二中的藏族学生办了一次画展。宣传很重要，他在学校大门口，把学生的作品贴在了大门两侧的墙上，左边是初二的，右边是初一的。

为什么要选大门口的位置？

第一，让家长也看一看。因为一些家长认为孩子画画会耽误学习，或者认为孩子没有这方面的能力。第二，施老师想让学生之间，有一个互动交流。画好，好在哪儿？不好，又在哪儿？学生私下里都会说的。但是他们跟老师不一定说，可能会跟本人说。而且有时候老师说的这些，学生不一定能明白。但是同龄人之间的评价，却能听得明白。要提升学生习画的兴趣。

后来给孩子办画展的时候，基本上是在开家长会的时候。校长也主张把画板抬出来，让家长也看看。画展就是要让孩子家长转变"学习文化课才是唯一方向"这个错误观念。

有些小孩在上课的时候画些卡通人物，要是被家长看到，肯定不行。

有一个藏族小姑娘跟施老师说，老师，在你的课堂，我才敢画画。施老师问她为啥，她说，我爸我妈，不让我做作业时画画，发现了，会给我一顿胖揍。小姑娘学的是东北话。

施老师就给家长讲：草坪上有一朵花，为了避免它受到风雨伤害，有人把一个玻璃瓶扣上去保护它。这个人的本意是好的，开始时瓶子的确起到了保护花儿的作用，但是，这朵花长到一定程度，这个玻璃瓶就会限制花儿的生长。如果不及时挪开玻璃瓶，就会把花儿闷死。

老师的责任，就是要把玻璃瓶及时挪开，让花儿在风里雨里茁壮成长。

3. 就地取材的叶雕和纸浆画

西藏地区的绘画材料比较少，除了绘画唐卡的材料之外，水彩、油画的材料，几乎看不到。学生除了铅笔画，就是画儿童画。水彩笔用得多一些。

施老师是搞国画的，2016 年来之前，想到了可能会缺材料，就从家里带了一些材料，带了纸张和毛笔，因为飞机上限制液体，就没带国画颜料。施老师是 8 月份到日喀则的，一直到 9 月份，一个月时间，一点国画颜料也没找到。

后来跟校长反映，校长派后勤主任领着施老师去文化体育用品商店去找。店主根本就不知道什么是中国画颜料。店主说，这东西很少有人买，太压货，我们进一次，可能要卖很长时间。后来校长和别的学校校长联系，才弄到了一盒国画颜料。后来施老师从网上买了三盒国画颜料，加上校长帮助弄到的一盒，有四盒国画颜料了。

纸张还好，实在不行，可以托运。

新分配的美术教师，前年去长沙学习，买了不少宣纸，带回日喀则。

施老师主张孩子先从自己了解的、熟悉的物体画起。

不论在学校的课堂上，还是福利院，都要说：你们同时承担继承和传承两方面的任务，拿起你们的画笔，画下今天你们看到的景物。因为，明天它们就可能在你们的视野里消失。所以，要用你们的画笔，把它们记录下来，存在脑子里。

问一个孩子：藏族房屋的窗户边缘为什么是这种形状？

不论城里的孩子，还是牧区的孩子，没几个能说出。

施老师告诉孩子：这个形状，代表的是牛头。

孩子不相信。后来施老师到工作队开会，看到了市委大楼门前的一组浮雕，有一个牛头形象和藏式房屋的门窗外边十分相似，就拍了照片让学生看。这回学生相信了。

藏地民居和寺院，门窗、柱头、檐梁、顶棚、墙壁覆盖精致彩绘，凡是木头和金属材质的供器，均雕有精美的花纹图案。其实这些，学生都应该熟悉，只是说不出来。

藏式建筑的门窗斗檐上都用布帘遮挡，施老师问当地人这叫什么。

包括一些藏族教师只会用藏语说，但他们也不知道在汉语中对应的哪个词，只知道是保护斗檐的，一般是在藏历新年时更换一次。

日喀则的树种得比较少，山上几乎没有树，水边也很少。

柳树相对多一些。国家实施援藏政策后，景观树在市区多了一些。树种得少，采集的树叶标准不高，达不到制作树叶贴画的要求。

但还得要做。叶雕，最符合当地的孩子的审美兴趣。

这里的孩子知道"叶雕"的也比较少。施老师就先教孩子刻制文字，然后教画十二生肖。这些熟练之后，就可以画藏族传统画了。

教孩子做叶雕，让孩子亲近自然。制作之前，施老师带着孩子去采集树叶，把孩子领出教室，不论是在学校教学，还是在福利院上课，带孩子到操场，那里的树多。施老师告诉学生，这是什么树、那是什么树；有什么特点；要采集的树叶，以什么样的为最好。操场的杨树多，就捡些或摘几片杨树叶子。

告诉学生不要爬树、不要折树枝，捡落地上的树叶就行。

如果树上有比较适合的树叶，能摘得到的，也可以。自己用的树叶，要自己来采。

叶雕画，有创造性，树叶没有成本。买一把小刀，或用手术刀代替，整个下来，也就几块钱。叶雕容易掌握，不切到主要叶脉，或循着纹络、避开筋脉，画线下刀。

因为拿着手术刀，施老师格外小心谨慎。每次在课堂，都十分严肃地强调安全，不要打闹，不要用手碰刀刃儿。孩子在叶子上画好图案后再发刀，纪律不好不给发刀。刀只能自己用，如果借给别人，刀收回，以后这个同学再不允许用刀。这几项措施，保证了孩子的安全。

　　他们只要专注去刻的时候，就不去打闹了。哲学家说：没有完全两片相同的树叶。孩子们做出来的作品就是唯一。要让孩子知道自己的作品，是唯一的、是不可复制的。

　　尽量选择大的树叶。高原的树种有限，符合做叶雕的，多数是杨树叶，传统的杨树的叶子，加拿大杨树，叶片厚实，筋脉柔韧，像枫叶。

　　选择秋天出去采集树叶，利用树叶的自然颜色。夏天的绿色叶子，现在看着挺鲜艳的，但是时间久了，叶子萎缩，颜色枯槁难看。秋天的树叶，干了后就能保持它原本的色泽。

　　采摘，是亲近大自然。制作，是一种提炼、一种融入了自由想象的审美创造。

叶雕手工画，施老师要求孩子用大树叶，便于孩子们学习掌握。掌握以后大小就无所谓了。技术高的，可以雕刻小树叶，可以处理得更精细一些。技术差点儿的，可以雕刻大树叶，可以处理得粗糙一些。孩子的作品出来后，前来看展出的人，第一句话会问什么呢？

有这么大叶子吗？

难道是从天空落下来的？

这么多的作品，采集时比这还要多好几倍呢。因为有一些没成功的被扔掉了，还有的树叶，处理不及时就失去水份干成纸片儿了，碎成了末儿了。

施老师说，树叶上面画些自己喜欢的小动物，或者自己喜欢的一些图案。这个图案不要太复杂。太复杂了，叶片受限制。孩子就这样，不论是看到什么，希望把所有看到的，都给它画上去。

比如说有的时候画小花，他可能画十朵八朵的。实际上这种巴掌大的叶片，画不了那么多。这样的话，就要让孩子学会概括、取舍、提炼。

概括、取舍、提炼的过程，是一个审美提高的过程。

郁金香，你要能让人看出来，画的是郁金香就可以了，不用过多地画它的细节。这就是培养孩子一种概括能力。动物也是一样，有时孩子喜欢猫，有时孩子喜欢狗。你喜欢啥，就画什么在上面。

上手工课的时候，施老师让孩子在反面画。

为什么在反面画？

孩子可能画得不准确，需要改。修改后的画面不干净。在反面画，把好的一面（正面）留给别人，把不好的一面（反面）留给自己。这是培养和启发孩子的良好品质，看见自己的缺点，把优点展示给世界。虽然不直接告诉学生，但却在培养学生这种积极的精神品格。

这比直接告诉他（她）应该怎么怎么样去做更好。让他主动改变，不是被动接受。

施老师对孩子说：把你刻的叶子和刻下的碎片先留一段时间，如果在刻叶子的时候，有刻坏了的，就用碎片儿进行修补。确实没有问题了，再把刻下的碎片扔掉。

养成了学生一个良好的卫生习惯。要不然，随时扔掉，就是不好的习惯。

也不让孩子用嘴吹刻下来的细屑碎片。碎片里有很小很小的碎屑，比较轻，用嘴一吹，一下子就飞到了空中。一吸气，就可能吸到鼻子里、呛进了咽喉里。或者，迷了眼睛，粘在了头发上。等到了最后，确实没什么问题了，再集中处理这些细小的碎屑。

上完课，不论是在学校，还是在福利院，教室的地面永远是干净的。

再一个就是美术课结束之后，也不会转身就走。施老师要求学生：一，把作品小心放好；二，把工具小心收好；三，把地面小心清理一遍。这都是对孩子人格品质潜移默化的训导。

再说说纸浆画。

纸浆画是一种具有层次感和立体感的手工画作品。锻炼孩子的手脑巧妙配合，愉悦身心，陶冶性情，化废为宝。从废纸里找到灵感，创造出一种诗意的表达和独特的艺术审美。

施老师在学校和福利院都教过纸浆画。施老师这样定义叶雕和纸浆画：他认为叶雕是培养学生的独立个性，纸浆画则是培养学生的团队合作精神。

制作纸浆画时，每组要有四到六人，分工合作，完成一件作品。

第一步，纸张分类，将一些铜版纸或贴胶膜的纸分出来，主要材料是学生用过的作业本或用过的卷子。

第二步，做纸浆，加胶加色，但纸浆不能太湿。

第三步，设计画稿并把画稿画到纸壳上，不要太复杂，可以临摹，或画个轮廓。

第四步，开始画，色块之间，注意不要相混。然后将画好的纸壳，做防水处理。

第五步，黏贴，放通风处，自然阴干。

福利院的孩子所有颜料和防水材料由施老师来购买。叶雕和纸浆画的树叶和废纸都是就地取材，变废为宝。也让学生有一双发现美的眼睛。在发现美的同时，提高学生的动手动脑能力。叶雕和纸浆画，操作简单，效果明显。学校学生和福利院的孩子，都非常喜欢。

4. 怪男孩扎西罗布

扎西罗布是桑珠孜区二中的"名人"！

扎西罗布这个孩子，一开始施老师不很熟悉。施老师刚刚来的时候，在桑珠孜区第二中学第一教学楼二楼有个美术室。据说扎西罗布这个孩子上课的时候，经常给老师制造一点儿小麻烦。唱歌跳舞、摇头晃脑、骚扰同学。有不愿意上的课，就溜出来，在教学楼楼道里来回乱蹿，哪个教室开门，便伸头往里面看看。

有一天，施老师没课，在美术室收拾物品。扎西罗布在楼道里跳跳蹦蹦，看到美术室里有画就进来了。什么也不说，抬头看着墙上的画。看了一会儿，扎西罗布一本正经对施老师说：

老师，我有画，要不要？

施老师不认识他，没有搭理他。

或者是感到无趣，扎西罗布待了一会儿，就走了。

施老师不知道扎西罗布是哪个班的，也不知道扎西罗布是学校有名的捣蛋鬼，还以为可能是不爱上体育课的孩子呢。对于扎西罗布，施老师没有提出异议，只是觉得这个孩子胆子挺大，老师在的时候，也不敲门，直接进屋，像是到教室那样的随便。但也没有反对他来。扎西罗布就总来美术室，跟施老师说说话、聊聊天。遇到了别的老师，他根本不搭理。

扎西罗布后来跟别人说，我挺喜欢这个美术老师，他说话，跟别的老师有点儿不一样。问他啥的，他能答上的，都给我说。他不烦我呢。

施老师一开始确实没有意识到，这孩子与别的孩子有什么不一样。

来的次数多了，施老师就说，你有画，就拿来，我看看。

那我明天，就把画拿来。扎西罗布显得很高兴。

第二天，扎西罗布还真的把他的那些画拿来了。都是他在课堂上画的，没有上色，但可以看到线条很自由奔放。施老师有些吃惊，认真地说：画得挺好！

老师，那以后你这开门的时候，我能不能来？扎西罗布
得寸进尺。

可以。施老师说。

就这样，扎西罗布有时候，就自己跑到施老师的美术室
看画学画。

扎西罗布的汉语表达不是特别好，和现在其他藏族孩子
一样，表面上听他讲的是普通话，但是有些词，他说不出来，
或词不达意，着急时会不自觉地说出几句藏语。

师生二人就用手势。

有时他说什么施老师不明白。他可能是问施老师怎么能
画好，施老师就说了，但他仍是不理解。施老师就写在纸上：
多看，看书上的画，看周围人是怎么画的，看身边的景物是什
么样儿的。然后多画，多想象，多思考。

扎西罗布回答说，我不知道别人是怎么写（画）的。

后来才知道他问的，不是怎样能画好，而是要让施老师
多给他做一些示范。

一开始的时候，施老师没有意识到这个孩子有什么毛病。
但是，那年冬天，施老师被抽调去教育局装订档案，刚回来，
在水房接水时，扎西罗布好像是恶作剧，从后面冲了上来，一
下子抱住了施老师，啪地一声，亲了施老师一口，撒腿就跑，
吓了施老师一跳。

施老师方觉察到，这个扎西罗布不是小孩子，哪能这样表达情感呢？他们的老师也说这孩子和别的孩子不一样，好像精神有些问题。

比如有一次，二中的一位老师在操场上抽烟，恰好让扎西罗布看见了。扎西罗布来到老师面前严正地制止：老师，你没看见学校贴的"禁止吸烟"吗？你是老师，要给学生树立榜样！周围还有不少老师和学生。但是，学生扎西罗布说的不是不对。人家说得有道理。当时把那个老师说得面红耳赤。从此以后，那位老师就把烟戒掉了。或许也是从那件事上，让所有的老师对扎西罗布这个学生另眼看待了：这个学生的行为举止与语言，总是与别的学生不一样。别的学生，哪一个敢这样说老师呢？

这个"不一样"的怪学生扎西罗布，每一堂课都不消停，典型的捣蛋鬼。有时候还往女同学头上扔树叶儿。完全是那种讨人嫌的孩子。一些老师告诫施老师，让他小心扎西罗布。

施老师不这么认为。施老师觉得扎西罗布这个孩子，思想过于单纯，性格或多或少有些缺陷。扎西罗布这个孩子，如果跟你在同一个频道上或者在同一个角度上沟通交流，那他就极有可能跟你打开心扉。因为他的偏执，因为他对情感的表达方式，与别的孩子不一样。他是那种表达什么都比较简单和直接的孩子。他喜欢你，不想说，或说不出，就直接以行为来表达：亲一口！扎西罗布，就是一个小男孩儿。

不光是扎西罗布，学校的学生，普遍的心理年龄，都要比生理年龄小一些，有的甚至小得更多。初一学生，虽然生理年龄已经十几岁，但心理年龄或许就刚刚10岁。

但他的个子高，外表是少年，行为是儿童，有时候可能会让人很尴尬。校长也这么认为，扎西罗布的这种行为不一定是他有什么想法，可能只是对有好感的人的一种方式。就像我们看到亲属家的小孩好看，就想亲亲，以表达内心的喜欢。

女老师也有过被他抱一下、亲一口的事情。有的时候女老师一看见他，也都赶快跑开。她们受不了这种"他一高兴，就要立即表达一下"的行为方式。

谁受得了？他的同学，包括一些跟他熟悉的同学，都是进入青春期的孩子，对他的行为，更是不能接受。但却是司空见惯。

施老师跟扎西罗布说，你是一个有天赋的孩子，但你还不懂怎么来表达感情才是得体的。

得体？什么是得体？扎西罗布朦朦胧胧，似懂非懂。

5. 给扎西罗布办画展

扎西罗布经常到美术室来看画。他把他的画拿来给了老师看。有时候老师因临时调课没有及时赶到，他就会在老师的美术室门外等一节课，就在那里站着，一站就是一个小时。

有时候施老师亲眼看到了，有时候其他老师就跟施老师说：扎西罗布来找你了，已经站在这里好长时间了。有时候是别的教师跟扎西罗布说施老师上课去了，不必等。

当施老师回来后，看见扎西罗布仍然站在门外，有礼貌地等着他的施老师。

有时，他没有带画来，就绕着施老师走，打量着老师。美术室的门打开了，但他不进来。

施老师也说过他几次，你有画就拿来，你不拿来，也没关系。你要是想画画，在这里画也是可以的。但你是学生，不要耽误上课。施老师只能这样说。他的课耽误了多少，他也不清楚。施老师还说：你要是没有纸，我可以给你提供。

老师，不用。扎西罗布说。

后来扎西罗布就拿来了他的画。开始，两张、三张，让老师给看看。施老师看完后，觉得这孩子有灵气，可以打造，就看他是否能持之以恒。画得不错，一定要多画，不怕画坏。施老师指点画中存在的不足，这条线怎样画，那条线怎样画。完后将画还给他或留下一张。他的画就这样积攒下来，施老师就给他搞了个画展。

施老师用红笔写了美术字：扎西罗布作品展。

展出扎西罗布作品，施老师有两个目的：一是让别的老师也看一看，这个孩子有闪光点，有特长。现在教育常说：成

长。教书育人，要有耐心看着他的成长。现在不能说非得按照哪个模子去刻划、去造就。学生成长，也是教育的一部分。健康成长，是家长对教育的期盼。除了成长，还有成才，还有成功。二是扎西罗布在文化课方面落后于别的同学，甚至很差。但在绘画上，却是一个有天赋的人。得有人给他指点迷津。

天赋引导好了，就是天才！

扎西罗布的作品展时间是4月份。市领导到学校慰问援藏教师，看到了学生扎西罗布的画，援藏教师总领队、校长殷茂堂向市领导介绍了扎西罗布的情况，领导听完后说：老师就应该这样，善于发现孩子的长处，哪怕只有一小点儿，也要给他放大，让他自由地展现才华。

扎西罗布的美术课并不是施老师上的。施老师没有给扎西罗布那个班上课，他来老师画室学画，纯属偶然，纯属自愿。就等于施老师给没有教过的一个学生开个小课堂了。从这一点上说，扎西罗布是幸运的。桑珠孜区第二中学那时只有初一开设了美术课。扎西罗布是初二的学生，他来美术室学画，从另一个角度来说，也算是一种缘分吧。他到了施老师的美术室，表现就很正常，也规矩了。除了他，后来还有龚仕康、普布潘多、格列加措等几个喜欢画画的孩子，也来施老师的美术室看画学画。

一开始的时候没想到那么多，扎西罗布跟施老师交流的时候，施老师觉得这孩子在美术方面和别的孩子有很大区别，他喜欢画画。而我们通常认为，只有贴了标签的，才被承认。但是，钱币不能只看一面价值标示，翻过来看也是一样的有价值的钱币。施老师这么认为。

笔者和施老师就扎西罗布专门有过一段对话：

很多老师说扎西罗布是经过了我的培养。我只能说是点拨或辅导而不是培养。如果他真的是因为我的点拨或辅导，能够在绘画路上继续往下走，当个画家，这当然是一个不错的理想。施老师说。

他有走专业的想法吗？我问。

我当然希望他能走专业，如果经过我的辅导，家长能意识到这一点，把孩子送去学专业。培养出来一个画家非常不容易——就像您说的那样，许多大画家小时候和别的孩子都不一样。对于一个另类孩子来说，发现他有这个长处，当个画家是个挺好的出路。施老师说。

他联系你吗？我问。

没有。我没他的联系方式，也没有给他留下我的联系方式。扎西罗布毕业了以后，我们就没有联系了。好像他来过我的画室，但我不在。我倒是想了解他现在如何。施老师说。

他邀请你到家里做客吗？我问。

这得先跟工作队汇报。一般情况，得是家长真诚邀请再去，如果只是这孩子邀请不要去，可以答应学生，但不要贸然去。人家风俗怎么样，对于一个援藏教师来说，还不十分了解。虽然我们来到这么长时间了，但人家和我们的饮食，还是有很大区别的，语言方面有很大不同，万一你有一句话说得不合适，不一定说错话了，有的时候你这样说的，他可能那样理解，还有很多家长听不懂汉语，会造成不必要的麻烦的。

扎西罗布初中毕业了。

有老师说，他来找过施老师。那段时间，施老师陪援藏教师到内地看病去了。回来后，有人告诉施老师，扎西罗布现在在日喀则市职业技术学校学习美术。

我让施老师去找扎西罗布，这个孩子将来很可能是一个难得的画家。

6. 女孩儿扎西普尺

每隔一周，施老师去一次福利院。有的时候，教孩子画画；有的时候，教孩子做手工。

福利院的孩子也有画得好的。有个叫扎西普尺的女孩儿，今年上小学六年级，画画有灵气。

扎西普尺愿意画画。

是那种无拘无束的，但还属于儿童画。只要老师稍稍提示一下，她就会按着老师的思路，去添加一些什么，使画面不断完善、丰富和充实。

扎西普尺画了一个小房子。

你看这所房子，是不是有点太孤独了，要是在旁边添一棵树就好了。施老师说。

扎西普尺便在小房子边画了一棵树。

能不能再画一只小鸟呢，画上一只飞起来的小鸟，这画就活了。

扎西普尺就在画上添上了一只飞起来的小鸟。

再把距离拉远些，有立体空间感，加两三朵白云就够了。

扎西普尺就又在画上加了三朵白云。白白的，像正在天边吃草的绵羊。

画面逐渐丰富起来。

但不能画得太满，要讲究留白。这样就会让你有想象的空间。空间的距离感骤然增大，有一种天高地远的感觉。那是自己的家吗？扎西普尺高兴了，又有些伤感了。

扎西普尺也大胆，敢到黑板画画，拿着粉笔去画，而且一气呵成。这孩子真好。藏族小孩儿，都比较羞涩、腼腆，不敢大声说话。一些孩子，即便有绘画才能，也不敢到黑板作画。

到福利院，教室没人。施老师会让一个孩子去叫。可是，去一个，丢了两个。

扎西普尺就不一样，她去了，能叫回来好几个小孩。这几个小孩，看来跟她关系不错。几个孩子，也喜欢画画。施老师清楚记得去年秋天他去福利院上课，扎西普尺画了一幅满意的画，完了之后，施老师建议她，给画起个名。

她说，老师，我不知道起什么名。

她有点儿犹豫。或者心里有想法，但是不知道是否该说出来。诗意点的，"阳光的种子"或者"阳光家园"。不过，怕孩子不懂。你画的是家乡，直接点儿，就叫"家乡美"吧。

扎西普尺就在画的左上方写了"家乡美"。

字写得还算不错，拙中见趣那种，挺搭配。扎西普尺的大部分画都是铅笔画。一次施老师给她买了水彩笔，过段时间发现她没有用水彩笔画画，就有些纳闷儿，问她怎么回事。

扎西普尺用藏语跟她的美术老师说弄丢了。后来她的画，大多还是用铅笔画的。

7. 大格桑曲珍的心愿

除了教福利院孩子画画、叶雕、纸浆画外，施老师也教他们一些手工制作。根据节日，对福利院的学生，进行绘画或手工制作辅导。

端午节汉族地区要在门上插艾蒿，再挂纸葫芦。施老师就教他们折纸葫芦，底下挂上彩纸剪成的彩条装饰。有一个的、也有两个并排的，一般老师都是教折一个，施老师教他们两个并列，孩子感到新奇。

折纸葫芦时，施老师边教孩子，边跟他们讲，清明节是什么样的节，端午节是纪念谁的，中秋节要吃什么，重阳节是怎么回事，等等。还有其他习俗的。这个端午节，让孩子学会折纸葫芦的同时，也了解了解端午节的来历和一些相关风格。

用纸壳做切玛。

藏族人到藏历新年的时候，两个人出去拜年，其中一个人端着切玛。迎接客人的时候，就把这个切玛放在最显眼的地方。客人到来，要从切玛里拿出一些糌粑撒向空中，然后喝一碗青稞酒，这时主人就会献上哈达，弹起扎木聂，唱起迎接客人的酒歌。

施老师在纸壳上把各个面画好，教福利院孩子如何分割纸壳，如何组合。

这样不但让他（她）知道汉族地区的一些节日，也学习了藏族传统用品的制作。做完模型后，也按藏族传统，画上一些图案。

母亲节。施老师教福利院的孩子做康乃馨。

这有点儿小尴尬。但是，为了不让孩子伤感，施老师说：今天是母亲节，你们可以扩大一下范围。做好了的康乃馨，可以送给老师，送给福利院的管理员阿姨，也可以送给你的亲友。感谢他们对你们的培育之情。

福利院的孩子大多没有父母，可能的话，周六周日有亲友会将他们接到的外面玩玩。现在有很多在这儿工作的人到福利院助养一些孩子。

施老师说，他们也是你的亲人，不是相当于你的爸爸或你的妈妈吗？对援藏工作队的叔叔们，你们也可以到了父亲节这一天，送朵花儿给他们，同样也是表达心意呀。

那次施老师买的材料多，课堂上没有用完。施老师就把剩下的材料，都给大格桑曲珍了。

藏族孩子重名的多，班级或单位，名字前用大小来区分。班里还有一个小格桑曲珍。大格桑曲珍喜欢画画。施老师说：大格桑曲珍，你帮我组织教学，谢谢你，这些画画的材料你留着吧，想做什么就做什么。你可以做一些画或其他形象来装饰书，或者装饰你的文具，都可以。福利院的孩子买这些材料不方便。

阳光陪伴成长

大格桑曲珍却一直没用这些材料。她另有打算。去年教师节，工作队去福利院看孩子。大格桑曲珍跟施老师说：老师，我现在可以用这些做些东西送给叔叔们吗？

当然可以。

大格桑曲珍在福利院缺少工具，到后来她也没做成。但施老师也感谢她。最起码，她有这个想法，有这个心意。通过这件事，施老师终于知道了给她的那些画画的材料，她为什么一直还留着，就是惦记着，要给经常到福利院来看她们的工作队叔叔们做一点儿礼物之类。

这些绘画材料，大格桑曲珍已经留了一年了。

8. 只有心灵，离世界最近

藏族传统壁画，有厚重的人文底蕴。一般在大门两侧，一侧是《蒙古人驭虎图》，另一侧是《印度人牵象图》。画虎的一侧，是驱邪避灾之意；画大象的一侧，是招财进宝之意。

都得让孩子知道。

也教孩子画藏族的林卡，藏族人到夏天的周末，会举家到郊外过林卡。早晨到郊外，找一块空地，男人支帐篷，女人准备餐食，一切就绪，人们在帐篷前载歌载舞，直到深夜。还有"旺果节"，庆丰收，以亲属或村子为整体，到羊卓雍措湖畔转湖，庆祝粮食丰收。

藏地文化深厚，可是孩子们不理解，或者是还没有到理解的年龄。山河寂寥，众生孤独。阳光下的大寺，山野间的一头静立的牦牛，石头上雕塑的一尊硕大的海螺以及远处的一座被阳光照得闪闪发亮的雪山。天上滚着响雷，山间住着神灵。美丽的格桑梅朵图案，是生命的图腾，存在了无数年光。西藏，是美术创作最佳取材之地。高原风和高原雪，伴着牧人一世。太阳像守望神灵，照着大地之上祈祷的众生。

从西部到东北的最北部。时空转换，快过了一只鹰的速度。鹰从山脊上擦过。孩子用一块小小的橡皮，就能擦去重重阻隔，彩笔一抹，又来到了一个冰天雪地的世界。

施老师为孩子讲述黑龙江，它在祖国的最北部边陲。冬天时光，孩子们在户外滑雪、滑冰。穿林海，过雪原。也有专门的滑雪场和滑冰场。施老师教孩子画北方冬天里儿童滑冰的场面。

施老师说：冰鞋就是冰刀和棉鞋合为一体的鞋。

曲多、旦巴、次仁顿珠、达娃央金，几个孩子一起大声问：那么大的刀片儿，怎么会在鞋上？

施老师便通过微信找到冰鞋图片，耐心给孩子们解释。孩子们从没见到过冰鞋，新鲜、有趣。施老师在黑板上一笔一笔地画，孩子也一笔一笔地跟着画。一会儿的功夫，一个冰场滑冰的孩子，跃然而出。但似乎缺了什么，肯定缺了什么。画面有些单调、空落落的，这滑冰的孩子，悬浮空中吗？一个孩子说：这是滑雪，不是跳伞哦。

很好，那就让孩子自己，给画儿加背景。

米玛吉宗画的是几朵小花和蝴蝶，次仁巴宗就说，冬天哪有花儿和蝴蝶呀？

朗加多吉画的是几个小房子，旺布加参就说，滑雪场怎么能有房子呀？

格列加措画的是一两棵绿树，达娃桑珠就说，冬天的树，叶子还不落尽了吗？

大格桑曲珍画的是一轮黄月亮和一条大白鱼，下面还有一条漂动的线，是天河吗？还是天上的大海？黄月亮和大白鱼，在天空里游动着，从左向右，高高地，衬在了画的上方。不错，不错，敢想象，敢画出来，很不错。施老师笑了，这孩子有丰

富想象力，将来肯定能成为现代派大师毕加索或者抽象派艺术大师蒙德里安！施老师夸了大格桑曲珍。

福利院的孩子更多的缺少什么呢？不是给他一件衣服、一支笔，或者吃的。

施老师有一次教孩子们写美术字。写完之后要题几个字，施老师没说过自己的姓名，孩子们知道他的姓名的很少。而且施老师的姓，孩子们写起来太麻烦。结果有的孩子，就在纸背面写：

感谢王老师。

因为王鸿飞老师是"阳光夜校"的辅导老师，每天晚上都来给孩子们补习作业。

你为啥要写"感谢王老师"呢？你怎么就把我姓给改了呢？施老师问孩子。

孩子说，你那个姓，写起来太麻烦！你们后来的，不管哪个老师，我们就都叫王老师！

藏族孩子对汉族人的姓氏不了解，他们认为汉族人的姓氏，可能随意叫或改叫什么都可以的。但孩子发自内心的表达，是一样的，说彼言此，说此言彼，孩子的心灵，离每一位老师是近的，离每个地方是近的，离整个世界是近的。施老师知道孩子怎么想的。

无论是二中，还是福利院，就让孩子大胆表现。尽量把自己的内心抒发出来。

有时候，孩子把画画得灰暗，证明他（她）可能比较忧郁。有时候，把画画得阳光，证明他（她）的心态比较阳光。

桑珠孜区二中学校旁边有个超市。二中的老师和学生，总在那里买东西。施老师就将给孩子买的水彩笔放在那里，跟店主说，如果看见二中的孩子，就交给他们。有时候，也交给一个学生来管理这些水彩笔。学生就将这些水彩笔放在讲桌上，谁需要，就去拿。

孩子们很自觉，也不乱拿，只有要画画了，才去讲桌上拿画笔。

寒假了，施老师的女儿将积攒的压岁钱拿出来买了一些教辅书，分学期寄给福利院的孩子。2018年暑假，施老师的女儿亲自来到日喀则，把教辅书和一些新买的玩具交到大格桑曲珍和其他福利院孩子手中。

大格桑曲珍成绩不错，上初二、初三时，因为没有施老师的课，施老师便不再教她了。

2017年教师节的时候，大格桑曲珍来给施老师送哈达。2018年教师节的时候，大格桑曲珍送了一个档案盒给施老师，里面装了一封信。

信是用藏文写的，大意是：

老师，我也不知道你有些什么需要的，我也拿不出更多钱去买别的给你……

不放弃，就是一种抵达

这一次的采访对象是王鸿飞老师。

那一年，我从成都机场飞到日喀则，一下飞机，我站不住了，脑子里忽忽悠悠，双脚像踩棉花一样，好像在云中行走那种感觉。当时有面包车把我们接到了驻地。到了公寓，我被分到了三楼的房间，但却迈不动步了。

管理干部赶紧将我扶到食堂，将事先准备好的氧气瓶直接就给我吸上氧了。此时，我头都抬不起来了，直接就趴在桌子上，闭上眼睛休息。

脑袋就像扣一个金箍咒般地疼痛。40天之后，这种感觉逐渐减退，但是还是睡不着觉。每天晚上，都是在凌晨一两点。

起风的时候，必须戴口罩。大风从窗户吹进来，被子上全是灰。日喀则天气干燥多风，少雨、少雪。刚来那年，从10月中旬到12月初，一个半月，一场雪没下。

大太阳顶在了头上，大风沙割在了脸上。一个太阳镜、一个帽子、一个"门帘子"或一个套头，整个人，像一个神秘大侠。我原来的脸是白净的，现在成了这样：黑里透红。高原红。天天风吹日晒的，我不后悔。我在高原，方能感悟，生命有意义的存在与灵魂有境界的存在。我到现在，也这样想，要是能继续援藏，我还会握紧初心。虽然实现不了，但我渴望。

我的屋里，有好多用剪刀剪开了的五升的矿泉水桶，都是大家喝完了收集上来的。废品利用，自造的"加湿器"，盛放一些水，给空气加湿，缓解高原稀薄空气带来的干燥。

白天在二中上课，晚上在福利院上课。教师寓舍就是一个睡觉的窝。回来待着的时间很少。屋子里没有什么活物，花和绿植是不敢养的，没人浇水，没有照看。养死了，会心疼……

1. 打架的扎西顿珠与多布杰

初夏的一天傍晚，王鸿飞老师去福利院上课，刚上二楼，就看到楼道里有两个孩子厮打在一起。其中一个大孩子把一个小孩子按倒在地，拳打脚踢。躺在地上的小孩子，吱哇乱叫。王老师赶紧将两人拉开。一看，是大班的扎西顿珠和小班的多布杰。

王老师生气地问扎西顿珠：他这么小，你为什么打他？

扎西顿珠气呼呼地说：他不还钱！

多布杰争辩道：还你了！

旁边的女孩儿次仁巴宗，将事情的经过讲给老师。小班的多布杰在一周之前，向大班的扎西顿珠借了一块钱，说一周之后还给扎西顿珠。但是，都两周了还没还。扎西顿珠跟多布杰要钱，多布杰一口咬定，已经把钱还给扎西顿珠了。扎西顿珠说没还。于是两个孩子就打起来了，大孩子扎西顿珠把小孩

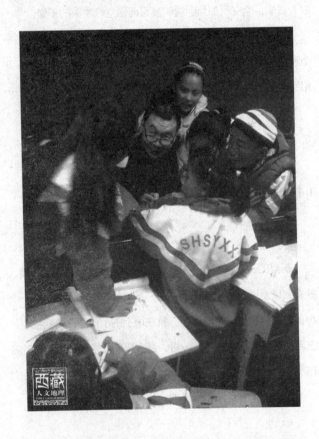

子多布杰狠狠地揍了一顿。

王老师对扎西顿珠说，你先回去吧，一会儿找你。把扎西顿珠先劝回去了。

王老师把倒在地上的多布杰拉起来，问他：多布杰，你跟老师说，你跟他，到底借没借钱？多布杰小声说，借了。王老师问：那你还没还呢？多布杰抹了一把鼻涕，说还了。王老师说，那他怎么还打你呢？多布杰面对老师的追问，有点慌乱，有点委屈，但还是一口咬定把钱还了扎西顿珠。但显然，这个小家伙心里有鬼，声音小了下来。

王老师从兜里掏出一块钱，对多布杰说，这样吧，他说没还，你说还了。你俩都不对，为什么不找管理员解决这事呢？现在，我让你做一件事。这是老师的一块钱，你现在，马上去还给他。我想他不会再打你了。多布杰不太情愿地把钱接了过去。

多布杰到他的宿舍去找扎西顿珠。一会儿，多布杰跑了回来，规矩地站在老师面前。

王老师问他，扎西顿珠没打你吧？多布杰说，没有，他什么也没说，拿到钱就走了。

王老师蹲下来，扶着多布杰的肩膀说，多布杰啊，我先跟你说，你知道以后长大了，做人最重要的是什么吗？最重要的，是讲诚信、讲担当。多布杰似懂非懂地有些发呆。王老师又说：扎西顿珠打了你，他不对，我要批评他。多布杰的脑袋垂了下来。王老师问他：你到底还没还钱呢？这时候多布杰的头更低了，眼睛躲闪着，脸变得通红，不吭声。

王老师看见多布杰脸上有一道血印子，有些心疼。多布杰呢，仍觉得委屈、心事重重的样子。王老师说：多布杰啊，你是一个好孩子，你今天不还他钱，明天你就可能跟别人借钱不还。你还会有朋友吗？你好好反思一下自己究竟错在哪里？

　　多布杰似有所悟地转身走了。

　　王老师找到扎西顿珠。对他说：扎西顿珠，多布杰就跟你借了一块钱，这一块钱即便没还你，你也不能这么用力打他啊，他是你的小伙伴啊。你这样做，对不对呢？

　　扎西顿珠低下了头，嗫嚅着说：老师，我错了。以后不再这样了。扎西顿珠今年十四岁，已能辨清自己的行为。他承认了自己打人是错误的。王老师问他：将来你要再遇到同样情况，怎么办呢？扎西顿珠向老师保证说：我先跟老师说。王老师说：如果老师不在，你就跟福利院的叔叔阿姨说。他们同样会帮你解决的。但你一定要记住，任何情况下，绝不能用暴力来解决问题，要讲道理。扎西顿珠接受了，他向老师保证，自己从今以后不会再打同学了。

2. 那小孩儿，衣服脏了

　　10岁的白玛塔杰和9岁的且增旺扎周一穿得挺干净，到了周三之后就不行了，浑身上下，衣服沾满了泥土、油渍。王老师就问这两个孩子：你们没有第二套干净的衣服吗？两个小孩说有。王老师有些无奈地对两个孩子说：你们俩，把这套给我脱下来。

两个小孩不愿意脱。王老师说：你们脱下来吧，老师给洗洗，你们自己洗不干净。

福利院有一个洗衣房，里面有一个非常大的洗衣机。每到周五，福利院的管理员，就会把所有孩子的脏衣服收集到一起，放洗衣机里搅搅。小孩子一般都是小学和初中的孩子。

王老师主要教福利院"阳光夜校"的课，孩子从小学二年级到初中三年级，跨度很大，年龄参差不齐。小孩的衣服放

一起，大孩的衣服放一起，但仍能看出大小肥瘦。他们穿衣服，保持干净的少，尤其是男孩儿，穿三天，就变脏，浑身上下，泥和油污多多。

王老师对有些害羞的白玛塔杰和且增旺扎说：你们这个样子，瞅着好吗？两个小孩儿更不好意思起来，转身跑回了宿舍，把干净的衣服穿在身上了，把脏了的衣服给了老师。

洗完后晾干。晾干之后，送给他们，孩子们开心。王老师又发现，不光是他俩，还有不少孩子，几天功夫，衣服就脏得不成样子。王老师就把这些孩子的脏衣服拿回去洗，先是将这些衣服，放入洗衣粉泡一宿，第二天用洗衣机骨碌几下，再用手搓干净。

王老师的房间里准备了七个大盆子，专门用来给孩子们洗衣服的，然后又买了五桶洗衣液。洗完衣服后，把湿衣服放公寓晾干，或晾在公寓外的空地上，那里拉了一条尼龙绳。洗的当天，一般都能干透。下午没课时也洗，晚课前就干了，就给他们带过去。

坐在"阳光夜校"课堂的孩子，衣服干净多了。走在他们中间，衣服上漾满了阳光的味道。

老赫来找老王。他见老王正坐在院子里洗衣服，就说：老王，你这么洗不行的，太浪费你的时间和精力了。我给福利院配备了几台洗衣机，你还是用洗衣机洗衣服吧。

老赫给福利院买了四台小型洗衣机。就是家用的那种，用起来相当方便。现在，王老师指导孩子们使用。当然，一件两件的，没必要用洗衣机，就教他们手洗。王老师指导几个大孩子洗衣服，如何打肥皂，如何泡一泡再洗。后来，次仁卓嘎、格桑央拉、旦增央吉、朋琼等孩子都会洗衣服了。王老师送给这些大一点儿的孩子每人一个小搓衣板。

搓衣板是在日喀则的一个市场上买的，一个 10 块到 20 块钱。洗衣粉是从超市里买的。他想让孩子们热爱卫生、保持个人清洁，培养孩子们自己管理自己的能力。

但是，有的孩子实在太小。王老师就给很小的孩子洗衣服。有时候也让大孩子帮小孩子洗。大孩子懂事，心疼老师，争着抢着，为比自己小点的孩子洗衣服。

格珍说：老师，我自己能洗。王老师说，我累一点儿不算什么，就怕你们的衣服脏。你们要长大，首先要把个人卫生搞好。你们要是想不让我为你们洗衣服，就要爱护好衣服，别三天两头把衣服蹭得脏兮兮的，你们争取一周让我洗一次衣服就行。

孩子们懂事，从此不再是三天了，变成了一周或两周，王老师给他们洗一次衣服。

从年楚河那边吹来的秋风停了，冬季就要到了。这一天，王老师来到福利院，找到朋琼和洛桑卓玛，让她俩帮忙，把孩子们的羽绒服收上来，提前洗了。

3. 孩子们的心愿

　　王老师每天晚上 8 点都要给福利院的孩子补习文化课，每次都给孩子带一些酸奶、蛋黄派、饼干、小巧克力、萨其玛，奖励那些认真完成作业的学生。

　　五月的某天晚上，我在教师公寓采访援藏老师。结束后，王老师约我到福利一院看看。工作队的医生——郭天龙院长开车送我到福利一院时，已是晚上 9 点多了。

　　王老师正在黑板上画平行四边形。讲台上摆着友人从新疆寄来的馕饼，他将馕饼切成了许多小块儿，他和教物理的张明老师舍不得吃，拿到福利院，给孩子们享用。他说福利院孩子第一次见到这种小脸盆般的馕饼。切了许多小块儿，每个孩子，都能分一块。

他为孩子介绍这种新疆美食。此前孩子们也吃过新疆葡萄干。孩子们跟王世君、张天利两位地理老师上地理课时，知道新疆在哪个具体位置。知道新疆是一块神奇的土地，有天山和火焰山，有天池和戈壁滩。跟西藏一样，有成群的牛羊，有好吃的馕和羊肉串儿，有一捏就开的纸皮核桃，有一嘟噜一嘟噜的甜葡萄，有大得抱不动的哈蜜瓜、沙甜的大西瓜……

孩子们吃过王老师买的葡萄干、纸皮核桃。这种大馕饼，从没吃过。

平时福利院孩子们吃的、穿的不缺，但适当来点儿小奖励还是有必要的，也是鼓励孩子好好学习。有时候也顺着孩子的口味儿，买些他们爱吃的西藏特产，如：庞毕、糌粑、餐饼等。对作业写得好的，王老师就签上自己的名字写在孩子的作业本上，然后再写上：你真棒，很好。作为一个小小奖励。

光买吃的，也不好。有的孩子不爱写作业，就奔着吃的来写作业。这时王老师就买了一些文具——去文化用品商店，买了一些墨水笔、铅笔、彩色笔和作业本等。一次买500支笔，发一段时间，没了。再买500支，应该够了吧？一个月，将这样的东西给孩子发完。

每次期中与期末考试，对相比上学期期末期中考试进步的学生，都有小奖励。

比方设一、二、三等奖。一等奖和进步幅度大的，奖励的东西也相对贵重些。比方说原来他（她）的名次是第10名，这次进到前5名了，或者前3名了，王老师就给这个孩子买个书包。一个学期下来，就有 30 个到 50 个书包发给孩子。也有的大孩子像阿旺白玛、次旺多吉、玉加、次桑多吉、罗杰等愿意踢足球的孩子，王老师就给他们买一个足球。当然也会给女生买些小排球玩儿，像朋琼、洛桑卓玛、米玛吉宗、卓玛拉姆等爱玩排球的孩子。

每学期期末考试时候，王老师都要为孩子开一个小小的总结表彰会，给孩子们发一些奖品。孩子们都非常开心。粗略算一下，每个月，王老师要花 1500 元到 2800 元。这三年，给孩子花销超过了 4 万。远在黑龙江佳木斯的爱人非常支持王老师，她对爱人说："你自己少花点儿，给孩子多花点儿。"王老师很知足，他知道爱人绝不会说你的钱都跑哪儿去了，他知道儿子很自立不需要他攒钱。王老师的儿子在大连工作。一次，儿子与母亲一起来到了日喀则。儿子除了给福利院的孩子们带来一些图书外，还不顾旅途疲劳和高原反应，跟着父亲，给福利院孩子讲讲语文数字。一老一小在课堂上跟孩子们互动，孩子们都非常开心。

4. 阳光夜校

福利一院、二院的孩子，早晚在福利院住，白天在学校上课。

王老师晚上给福利一院和二院的孩子补课。孩子一般是七点放学，王老师七点半就到了福利院，直接进教室，课程就是初中数学、政治、历史这三个学科。

教师公寓距离福利一院 8 公里，距离福利院二院是 12.5 公里。

突如其来发生的事，让工作队做出了一个重要调整——同期援藏的一位 35 岁的吉林老师，在一次下乡路上出了车祸，很严重，一条腿截肢了。发生这样的事故是警示。援藏工作队领导立即想到了天天晚上骑车去两个福利院上课的王老师。去福利一院的路在市区还好说。去福利二院的路在城边，有很长一截土路，没有灯源，月黑风高时，根本看不清路。王老师岁数大，眼睛花了，夜晚骑单车上下课，太不安全！

队里有规定，队员出门在外，要成双成对，相互关照。这个比带队领导还大得多的王老师，要是出了问题，跟全体队员、全体老师和老王的家人，都无法交待。重中之重，带好队伍，安全问题不能忽视。只有人员安全了，才能更好地工作。

工作队召开紧急会议，全体人员参加，强调安全，决定把"夜校"这项工作停了。

一米八二的王老师，来到福利一院和二院，跟孩子们告别。孩子们听了这个消息，哭成了一片。孩子们拽着老师的衣服，拉着老师的手，坚决不让走。王老师心情复杂，给老赫打电话。老王说：老赫啊，这课停了，孩子的学习就跟不上了。

老赫说，这个是中心组开会定的。旋即老赫又同情起老王来了。老赫就给老王出了一个"馊主意"，他说：现在还没有散会呢，趁你现在这个状态，赶紧地，给老徐打个电话！

想了想，除了此招，别无选择。据理力争，或有转机。老赫比老王小四岁，平常两人处得像哥们，直言不讳。这是下策中的下策。豁上老脸了。于是，心情差到了极点的老王，就给老徐打了电话。平时很少接到王老师电话的老徐感到这个老王一定有重要的事情要说。

老王煳着嗓子说，徐书记，我们当老师的，一年半了，与福利院的孩子相处，已经离不开孩子们啦……老徐听见电话里有孩子在哭，心软了。他不知道是老赫的主意。这个时候，打感情牌。徐书记心里骂，这个老王，真有招儿！想想，只好说：鸿飞老师，孩子们的课，还是要上。怎么个上法儿，得容我想想。我得与中心组议议，我一个人说了不算。听听大家的意见。我也要为你们的人身安全负责呀！

王老师说：我理解书记的心情。我会注意，我早就考虑到了安全问题。

你考虑了什么呀？你以为我不知道你三次摔到沟里的事情吗？徐书记没客气，顶了老王一句，但知道这个倔老王，不答应他是不会善罢甘休的。沉默片刻，徐书记对老王说，鸿飞老师，你的想法和诉求，我会重新考虑。现在还不能做出决定，也不能马上回答你。明天吧，你等我消息。

很快，第二天老徐就跟老赫说了。老赫高兴哪，告诉王老师，说书记重新考虑了，经过与中心组认真研究："阳光夜校"不能停。因此做出了决定：福利一院相对福利二院来说近一些，可以继续上课。福利二院，太远，停止上课。

无可非议，也是为了队员安全考量。王老师无话可说。沾沾自喜的是，这感情牌打得有效！虽说失去了去福利二院上课机会，可也保住了福利一院的上课权利。

事实上，你王老师骑着叮当乱响的自行车，到福利二院上课，摔了三次，以为我们工作队这边都不知道吗？三次大摔，想想都替你害怕。

王老师 2016 年 7 月来日喀则时，自掏腰包，买了一辆自行车，三次摔到了沟里。

最重那次，是一个无月的夜晚。大风吹起沙尘，迷得睁

不开眼。更惨的是没有路灯，只能摸黑骑车，中间是机动车道，他不敢在中间骑，两边是非机动车道，在骑行道上骑行，轮子一偏，撞到了马路牙子上了，直接滑到了沟里。挣扎起身时，那里有一条正在睡觉的老狗！

那条老狗，被突如其来的陌生大个子给惊着了。"哧"地一声，站了起来，怒目圆睁，露出了惨白牙齿，做出要向他扑过来的样子。老狗幽亮的眼睛、尖利的牙齿，在夜色下，像一头老狼，格外吓人。嘴巴还发出呜呜低吼。大个子老王吓得"妈呀"一声，魂飞魄散。扔了自行车，撒腿就跑。那只老狗可能认识王老师，知道他是一个好人，因此没有追赶，而是冲着他的身影，吠叫了几嗓子，好像告诉他，老王啊，别这么冒冒失失的！

日喀则的狗多，这些狗夜晚在外面觅食，三五成群的，也有单独的狗。它们就在野外睡觉。而藏族人对于狗，有着特殊的情感，不论是谁，平时对狗，要友好，绝对不能伤害。

老王摔得狠，手掌擦破了皮，肋骨疼痛难忍。没硌断，没摔断，算万幸了！

福利二院的"阳光夜校"辅导课，是从2016年9月份开始的，一直上到了2017年12月份，一年半的时间，也不算短。

但是，对于与王老师有了感情的福利二院的孩子来说，舍不得啊。现在，王老师翻看与孩子一起做作业玩游戏的照片，心里酸酸的、痛痛的。抚摸孩子的照片，念叨着。

5. 次仁卓嘎和措姆

福利二院有两个调皮捣蛋的小女孩：一个叫次仁卓嘎，一个叫措姆。

这两个孩子，都是桑珠孜区二中的学生，也都是王老师班上的学生。这两个小女孩儿，在二中就不太愿学习，上课时，嬉皮笑脸，交头接耳，像小山雀，叽叽喳喳，说个不停。

这两个聪明伶俐、脑子一点儿不笨的小女孩儿，如果就这样下去，那就完了。因此不能不管。王老师决心，把她们俩从这种状态中，扭转过来！

一天下午，次仁卓嘎上课说话，王老师停下了讲课，说：次仁卓嘎，过来！

次仁卓嘎是桑珠孜区二中初一四班的学生，跟王老师非常熟，王老师白天在学校教她，晚上又到福利院教她，她有些不在乎。

王老师说，次仁卓嘎，为啥叫你知道吗？你上课怎么表现的？

次仁卓嘎小声说：我表现不好。

王老师说，你知道哪儿表现不好呢？你讲话扰乱课堂纪律，自己知不知道？

次仁卓嘎说我上课说话了，就是不愿意学习。

王老师说，你为什么不愿意学习呢？

次仁卓嘎小声又说，学习没用。

王老师生气了，看来不说说她，她是不会醒悟的。但还是压住火气，一字一顿地问她：次仁卓嘎，你跟我说说，为啥说学习没用？

次仁卓嘎顶嘴道：你看我以后，我也干不了什么大事业，我将来结婚嫁人就行了，我不需要学习。

王老师这一下就气着了。他说次仁卓嘎，也是给班里另外几个调皮捣蛋的小家伙听的：次仁卓嘎，你说的是啥呢？你心中还没有一个对自己将来的设想，还要我们老师教你干什么呢？咱们不说对自己了，说大点的，是对社会做点儿有意义的事，做个有用的人，你难道没有这个想法吗？你看看你们现在

阳光陪伴成长

没有父母，福利院的阿姨照顾你们。你和措姆，你俩这一对儿，再看看认真学习的同学。为什么不好好学习呢？福利院的阿姨们，天天给你们忙活，你们吃的穿的住的都有人照顾。还有每天起早贪黑的司机师傅，开着校车，来回接送你们，有多辛苦啊。你们，就是这样的混日子吗……你们要好好学习，才是感恩。

王老师说，次仁卓嘎，你和措姆，你们俩脑子不笨，你们想不想成为像他们那样的能甘愿为你们服务的人呢，其实他们的文化程度很高。比如贡宗阿姨，她是大学毕业，你知道贡宗阿姨怎么上的大学吗？就是从初中考高中，从高中考大学，一步一步来的啊。

贡宗阿姨是大学毕业，假如她在初中不好好学习，怎么能上高中，再上大学呢？王老师举这么一个例子，就是身边的人。最后说：要成为她这样的人，从现在开始要好好学习！

次仁卓嘎说，将来我要像她那样。

这件事之后，次仁卓嘎和措姆上课就再也没有嬉皮笑脸了，也不搞小动作了。慢慢地，也愿意学习了。

措姆其实更调皮，一次五四青年节时，学校搞汇演，王老师让她领舞。措姆不负所望，舞跳得非常好。藏族孩子天生有艺术天赋，能歌善舞的本能，发挥到了极致。

措姆会唱许多歌，藏族的、汉语的、港台流行的，她都唱得很溜。一次王老师说，措姆，就要有演出活动了，你给老师跳一个。措姆马上就来一段，身体的协调性很好。

王老师问她，这舞蹈是跟谁学的？措姆说是小学的音乐老师教给她的，还有平时她喜欢听电视里面唱的歌，音乐课和舞蹈课的老师，也指点过她，说她有天赋。王老师说，你看你跳的舞唱的歌，都非常好，同学们也喜欢看、喜欢听，你将来要往歌舞这方面发展发展，争取能找到一个进步的方向，比如像降央卓玛那样的。

降央卓玛是藏族女孩，很美的女中音。王老师说你听她唱得多好听，还有唱《北京的金山上》的才旦卓玛，都是我们藏族歌唱家。你将来要从事文艺，不管唱歌也好，跳舞也好。希望你将来在文艺领域有所造诣。措姆有些疑惑：我能行吗？王老师说当然行啊，但必须有一个条件，你要好好学习文化课，将来考中央民族学院、中国音乐学院、北京舞蹈学院等这类艺术学校，要成为舞蹈家、歌唱家。措姆啊，你说说，那该多好！将来老师要是有机会再来西藏，看到台上是你在演出，你说老师该有多开心！那个时候，老师还会欣慰地对朋友说：这个措姆啊，就是当年老师教育她，要成为歌唱家的那个措姆，终于成功了！

措姆听得入迷了，理想飞扬了起来，面露微笑，沉浸在老师描绘的理想中了。似乎一下子成了一个大歌星。但还是不太相信自己。她认真地、小声地问老师：老师，你说我能行吗？

王老师说，我说你行，你肯定行。才旦卓玛、降央卓玛她们也不是天生的歌唱家，都是自身努力的结果。措姆啊，你从现在开始，要努力，就一定能行！

王老师给我讲措姆这个孩子时说，我们当老师的，不光是要让学生学好文化课，更重要的是要给她们一个前进方向、一个理想目标，让她们为着这个方向和目标发展。同时更要树立自信心。福利院的孤儿，天生自卑、不自信，总觉得自己没爸没妈，不如别的孩子。后来通过学校的文艺汇演证明了措姆的努力。措姆这个女孩儿与次仁卓嘎不同，得从正面引导她，让她对自己的以后有信心。她的领舞很棒，代表学校、代表班级，取得了成绩。

次仁卓嘎和措姆两个小淘气都上了初一。王老师还教她们班的课。两人上课从此认真了。

6. 上课必带的"三大件"

王老师有三大件：一卷卫生纸，一把螺丝刀子，一盒笔。

这三大件，有两种，是作为奖品发给孩子们的。笔和卫生纸。笔不用说了，是写作业用的。纸呢，却是给擦鼻涕的。

那把螺丝刀，是修桌椅的。孩子的小椅子小桌子，都是铁管儿架子的。孩子有时候不好好坐椅子，来回摇晃，时间长了，上面的螺丝就松了下来。王老师要时不时地检查一下桌子椅子，缺了钉的，再配一些，将那些松了的螺钉拧好，牢牢的、紧紧的。

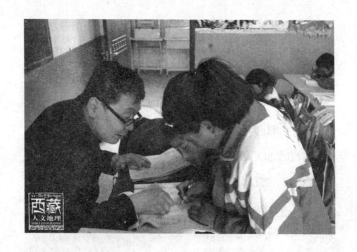

　　每次到福利院，王老师要做的第一件事，就是观察孩子们的鼻子。王老师说这事时嘿嘿地笑了，就像说自己的小孙子小孙女一样。这些没爸没妈的孤儿啊，鼻涕多！

　　发现有几个流鼻涕的，撕开一截一截卫生纸，一人发两张三张。给最多的，一定是"开粉条厂"的孩子。比如那个小格桑达瓦。最后干脆，将一卷纸全给了一个大孩子，让他（她）帮小孩子，擦鼻涕。

　　然后收上作业，王老师充当这些孤儿的临时家长，在作业本上签字、写评语。

　　最后讲题。给孩子发一支笔、发一本作业本。有时候一次买500本作业本。学生作业多，费作业本。星期五的时候，就改变一下物件，发点儿饮料、酸奶，或者脉动、酸酸乳、优酸乳这类，奖励作业好的。无论是用的、吃的，反正都有一个小奖励，完了给他一句鼓励的话：你挺好。你比昨天有进步。你比上次考试成绩提高了。你要继续努力，老师还会给你更好的礼品礼物送给你，很开心是吗？

下次要啥呢？

米玛吉宗要一个笔袋儿。行！老师下次一定给你兑现。

次旺普尺要一个削笔刀。可以，但你得回答个问题，现在就给你。

边巴卓拉要一个熊娃娃。没问题，你把今天的作业做好。

多布杰要看儿童画本《西游记》。这个简单，下次课带给你。

白玛旦增要一个书包。这个要做到了，老师就给你买个书包！当然了，你上次得了50分，这次仅仅得了52分，你只提高了2分。现在，只能给你一支笔，不能给你书包了。为啥呢？因为你提高的幅度还是小了点儿。要想得书包，分数再提高20分，不难吧？

平时就这样激励他们，给一个他（她）所需要的小东西。

让习惯了玩耍的孩子，有一个安心学习的力量。想获得什么，必须通过自己的努力才行。小孩子嘛，不能光是口头鼓励，还要拉近心与心的距离。

王老师每次去，格桑达瓦大老远看见了，飞跑着去通知同学。王老师叫住奔跑的格桑达瓦，一伸手把他拎了过来，从包里掏出一张面巾纸，给他揩去流到了嘴巴上的一道清鼻涕。

7. 来一次下马威

"阳光夜校"开始没几天，大孩小孩就开始闹腾。

王老师刚进教室，就见到有说笑的，乱成一团的，有的甚至跳到了桌子上了。王老师想，或许马上就能静下来的。但是错了。孩子们并不是不知道是谁的课，因为他们的老师在二中，个个都那般和颜悦色，因此该打闹的打闹，该上下蹦腾的上下蹦腾。

王老师就很生气。先看看，谁闹得最欢。

差不多了，该制止了。站稳脚步，膛音浑厚，底气充沛，鹰啸一样，力压群雀：

赶紧地，坐回自己座位去！

不管用啊。就拍桌子了，声音高八度：扎西塔杰、普布顿珠、次仁卓嘎、且增德色、卓玛拉姆、格桑曲吉……马上！再不听，就抄起教鞭，举高高地。高高地，举起来了，就不能轻轻落下。举起来，不下来，停在空中，也不是事儿。王老师就往讲台上砸。声音非常大，唰的一下，全都停下来了。打的、闹的、笑的、嚷的，全停了，时空好像停滞了。乖乖地坐到了自己的座位上，眼睛往下耷拉着，斜瞅着老师。

先治几个小霸王。

扎西顿珠、普布顿珠、白玛且增，你们几个，赶紧过来。

过来了，在黑板前站着。王老师正在气头上，那些孩子大眼瞪小眼瞅着。王老师心想怎么办？这我得解决，光问原因也不行。就说：你们几个表现特别不好，首先提出严厉批评，以后再发生这样的课前不准备好的现象，就让格旦来！

格旦是管理员，非常凶。手里拿着棍子之类，不管是你身上还是哪里，直接就打，最轻的也打手心儿，学生们特别怕他。这当然是最后一招了，不到万不得已，不会搬出格旦。格旦就住在福利院。王老师有他的电话，于是就假装给格旦打电话。孩子们害怕了，别打呀。老师求求你了。老师我们不闹了。他们知道，打电话的后果，老虎来打耗子。太可怕了。但是王老师认为，第一，作为老师，有纪律，不能打孩子，暴力不行，但有时候光是说教甚至喊叫，不起作用。第一不行，就用第二。搬出凶煞，吓唬他们。效果挺好，马上鸦雀无声。然后表现也

很主动。王老师说，还有你们几个，赶紧一个个过来。你们说说，为什么这般闹腾，老师说了还不停呢？

孩子们嗫嚅着，反正是推卸自己的责任：他咋的，他咋的。都是小孩子小把戏，自己没啥毛病，都是对方责任。是不是说完了？不听你的原因，就说你，啥问题？他的问题他说，你说你自己的问题。没想好的，一边站着去。

你也过来，这个都要说完了，光指对方的错，不行。

老师，我不对。扎西顿珠第一个承认错误。王老师说行，你这个第一态度挺好，但是，光承认错误不行，说说今后怎么办呢？今后，我不打仗了，不跟他们吵了，不跟他们闹了。表情严肃，态度虔诚。还有一个，光说不行，要再看你的表现，到了下节课，再看到这种现象，绝不客气了。不叫格旦，老师自己能解决，咱班的教鞭教棍，都有。

老师，我真不对了。老师，我真的错了。老师，我肯定表现好了，我表现好……

坐在座位的格珍、朋琼、拉巴普尺、米玛吉宗、达珍，小声央求。

站在黑板前的最淘气的普布顿珠汉语说得不是那么地道，但态度诚恳。

行啊，行啊，有了个态度。这很好。你们下去吧，从现在开始，就看你们咋表现了。让他们下去了。这样的班级纪律评定，要跟具体的淘气包挂钩，这类的事情，以后很少了。

从那以后，一进教室，立即安静。

王老师说，现在最见效的法宝，就是抬出凶神格旦的威名震慑。作为援藏教师，绝对绝对，不能打孩子。就是在内地，也不能。况且都是藏族孩子。咱做老师的，生再大的气，绝对不能打。所以对我来说，也是在摸索管理孩子的经验。福利院孩子，不好管啊，但又必须管理。

要让孩子既有欢笑，也有纪律约束，不过格地淘气。

每次从二中下班回来，王老师在教师公寓匆忙吃口饭，七点半，就得往福利院赶。

一般的情况，九点半结束补课。有时候，曲桑拉姆、卓玛拉姆、次仁吉巴、玉加等几个特别愿意学习的孩子都来得早。这几个孩子，愿意学习，也爱问。一道题弄不明白，不让老师走。一道题没有明白，自己又抠不出来，就得缠着老师问。

一问就问到晚 10 点甚至晚 11 点，弄不明白题，决不让老师走。

公寓小区里头有一截是土路，现在修好了，都是柏油路。但是遇到大风天气，特别是王老师来高原的第一年，那大风刮得，遮天蔽日。狂风之大、之猛、之烈，不择贵贱高下而加焉，把宿舍窗子摇碎了，把路边的树枝刮折了，砂石和尘土，打你个劈头盖脸！

这种天气，谁还往外面跑？

王老师这时候，就得穿厚厚的铠甲，戴着头盔。像太空宇航员，骑着电动车，不怕大风刮多久，早点儿出来嘛，慢骑便是嘛。王老师，用他那浑厚的男中音说。

8. 精神的角力

谈起援藏的生活，王老师说：

每年的 10 月 11 月，平均海拔 4000 米的日喀则，天气干冷干冷，风像一把大扫帚，将天地刮掠得浑浊不堪，铝合金的窗子，根本挡不住细小沙尘。整个房间一层土，被子一拍满手脏。冬天时光，市区不下雪，有时候一两个月，一丁点儿雪粒也不下。

这个季节，没有绿色。嗓子、胸口难受。每每此时，都要感冒。低烧 37.2，高烧到 38.5。这个时候哪儿也不想去，又想到孩儿们的小脸儿，渴望的眼睛，不去，于心不忍。

工作队半个月、一个月要集体学习，日喀则城区、谢通

阳光陪伴成长

门县、仁布县、康马县的援藏人员和老师，都得参加。铁打的规定，寒风天不误。坚持到现在。

　　每周二、四、六到阳光球馆，教教孩子打球。王老师个子高，不太灵活，技术却很好，得过日喀则地区乒乓球团体第三名，也是小分败的。前两名工作队拿了。王老师横板挥拍厉害，最高峰时，打得对手一分都得不到。

　　成立"阳光夜校"之前，老王就与老赫在福利院的乒乓球培训基地打球。

　　老王是兼职的教练。那时候，晚上有时间去教教孩子打球。教球时，教室跟球馆紧挨着，完了后，老王就到那边的教室看看孩子，他看见有许多孩子在上晚自习。开始时，有学生就问他作业题，于是王老师就给孩子讲题。久而久之，总有问题。老王与老赫，打着球儿，孩子拿着作业本，跑到了这边，向他讨教。王老师就得放下球拍，给孩子解题。

　　老赫说你看你，跟你打场球，都打不下来。你打球，还是教课，兼职啊？干脆你就成立个文化夜校吧。

　　一句话提醒了王老师。王老师寻思，那些夜晚，怎么打着打着球儿，就又变成了给孩子们上课了呢？球馆与孩子，讲题与孩子……要给孩子阳光般的期待。就叫"阳光夜校"吧。搞一个夜校，让所有的孩子都来听课，解惑答疑，岂不更好？

　　就这样，"阳光夜校"成立了。

　　除了老赫，还有张新光、李原等乒乓高手。但因工作需要，张李后来到拉萨那边去了。

第一部

"阳光夜校"开始了。王老师帮孩子做题。因为和所以，依据是什么，由这个又能得出什么结论，命题是由题设、结论组成的，由题设得到这个结论是这样的，就这样了。慢慢地，孩子们都知道了这个王老师是教数学的，教历史的，教语文的。什么都教，什么都能讲。孩子们白天在学校里听不懂的课、不会的题，不用怕了，晚上有王老师教呢。

　　又有了"阳光学堂"。两种时段的课。一些老师，周日去"阳光学堂"上课。老王晚上到"阳光夜校"，忙得不亦乐乎。福利院的孩子，不怕晚上打打闹闹、管理员管不过来淘气了。

　　去福利院讲课的桑珠孜区二中的老师，从12人到16人，再到20人。课多就去20人。开始是自愿，福利院院长说，王老师，咱所有的孩子都想去听课。从小学一年级到五年级一个教室，安排一位老师来教。在二中，王老师教的是初一初二初三，现在让他教小学生，有些为难，因为大孩子还好说，太小的孩子怎么教？从小学二年级到小学五年级、六年级，是在学校学的，六年级学校组织，要学到10点半到11点。而"阳光夜校"，从初一到初三，就有41个学生。初一到初三，一个学年就有15个。这个总数，课怎么上？就讲题来说，一对一，更好些，谁不会就给谁讲。学得好的，采取前面说的奖励制。

　　都不会的题，就在黑板上写。

　　直到现在，还是大杂烩式的教学。因为这里是福利院，晚上也让孩子们有个集体学习的地方，有个学习氛围。否则晚上光是玩了，浪费时间。也解决了学校的差生补习的问题。

比如给孩子讲讲平面几何、三角形全等的判定这种题型。讲完了，再将书的某一页做一做。孩子们就写了，王老师说不会来问我。这种不断重复的讲课，也是慢工出细活儿。他对孩子说，一次给你解决一个问题，这一个晚上、这一节课，你就没白来。当老师的，也就心满意足了。你也收获了。

初三的孩子，谁来拿题，就给谁讲讲，时间不够用，将题先放着，一会儿下课再给你讲。然后批改作业，作业本有个家长签名栏，王老师签名，就证明了孩子是在夜校里完成的作业。签上了王鸿飞的名字，明天要孩子把作业本交到学校班主任那里。

"阳光夜校"和"阳光学堂"，一个是天天夜晚帮孩子们解题，一个是周日全天解惑答疑。两个福利院，每个福利院去的老师，老赫给排好了。主要安排主科数语外和物理、化学的课，老师不讲知识点，就讲作业题。

9. 鱼在天上游，鸟在水里飞

老师们空闲时间也为孩子们放放动画片或童话故事片。孩子们看了许多的动画片或童话故事片，且具有超前性，是时髦的追剧小粉丝。可是，不少的这类片子，不单单是王老师陌生，连一些年轻的老师，竟也没看过。孩子们向老师问动画片里的人物，比如熊大、熊二、光头强、小猪佩奇、小飞象等。老师们面面相觑，不知道哇。

孩子们就将动画片和童话故事片里的情节，用生硬的汉语，讲给他们的老师听。还问了一些令人啼笑皆非的问题。当然了，这些问题，王老师有时答不上来，就说，老师没看过，要回答你的问题，老师回去先看看。于是老师就用一个小本子，将这些动画片、童话故事片或时尚的电视剧名记下来，回到公寓后，让远方的儿子帮着搜索，俨然成了一个大儿童。

次旺多吉、朋琼、白玛、格珍、扎西普尺等爱看《熊出没》《蜡笔小新》；

索朗卓玛、尼片、罗杰、次仁曲珍，爱看《动物世界》《小飞象》；

且增德色、次多，爱看《淘气包马小跳》；

尼玛占堆、达瓦多吉、加布、玉加，爱看《变形金刚》；

卓玛拉姆、米玛吉宗、德庆曲珍，爱看《小公主苏菲亚》；

次仁巴宗、洛桑卓玛、且增央吉，格桑央拉，爱看《舞法天女朵法拉》《巴啦啦小魔仙》。

还有的孩子爱听藏族歌曲：德格叶的《记得》，扎西平措《阿妈的手》《一面湖水》，罗布仁青《跟我一起去拉萨》，藏族组合 ANU《1376》……

档次还比较高，还挺时尚。跟着时下的电视，疯狂的小追星族。还有的，喜欢读童话故事或神话故事，如：《白雪公主》

《哪吒闹海》《西游记》《格萨尔王》《天上偷来的火种》……

突然发现有个孩子，打蔫了，坐在座位上不起来，伏桌子上睡觉。

王老师走了过去，搬开他的头，吓了一跳：妈呀，扎西塔杰！咋这样了？小男孩扎西塔杰，左脸肿成了一个大包，牙痛，鸡蛋大的肿包，整个脸都歪到了一边。

王老师说，你看你都这样了，还不吱声！老师给你请假，领你去看医生。扎西塔杰怕打针，怕开刀。王老师说，小伙子啊，你都整成这样啦。不治好，怎能学习呢？

西华医院就在福利院附近。于是，王老师，强拉着扎西塔杰，来到了西华医院，给他找了牙医，张开嘴巴，啊，啊，啊，张开都疼。牙床火红化脓，医生将牙床割开，敷上了药。

看了三次，肿包消了，好了。扎西塔杰的脸，又恢复了俊俏。

第一部

平时要备一些"大头"药（感冒药）。除了这药，时间长了，就知道了该备一些什么药了。消火的、止咳的、跑肚拉稀的、头疼脑热的。遇到孩子病了，都要他们吃下去。孩子们跟王老师有感情，上课时，就不像刚来时那般肆无忌惮闹腾了，反而听话了。王老师说啥，不管激动也好，心平气和也罢，都非常听话。虽然说男孩子比女孩子会更调皮一些。

鱼在天上游，鸟在水里飞。小男孩强巴多布杰，看见了小猪佩奇上树摘青涩小果子吃了。

10. 拉珍

福利院的拉珍，是班级里年龄最小的，喜欢学习。期末考试，全班将近五十人她考了第三。在这之前，她是第四、第六。之前的之前是十名左右。拉珍性格倔强，每次写作业，只要自己不满意，就扯掉重来。有时候也跟老师要题做，做不出来，急得直哭。

拉珍也爱玩，王老师很喜欢她。有时候她需要笔呀、本呀、文具呀，都会给她。

那一次，她想买三角板。

王老师就问他，说你想买什么，老师都给你买。她说不用，给我钱就行。王老师从去年三月份，每周给她20块钱，让她购买学习用品。拉珍这孩子非常瘦，王老师就说，你在课间操或课间的时候，饿了买一点儿吃的。但你不能买那些垃圾食品，要买商店正规食品。她听话，说行。这周要是给她20块，她没花或没花完，下周就不要了。

拉珍是个好孩子。虽说是一个孤儿，但很懂事，不乱花钱。一门儿心思用在了学习上。

拉珍后来跟着老师从日喀则到哈尔滨，参加了哈尔滨2017年"龙江最美人物"评选，王老师被评为最美人物，这是他得到的最高荣誉。在哈尔滨，拉珍吃到了红肠、大面包，也吃到了地道的东北酸菜馅儿饺子、焖肘子和酱大骨棒。

在如何回答采访的问题上，导演"设计"了一下。导演告诉王老师"台词"。你就从"责任"说吧，对，就从神圣的责任说。就从理想、信念、祖国的未来说起，等等。

结果，到了现场的提问环节，王老师一紧张，不按彩排时的套路了。你想问啥，就问吧。把当时准备好说的全都忘记了。效果却出奇的好！本来很紧张的导演说：你这个效果非常好，不需要准备了。王老师却怀着歉意说，你告诉我的，全忘了！

那天王老师说：我能在有生之年来到西藏，就想做点实事儿，有点作为，不能白来一趟西藏！对藏族孩子做些有所帮助的事，良心安了。大概就是这么说的。这当然也可能是没有符合领导的意图，但拉珍当时就哭了。

拉珍是一个弃婴，在三四岁时被遗弃，是被一位老人给

捡回去的。捡回去之后，老人的家也不富裕，就把她送到了福利院。拉珍一直营养不良，非常瘦弱。她的父母应该还在，但是找不到了。她是一个被遗弃的孩子。现在找到她爷爷了，但她爷爷与她难以沟通。爷爷没有文化，要把她领回去。王老师就通过福利院的藏族同事格旦，来说服爷爷。

格旦与王老师一起，给老人说。大致意思，现在您还不能把拉珍领回去。第一，你没有经济能力，不能养育她；第二，孩子太小，回去你们不一定会让她继续上学。咱们福利院的孩子虽然没有父母的呵护，但是，政府提供了许多生活保障，吃住穿不愁。孩子在学校的氛围，能很好地学习文化，无论是身体、还是精神，都能让孩子健康成长。

拉珍长大了可以回去。现在回去不是时候，成了野孩子，她的人生就毁了。

拉珍也不想回去，她想继续上学。她知道，只有学习，才会改变命运。"世界那么大，我想去看看。"这个词儿，拉珍早就知道，早就憧憬。火车啦、飞机啦、轮船啦，据说都会让人走遍世界。可我没坐过呀。可我还没到过哪里哪里呀。王世君老师的地理课讲了好多省市都没有去过，只有学好文化，才能走遍全世界呀。

拉珍这个孩子，在福利院的孩子中间，显得性格孤僻。

第一次从最西南到最东北，也是第一次走出家门。外面的世界很精彩。拉珍不知所措。后来熟悉了王老师一家人，跟着王爸爸、王妈妈一起逛街，吃东北大餐。拉珍高兴得又跳又蹦。

11. 格桑央拉

格桑央拉，老师直接叫她的简化名字：格央。

格央的母亲改嫁了。格央有姊妹三人，上有一个姐姐，下有一个妹妹。格央愿意学习，成绩也不差。她在班级排名第11名。格央很争气，考入了日喀则上海实验学校。

格央的妈妈嫁的丈夫是个打工仔，养活不了全家，妈妈就把格央留在了福利院，把大的和小的两个姐妹带走了。不知什么原因，那俩女孩儿没留给福利院，偏偏把她留下了。母亲后来又生了一个女儿。格央与三个姐妹，不能相见。后来格央大点儿了，懂事了，知道想家了。依稀记得家在哪个县哪个乡哪个村子。格央有时会借老师的电话，跟她妈妈聊天。

继父对格央还不错，比较关心她，每次到日喀则，都给王老师打电话。他说：王老师我回来了。王老师说：你先不要跟我说，你赶紧来看看孩子。

这次，格央的父亲回到了拉萨，没回日喀则。他说，王老师真不好意思，我到拉萨，不去日喀则了，这边的活儿太多了。格央的父亲是打井队的，他给王老师发来他在工地上干活的照片，让他给格央。王老师就说，你不一定非得给孩子寄钱寄衣物，这些东西，她也不是特别需要。你要是关心她，你就跟她说几句话。她其实是很想你们的。格央的爸爸说：因为我毕竟是继父，孩子可能有点排斥。他说跟格央通电话，她不说话。

王老师说：就是她不吱声，你也要跟她说。

格央的爸爸说：她不跟我说，愿意跟老师说。还是老师来转给她吧。

王老师问格央的继父：你知道为什么她愿意跟我说而不跟你说吗？

格央的爸爸说：那是为什么？

王老师说：因为我跟她熟悉了，而且我说的话能说到她心里去。你不一定懂，因为你的汉语也不太好。我刚开始跟她说话她也不理我，也不愿意跟我说话。但是我主动跟她说，主动关心她。比方说她哭了，我会问：你为啥哭？谁欺负你了？我这样问，她就向我说了。

王老师说：你越这样，她会离你们越来越疏远。我想着将来啊，她还要回到你身边，这是必然的！因为她上完初中，还要上高中，上大学。毕业要回家乡工作。

格央的爸爸说：那行，老师你这样，你要是看到她哪天高兴了，你就跟我通电话。

王老师说：行，你放心，我跟格央在一起，我就给你打个电话。

王老师对格央说，今天周末，你刚写完作业、洗完衣服，还是跟你爸爸聊个天吧？见格央不反对，就拨通了电话。格央的爸爸在工地接了电话，说了几句，格央却不吱声。王老师说格央啊，你爸爸挺想你的，我说你啊，都14岁了，都上初一了，要主动跟你爸爸说话。

孩子心里还是排斥。毕竟是这个后来的爸爸夺走了妈妈，要不是他，妈妈应该跟她在一起。

或许时间长了，格央会理解的。王老师希望格央能接受妈妈爸爸。还是那句话，希望她将来回归家庭。王老师有这个打算。来到西藏，自己有这样的义务，让一些家庭得到团聚。

12. 朋琼

朋琼的爸爸去世了。朋琼的爸爸是黑龙江人，汉族。她的母亲是藏族，也去世了。

朋琼的姥姥在定日县，还有一个舅舅在外地工作。家里的日子，过得并不太好。

王老师就寻思着，找个时间去定日，看一看老人，看一看朋琼的家。跟朋琼的姥姥谈谈朋琼。或者假期，陪着孩子回去一趟。孩子自己要求回去，她特别想姥姥。

有一次，朋琼的姥姥来了。

姥姥拿一个手绢布包，包着几张钱。最大的是50元，有两张。还有几张10元的、5元的、1元的。姥姥拿出一张最大的50元，给朋琼。

那天王老师刚刚进院子，见朋琼正往外出，她喊了一声王老师。王老师说你怎么这么高兴？朋琼说姥姥来了，来看我。王老师说：赶紧的，让我见一见，我得看看你姥姥。

姥姥非常激动，不知道怎么表达了，又拿出一张50元给王老师。王老师说：这钱我不能要，你给孩子吧。她这孩子，买书看，是非常开心的。

王老师对朋琼说，你看，姥姥把最大的票子都给你了，你要把这钱用在学习上。

王老师又对朋琼说，我们当老师的，说得再多，不能替代你姥姥。你跟姥姥，是骨头连着肉的血缘关系。

朋琼的姥姥来看外孙女，孩子非常开心。朋琼就说：老师，看见姥姥，我就看到了我去世的妈妈了。

朋琼这样一说，王老师的眼泪就落了下来。

朋琼是个懂事的孩子。她的这种亲情，就在这里。让她好好学习，考个重点，再考大学，将来毕业了参加工作，好好地孝敬姥姥。

13. 且增央吉

福利一院，还有一个特别的孤儿，她叫且增央吉，简称：且央。

且央的父亲还活着，是个杀人犯，杀的是且央的母亲。

事情是这样的，且央的父母总是吵架，爸爸总是打妈妈，也就是家庭暴力那种，父亲对且央的母亲特别不好。一次两人吵架，吵着吵着，就厮打在一起了。那天爸爸好像喝了酒，顺手抄起了一个什么东西，就把且央的妈妈给打死了。

结果，且央的父亲判刑了。在监狱待了几年之后，出来了，但仍酗酒，也不关心且央。

且央跟他很陌生。

且央的父亲根本不来福利院。几次王老师通过福利院，把且央的爸爸的电话要来了，让他跟孩子通电话，不料的是，他竟然在电话里骂孩子，把且央骂哭了。王老师就跟且央的父亲谈，刚开始且央的父亲不愿意听，显得十分烦躁，还说了一些不敬的话。

　　王老师苦口婆心劝说他。

　　王老师说且央这孩子聪明，她非常想你，她拿我的手机，就跟你说一两句话。现在孩子就在我身边，你跟她说一两句话就行，但是不要骂人，她是你的女儿，你是她的爸爸。

　　开始时且央的爸爸也不太情愿，后来也是怕王老师面子过不去，就跟女儿通了电话。通完电话，且央将电话给王老师说，她爸爸要跟老师说话。且央爸爸说了一两句感谢话，撂了。

且央忽然神情沮丧起来，低着头走了。看孩子表情，心里一定非常难受。

　　这一次两次的，不行。还得跟且央的父亲谈。总会有一天，她父亲会来关心孩子的。王老师跟且央父亲说，这次就这样吧，过两天，我还会找你。经过了几次沟通，还真的谈通了。

　　有一天，且央的爸爸来看且央。也看看王老师。但也跟他说了一件事，就是他又娶了一个老婆，并与这个老婆又生了一个孩子。

　　今后可能不会再来了。

　　这个男人的心肠太硬。但王老师仍然相信，毕竟是父亲，应该疼爱自己的亲生女儿的。

　　且央和格央，她俩都是在南郊学校，现在读初一了。南郊学校，也就是上海实验学校，放学回来得晚，王老师每天晚上上课，看不到她俩，只有星期天白天能看到她们两个。

　　近些日子，看到她们俩的次数比原来多了。且央上小学的时候，天天跟格央在一起。且央也关心王老师。王老师来日喀则的头一年的 11 月和 12 月，天气干燥，嗓子难受。有时候鼻子因干燥出血，或者嗓子难受咳嗽，格央和且央，就给她们的老师打来热水，倒到水盆里，将自己的毛巾放入水里，拿出来攥干，让老师擦脸。

　　看着孩子又脏又黑的毛巾，王老师心想，不能违了孩子的心，你不接过来，你嫌弃，就会拉远了与孩子的距离。就接过毛巾擦脸，擦着擦着，眼泪涌了出来。

14. 我们精神世界的赞美诗

曲桑拉姆在桑珠孜区二中读初二。王老师每天7点半钟到"阳光夜校",都能看见她在夜校的教室里学习。如果,教室里有一个孩子,那肯定是她。最后走的,也是她。

曲桑拉姆有时候题做不上来,就掉眼泪。

王老师就问她:曲桑拉姆,你有什么伤心事儿?就坐在她的对面,将她的作业本拿过来,看她做到哪个步骤了。哦,原来是卡住了。王老师说:咱先不说这道题。我给你讲个笑话吧,于是王老师就给她讲了与这个题无关的笑话,把曲桑拉姆逗笑了。

笑话讲过了之后,王老师对她说:

解决问题要用分析法。什么叫分析法?就是从问题的结论入手,你想用什么理由,得到这个结论,你就从后往前推。王老师用这种方法分析,使孩子豁然开朗。通过三四个知识点的分层研究,弄得清楚了,再综合总体分析,很好地解决了解题过程中的"卡壳"问题。

曲桑拉姆弄明白了这道题,脸上露出了灿烂笑容。王老师逗她:这回不哭鼻子了?

王老师说:问题就是让人思考的,不动脑子思考的,不是问题。你遇到的每一个问题,先不要急于去做,先要仔细看,从头往后看,从后往前看。用自己学过的知识来理解、认识,做到融会贯通。如此，你才能解决这样的综合性比较强的问题。

曲桑拉姆非常开心。这回期中考试之前，她跟老师说：老师，我的数学问题都解决了。

王老师说，那好，我说你不光要学好数学，其他科呢？

其他科，没问题！

看到她的自信，做老师的，心里也高兴。学习的氛围，学生的努力是一方面，老师的心理疏导、帮助，更需要。曲桑拉姆的进步很大，学习成绩上来了。每次，老王从黑龙江回来，第一件事，就是看看曲桑拉姆，观察她身上穿的衣服，还有她的个人卫生。王老师把她们几个孩子领到公寓，找一位女老师帮她们洗澡。

拉珍是最小的。每次，王老师都给她买一套衣服。孩子非常喜欢。除了拉珍，每个女孩子，王老师回去前，都要到民族商店特意给她们一人买一套她们喜欢的藏式服装。

几个女孩，从精神面貌上，跟以前比都有了相当大的改变，非常阳光。也喜欢跟人交往了。曲桑拉姆虽然性格内向，但身边也有几个小伙伴了，每天一起玩耍、一起做作业。

格珍与朋琼，都是从定日县来的。朋琼是 2003 年生的，格珍是 2004 年生的。曲桑拉姆也是 2004 年生的。格央、丹央，都是 2005 年生的。拉珍是 2007 年生的。

每到过生日的时候，王老师都会给她们买个大蛋糕，然后呢，就让她们把一些小朋友都叫来，10 来个孩子，围在一起，唱《生日歌》。王老师就会说：今天是个不平凡的日子，孩子，今天是你的生日。比方说朋琼过生日，王老师说：2003 年的这一个阳光灿烂的日子，你出生了。朋琼的生日是 2003 年 11 月 5 日。王老师想让她说几句，她就说了：我 16 岁了，我今天很高兴，因为有老师和同学，给我过生日。

完了之后，请小伙伴一起唱《生日歌》。然后她自己许个愿。

格珍也来参加朋琼的生日。格珍说，我也要过生日！王老师问，你的生日是啥时候？格珍说是 4 月。王老师说 4 月是一个好月份，春天来了，草绿了，花儿也快开了，年楚河边的鸥鸟、秋沙鸭、燕子和小山雀，也开始成群成群地飞了。我们去踏青吧。但是，现在是 11 月，你得等到来年呢，来年的 4 月份，我们一起给你过生日。

格珍就盼着过生日，也像朋琼那样，有许多同学围着她唱《生日歌》，然后吹灭小蜡烛。再给同学跳一个舞。终于，终于盼来了那一天。格珍的生日，过得高高兴兴。

格珍这个孩子有缺点，就是比较顽皮，有时候上来了情绪，就不用心学习。王老师每次来，福利院教室里面看不到她。每次王老师一进教室，点名没有她，便派人去找，让她来上课。王老师问学生：格珍在不在？同学说：没在，出去玩去了。

王老师说：玉加，你去，把格珍找来上课。

玉加去了，一会儿回来了，说找不到。

王老师说：朋琼，你去找她。

一会儿，朋琼也回来了，说宿舍里没有，操场上也没看到。

奇了怪了。跑哪儿去了呢？

又让强巴多布且去找。找了一圈儿，没找到。

只好自己找。他想到了五楼。于是气喘吁吁爬上了五楼。五楼是那种很大的电教室。福利院有一个大屏幕，在五楼宽敞的房间里。工作队和老师们平时给孩子过"六一"以及一些大的节日都在这里。果然看见格珍一个人坐在椅子上，低头看手机抖音。

王老师说：格珍，玉加找你，朋琼找你，强巴多布且找你，你不上课，在这干啥呢？格珍不吱声。王老师说：这里是电教室、是活动室，是同学们娱乐的地方，不是学习的地方。

格珍还是不答话，但已经悄悄收起了手机。

王老师说，格珍啊，这是活动室，还没到活动时间。老

师知道你能歌善舞，到那时候，你想展示你的才能，你就尽力展示，你是不是喜欢跳舞？

格珍来了兴趣：是啊，我喜欢跳舞啊。

王老师说：这样吧，每周日老师 12 点半回去，老师这周就不回去了，陪你。但先要做作业。你的作业完成了，咱们再到五楼来玩儿，你找几个同学一起，唱歌跳舞，好不好？

当然，但有个条件，只能是作业完成之后、周日的 12 点半以后。因为每周六周日的 10 点到 12 点半，是"阳光学堂"的补课时间。

到了周日，12 点半补课结束后，王老师对格珍说：我不回去了，陪你，我订的时间是 12 点半。格珍说记得。王老师说：现在，你赶紧回到你的座位上去，我的作业留没留？格珍说：留了，没写。王老师问她，你咋不写呢？格珍回答说不会写。王老师说你看老师不是在这儿吗？老师在这儿，可以给你讲；你的同学也在这儿，朋琼和拉珍也可以给你讲呀。

格珍不吱声了，硬着头皮在作业本上写。

就是在那里瞎划拉。

那好，现在下课了。今天其他同学不教，专门教你。就从数学最基础的开始。只讲一道题，明天讲下一道。这类的题，会了就行。格珍说，行，老师。王老师说，你乱写糊弄是不行的。你要是不会，可以先不写。我们老师现在提倡分层教学，就是说，基础好的，要难一点儿；基础差的，基本题做不出来的，就留一些非常简单的题。分层教学，就是让你做最简单的题，难的题，先放一放。

格珍说，明白了。

王老师说，咱们先易后难，但你得入心，记住这次的作业题。

那天，王老师就给格珍只讲了一道题。然后每到星期天，王老师就会留下来，先是陪格珍做作业，作业完成后，又找了几个平时愿意唱歌跳舞的小女孩儿，陪她们玩上半个小时或四十分钟，然后回去。这半个多小时的时光，孩子们又蹦又跳，开心。王老师说：你看老师，在这个时间，领你们跳舞唱歌，晚上还要补习文化课，时间多么宝贵啊！

孩子们说，老师，我们好好学习！

格珍也不到处乱跑了，也不上五楼了，能够安静地坐在教室里做作业了，有时候还跟同学讨论一下作业题。虽然性格上还是不太外向，但课后也爱跟小伙伴在一起玩耍了。

几次考试，格珍的文化课成绩有了一定的进步，虽然幅度不大，但知道用功了。

补记

离开日喀则那天，王鸿飞老师一大早就从公寓那里骑电动车过来了。他帮我在援藏工作队的院子里拍了几张穿藏袍的照片，然后回寓舍帮我收拾东西。我们在工作队吃罢早饭，然后他坐副驾，和藏族司机一起，带我到雅鲁藏布江畔。

年楚河就在那里。

年楚河是日喀则区域的河流，在这里汇入了雅鲁藏布江。几天前，王老师就跟我说，你来日喀则，别的风景名胜可以不看，但是，雅鲁藏布江和年楚河，你一定要看。

沿河而行，车轮下是细碎的石头，远处是连绵起伏、不生绿色的光秃秃的山。车子辗着粗糙的路面，一路驰行。

来到了古柳丰茂的滩涂。这里遒劲的、伏卧大地的树，相当壮观。它们粗壮似健美的牦牛，姿态各异，有着被大风吹弯的形状。据说在高原之上，它们活了千年。

到了雅鲁藏布江边，藏族司机将车停在了河堤之上。

这个时节是枯水期。这一段江堤，淤泥已被风干，一块块鳞状翘起的淤泥，又如硕大的瓦片，脚一踩，断裂成碎块儿。若有大风袭至，就会掀翻无数。五月的小凉风，贴着水面吹拂。太阳从东边照过来，逆光而望，水面之上，波浪轻轻，波光粼粼，似无数金银珠宝闪烁。

大地乍暖还寒。

雅鲁藏布江中间凸起的汀渚那里，有几只秋沙鸭栖息。见有人来，远远地，有两只掠起，贴着水面飞翔。我背了一架高倍相机，调好速度挡，将两只掠飞水面的秋沙鸭摄入相机。

透过镜头，我看见了褐色远山，在阳光下跃跙、匍匐、伏拜。

有旌幡和玛尼石，在水中拖曳着倒影。

借来一道闪电吧，我要看看远方让我心跳的冰川。

阳光在江河里闪烁。

虽是无言，却让我能听见：它们在光芒之下大声地说着光芒。

在高原，所得的阳光或许更多，所丢掉的阴影也会更多。

我看见，疲惫、瘦弱的年楚河就是从这里，汇入了绵绵滔滔、浩浩荡荡的雅鲁藏布江。

在河江交汇处留一张影吧。我的脚下，河水与江水交融时形成了一条并不太明显的水流界线。站在水边，我凝视着河水与江水交融处打着轻小漩涡的脉流，看着河水与江水，在这里缠着、搅着、搂着、抱着。它们，没有隔阂，没有拒绝，没有推挡，没有排斥，只是默默地、默默地，相拥相抱。没有波涛汹涌。一切无声无息，波浪轻轻。

它们彼此胸装日月，它们彼此互相认知，它们彼此不分你我，它们彼此永生相伴。

它们都是水。

它们都是从无数座雪山冰川融化下来的、经过了无数山岭、滩涂、草地流淌过来的一条条溪流。有过断脉，有过逶迤，有过曲折，有过坎坷。但是它们，从不放弃远行的决心。

第 二 部

一 个 人 与 他 的 高 原

牦牛的可贵在于，无畏高处，履险而生。

赫英杰和刘万昱，开着一辆破旧的老式桑塔纳，到日喀则火车站接我。一照面，赫英杰就说刘万昱，别走那么快，黄老师刚到高原来，要慢走。

赫英杰也曾是军人，还当过机关新闻干事。我与他互报当兵时间，他是1988年兵。我比他的兵龄早，我是1983年兵。我的年龄也大他4岁。战友相遇，相互间自然有好感，也就不在意称呼官职了。我就直接叫他老赫。

由于长期在平均海拔4000米左右的高原生活，老赫的脸膛红里透黑，黑里透红。相反，在京城养尊处优的我，倒显得年轻了些。我的内心，隐隐被什么东西触动了。这位跟我一样耿直朴实、雷厉风行的军人，在日喀则，在援藏队中，已然是一个传奇般的人物。

老赫是2013年第五批援藏的。按规定，三年援藏期满，2016年就应该回去了。可是老赫却不愿离开西藏、不愿离开日喀则，申请留下，想继续援藏，于是他又成了第六批的援藏队员。也就是说，他连续 6 年在高原工作和生活。今年，又是一个三年期满，7 月将结束援藏。他又申请到海拔更高、更艰苦的阿里地区。仿佛注定方向，答案就是理由。

老赫的理由很充足：感觉西藏有很多东西，需要去认知。而且他在日喀则积累了丰厚的生活经验，已经完全可以适合高原的生活了。比如饮食，包括克服高反的有效经验。如果按照他的经验去做，高海拔之地，一个人，待上十年八年的，应该没有问题！

老赫是高原的一棵草、一棵树或者一块虽然风化但也不会碎裂的石头。不，都不是。老赫就是一头高原牦牛。一头雅克·贝汉镜头下的把高原走成平地、履险而生的黑壮牦牛。

老赫不怕高原，他有绝招。他把高原经验拍成了健康知识系列讲座，做了一套光盘，免费发给县乡镇，普及健康及防护知识。

或者，一直没有觉得自己离开过部队呢，老赫喜欢那种令行禁止的集体生活。

喜欢住在农村，跟农人一起割青稞、晾青稞。强烈的阳光，将秋收的大地罩上了一片金泽。有时他带着相机拍拍风景、拍拍农事稼穑场面。所拍风景，一定有人物，风景才会活泛，才有内涵。西藏风景有些是静态的，有些是动态的。他拍了不少照片。但他最喜欢的，是老人、女人和孩子的笑脸。老赫从老人、女人和孩子的笑脸中，体验到了一种无法言说的高贵。

我们现在啊，物质富有了，肉身安逸了，但生命本质与精神灵魂的追求少了。

给人以生命抚慰的西藏大山大川，总会给人不一样的感受。在这里，老赫醉心于蓝天、白云、冰川、雪山、荒野、河流、牛羊。倾心那美轮美奂的乡村大地，还有天真烂漫、格桑花一样的孩子，笑靥婆娑，笑语如歌。孩子，喜玛拉雅山和雅鲁藏布江蕴育的美丽精灵。

到了乡村，看见了一家三口正在收割青稞。老赫走过去，帮他们收割。歇一会儿吧。那就照张相。老赫说：归归大（藏语笑笑的意思）。农人们的脸上，现出了纯净的笑容。

老赫是北大荒农垦的子弟，是在黑土地上长大的孩子。老赫从农人的笑脸里，感觉到了一种让心灵净化的东西。

老赫从来没有像现在这样，对生活充满了乐观和积极的态度。他去的那个村庄，村里头就村长家里有一个黑白电视机，还放不出影儿，闲放着不看。一些农户，家里穷得让人落泪。而要想看一户人家的日子过得是否殷实，先要看看他家的粮仓里的粮食多少。看家里有几口人，有几袋子青稞，能磨多少面，有多少油菜籽，能打多少油，就能算出这家人的光景。

老赫是乒乓球高手。他一手创办了乒协，教福利院儿童学打乒乓球。

老赫对我很关心。我刚一到援藏公寓，就给我床头的氧气过滤杯里加水，调节合适的供氧量，给我挂上吸氧管。一再叮嘱我，要多吸氧。我那些天，呼吸量是平原的两倍。而愈是如此，愈说明身体失去水分多。更糟糕的是，水分刚透出皮肤就立刻蒸发掉了。我口渴、心跳加快、口鼻干燥。老赫又为我找来脸盆，接了满满的一盆水，放在我的床头。他怕他走了之后，我没有水喝，又给我抱来了一箱矿泉水。他是一个心细、做事周密的人。

我所担忧的是，他要到外地开会，即将启程，可是故事还没说完呢。于是饭前饭后，只要有时间，我们就在援藏工作队的院子里转悠、聊天。

他开着那辆破旧的桑塔纳，带着我去"阳光球馆"看孩子们打乒乓球。然后又带我去福利一院，看看"阳光超市"，看看小孤儿们的日常生活。

大院子里有刚刚萌绽新叶的杨树、古柳、榆树以及一些高过人头但并不茂密的灌木。这些耐寒风狂风、耐烈日曝晒的植物，生存在平均海拔 4000 米的高原，虽然枝叶稀疏，却能以自身旺盛的生命姿态，存活了无数年光。这是五月之初，高原之上，春天已然开始。高大的植物与矮小的植物，构成了整体的自然生命本态。我们走着，身边的蔷薇和玫瑰开着。老赫向我讲起：福利院的孩子的故事、他与那些乒乓球小球员的故事。

庆热和尼玛占堆

庆热是个小男孩儿，今年 6 岁，孤儿。庆热是一个很聪明机灵的孩子，就是看动画片，里面有台词，他只要看一遍，就能学会个八九不离十。

老赫喜欢庆热这孩子。庆热看见老赫来到福利院，老远的，就飞奔过来。最开始，老赫认识庆热的时候，他正跟福利院的小朋友一起玩耍，翻跟头，相互追逐打闹。

那天工作队的总领队徐向国也来了。他问福利院的孩子，谁来表演个节目？然后就听见 6 岁的尼玛占堆说，庆热会跳！

庆热也不拘束，小家伙从人群中不慌不忙地跑出来，往场地上一站，腰板拔得笔直，还特意把帽沿儿往脑后移了一下。一个"酷"的架式亮相后，就开始跳舞。庆热跳的是街舞，还加进了霹雳舞的动作。小肩膀一耸一耸，小腿儿灵活摆动。这个小孩，是个典型的人来疯，不怕人，不怕生，喜欢搞怪。跳完，大家鼓掌。庆热笑了，笑得小脸蛋红红的甜美。

后来不管是什么活动，庆热都会上场跳个舞，有时候还拿出新学的舞蹈，不重样儿，还会发挥发挥。他盼着徐老师来，因为车里总会给他们带许多好吃好玩的东西。

尼玛占堆是庆热的好朋友。尼玛占堆的个儿跟庆热一般高，两个小男孩总在一起玩儿。尼玛占堆比较老实，不爱吱声，有时候还比较害羞。庆热不一样，庆热天生的那种见过"大世面"的感觉。他比较外向，爱唱、爱跳、爱表现。庆热有优秀演员的潜质。

前一段时间，徐老师还找了一个演艺公司，想让庆热上电视，让孩子高兴高兴。

福利院的大多数孩子熟悉赫老师。有一天，赫老师好奇问他：庆热，你这舞蹈跟谁学的？庆热说是自己看电视学的。他只要看电视节目里有舞蹈节目，看过了一遍后，就能记住。

然后自己在院子里跳，还自己加一些动作。赫老师夸庆热聪明，有文艺天赋。

徐老师每次来福利院，都找庆热，看他长高没有，看他学会了什么舞蹈，听他唱几句最流行的歌曲。这个孩子，天生就是招人喜欢的小孩儿。

庆热跟徐老师说，他最喜欢的歌手是扎西平措，就是唱《阿妈的手》的那个藏族歌手，中国好声音总冠军。庆热说将来想成为扎西平措那样的歌手，能在舞台上唱歌跳舞。

像是做梦，还真的盼来了。那天，歌手扎西平措也来到了福利院，来看孩子。庆热为扎西平措跳了一曲拿手的"街舞"，扎西平措很高兴，夸赞他跳得好，非常不错，虽然没有受过正规训练，但要是有专业老师好好来教他，一定大有前程。

庆热和尼玛占堆两个小孩像双胞胎一样，形影不离。两个孩子有时候玩得昏天黑地的。但他们都不能出院子，是管理员不让他们出去，就在院子里玩儿。玩得枯燥了，忽然就想起了工作队的叔叔们来，就盼着赫老师和徐老师来，给他们带来足球鞋和乒乓球衣。尼玛占堆最喜欢赫老师从西双版纳带回来的糖果和饼干，庆热喜欢喝徐叔叔带来的汇源果汁和可乐。

开春之后，老赫领着他俩到宿舍，看着俩孩子黑黑的脖子、脏乱的头发，想给他俩洗澡。这一洗不要紧，这两个孩子，身上的泥，得搓个四五遍才能搓干净。小孩子喜欢玩水，但不爱洗澡，把水弄了一地。身上的泥球，把水弄得黑乎乎的。搓得直喊疼，尼玛占堆说再也不想洗澡了。赫老师说，不洗澡，不讲卫生，要生病的。

孩子便乖乖听话。

洗完澡后，老赫又找出了厚衣服让他们俩披上，消汗、保暖，预防感冒。虽然俩孩子说了今后不想洗澡了，但后来还是听话的，有时间就来洗一次澡。老赫给这俩孩子洗澡，每次洗完澡后的庆热和尼玛占堆，立即就变成了两个干净漂亮的小王子。

两个孩子，聪明伶俐。他们都喜欢跟着赫老师打乒乓球。

受到了庆热的影响，尼玛占堆也喜欢上了跳舞。两个孩子，今年上了二年级，日喀则市小学。援藏工作队的徐叔叔偏爱庆热。庆热有时叫徐老师，有时叫徐叔叔，有时又叫徐爸爸。时间长了，尼玛占堆就嫉妒上了。他也要叫一个爸爸。他看见赫老师来了，扭扭捏捏地走了过来，鼓足了很大勇气，怯怯地问：赫叔叔，我可以叫你"爸爸"吗？

不敢回答他。一旦说定了之后，就得有这方面的责任哪。老赫说。其实这个小孩儿我一看到也是喜欢，也有这种想法，但现在，也是寄望于能多给这些孩子一些关爱，又怕工作队走的时候，孩子看不到我了，对孩子也是一种不大不小的伤害。这也是后来援藏工作队决定的，就是要整体帮扶。而我呢，现在既要跟他们接近，又不敢跟他们单独接近。

我真的挺喜欢这些孩子，都挺单纯挺可怜的。老赫对我说。

要是说不行呢，又会伤了孩子的心。不知道该如何回答尼玛占堆，只能默默，似乎同意，又似乎没有表示什么。因为

在西藏，领养孩子要有两个条件：一个是领养者必须是藏族，另一个是领养地必须在藏区。规定在这儿，谁也不能将孤儿带走领养。汉族干部不允许领养藏族孤儿。也有许多爱心人士找老赫，希望能领养一个福利院的藏族孤儿。但只能是"助养"。老徐对桑旦拉姆，就是"助养"。可孩子不懂这些，老赫虽然嘴上没应允，但是事实上，真的把尼玛占堆和庆热都当儿子般地庞爱，给他们两个买好多吃的，还有玩具，陪伴他们。

工作队鼓励"一对一"的帮扶。

其他的援藏队员，也是一有时间就过来陪伴孩子，他们也都是这些孤儿的老师。平时晚上散步，走着走着，就到了商店，买几双袜子，买一两箱酸奶什么的，给孩子送去。但是，教孩子打乒乓球的张新光和李原，因为有任务，他们走了后，好多孩子就天天盼，天天想，想得伤心、哭鼻子。你说说，这有多伤孩子啊。真的当了爸爸，孩子更是割舍不下。

小男孩儿旦巴

一次组织"龙藏杯"乒乓球比赛，全市干部职工乒乓球比赛设了一个少儿组，老赫就组织了福利院打乒乓球的孩子去打比赛，比完赛后，福利院那边的饭点也过了。

领队老徐说把孩子们请到工作队吃饭吧。

那天恰好李原和张新光都在，老赫又找来了他培训的次桑旺久教练和曲珍教练。大家在一起吃饭，吃炸鸡腿。上次请福利院的孩子吃炸鸡腿，孩子们吃得香。这次还要吃。

一群福利院的孩子，到工作队食堂吃饭。吃得不客气，吃得豪气冲天。半大小子，吃死老子，这是民间说法儿。可不是啊，孩子的吃相可爱。他们跟工作队的叔叔和厨师阿姨混得熟了，什么也不顾忌了，敞开肚皮，可劲儿造，可劲儿喝。

这也好，锻炼了孩子的开朗性格，能与大人一起交流，不怯场。

误了饭点儿，就有理由吃到炸鸡腿儿。比肯德基和麦当劳强多了，基本扫光光。

徐叔叔跟食堂师傅说，多做点儿炸鸡腿。让孩子们可劲儿造。孩子们一来，工作队事先就买来了成箱的冻鸡腿，化开，然后洗净，往鸡腿上裹面包粉。扒蒜的，剥葱的，切姜的，忙得不亦乐乎。最后开始烹饪。小客人来了，鸡腿儿也炸好了。

小客人嘛，必须的，要吃好。

小男孩且巴，上了小学五年级，十二三岁的半大小子，能吃。一下子吃了五六个炸鸡腿儿。自己不好意思了，吃完了炸鸡腿之后，拽了一张餐巾纸，盖住了鸡腿骨头。

谁也没有注意到且巴的这个神秘小动作。但是他们的赫老师观察到了孩子的异样儿，老赫看见孩子面前盖着鸡腿骨的餐巾纸，忍不住笑了，这个且巴呀，太可爱了。

且巴的意思是，我自己吃了这么多的炸鸡腿，有大肚王的感觉。怕人看见，难为情。

其实，孩子们吃饭的时候，老赫就观察到了且巴的小心翼翼。

孩子们吃饭时，叽叽喳喳说话，且巴不一样，只顾闷着头吃，不说话、不喧哗、也不左顾右看。吃得认真，吃得仔细，吃得快速。且巴从盘子里拿一个吃掉，再拿一个吃掉，看看有没有人注意他，再拿一个吃掉。一连吃了五六个炸鸡腿，别的菜不吃。

且巴瞅着慈祥的赫老师，知道在乐他呢，有些不好意思了。

孩子怕羞。让他轻松点儿。赫老师向他眨了两眨眼睛，孩子似地做了个鬼脸，然后小声对旦巴说，没事，没事，多吃，多吃，想吃就吃，长大高个儿。

　　错过饭点儿并不是经常的事，这就让孩子们天天盼着。工作队的饭菜好像比福利院的饭菜香呢。孩子们盼着赫老师总搞乒乓球比赛活动，这样就有借口来工作队吃仁增旺姆阿姨做的饭了。

　　每次来，工作队食堂的仁增旺姆忙乎着呢。福利院打乒乓球的孩子，都盼望着错过福利院的饭点儿（其实福利院的伙食也非常不错）。就是惦记着能多吃些仁增旺姆做的菜。每一次来，仁增旺姆都要做足够量的菜，但每次都剩不下。孩子们兴高采烈，像回到了家里似的。

除了炸鸡腿儿，还有酸菜，也爱吃。

酸菜在这里是无法腌制的，都是从哈尔滨运来的。那么酸菜是怎么制成的呢？赫老师就跟孩子们讲：冬天来了，东北人的家里，都要储存一些大白菜。吃不了的，就将白菜掰去外面的老菜帮子，削去菜根，清水洗净，再用盐水浸泡，将白菜竖着剖开两半，放入洗得干净、用开水烫过的大瓷缸里。在里面撒些大粒盐。最后将处理好的白菜放在缸内，要尽量紧密，每铺一层就要撒一些盐，直到铺了满满的一缸，再往缸中加入清水，水没过白菜，用一大石块将白菜压住，缸口罩上一层纱布，放置在通风的地方，一个月后，白菜就变成了酸菜。取出一棵，用清水洗净，切成细丝，做酸菜排骨粉条、酸菜火锅、

酸菜馅儿饺子，美味呢。

　　运到日喀则的酸菜，都是用真空袋密封的的整棵装的。开袋，洗净，切丝，与猪排骨、五花肉和地道的土豆宽粉条儿一起煮炖，肉骨烂糊，汤汁浓郁，美味开胃，不单单队员们爱吃，这些偶尔来工作队吃饭的孩子，也是大快朵颐，吃个肚儿圆圆。有个叫南达瓦的小男孩，一下子吃了三小碗酸菜炖排骨粉条儿，孩子们从未吃过如此美味的北方酸菜。

　　还有哈尔滨红肠、午餐肉、榛蘑炒肉片儿、西红柿炖牛腩。请孩子过来吃饭的时候，要加足加量肉类菜。

　　搞活动了，这边找 10 个 20 个孩子过来吃顿饭。再有别的活动，再请一些孩子过来吃顿饭，大都是因为错过了福利院的饭点儿，才来吃的。看看动画片，打打乒乓球，玩玩篮球，然后吃饭。也吃点儿工作队自己种的大棚蔬菜。大棚蔬菜就在二楼一个大大的平台上，种的是黄瓜、西红柿、小白菜、菠菜、西葫芦、辣椒、珍珠水萝卜。还有黑龙江五常大米，亮晶晶，暄灿灿，他们也爱吃。东北黑土地的大米，好吃。

孩子们喜欢仁增旺姆

原先的东北厨师是第三批被换掉了的，老吵吵着要涨钱，不涨钱就不干了。端菜端饭、打扫食堂卫生的服务员仁增旺姆自告奋勇请求当厨师：东北菜，我也能做啊。

仁增旺姆做得挺地道。原来平时，聪明而有心的仁增旺姆在东北厨师做菜时，暗自观察他是如何做东北菜的。青椒炒肉片儿、蘑菇炒肉片儿、醋溜土豆丝、烙大饼、剁菜馅儿包饺子和肉包等，仁增旺姆都记在了心里，当然不会错了做菜下料的程序。

后来工作队每年冬天派她到黑龙江培训，竟然成了日喀则最好的做东北菜的女厨师。

老赫便跟仁增旺姆开玩笑，咱俩合作开饭店吧，我出资，你当厨师。日喀则东北菜馆没有正宗的，都差些火候。仁增旺姆经过多年的培训，学到了一门难得的好手艺。

那天恰巧，我来工作队采访，正赶上了食堂包饺子。酸

菜馅儿、辣椒馅儿、白菜馅儿饺子，都是仁增旺姆包的，东北味道儿。

做菜包子和大肉包子时，老赫便也给福利院的孩子送去一些品尝品尝。

仁增旺姆的菜越做越好，几乎跟东北菜无差别，队员们吃出了家的感觉。平时，援藏干部们也通过跟她的接触，教她做些菜品。如凉拌白菜、凉拌老虎菜、焌鸡蛋酱当蘸菜料，等等。

仁增旺姆跟工作队的关系也特别好，三八妇女节、中秋节等，工作队也都给她发点儿补助，或发点儿小礼物。服务员过生日的时候，工作队给她们过集体生日。

仁增旺姆等姐妹，也成了援藏工作队的一员。

有一位老服务员，老赫想给她联系乒乓球协会，可以去

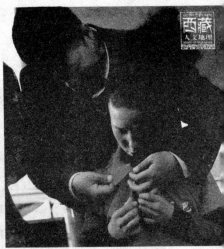

一个公益性岗位，那可是一个正式工作，因为她的岁数大了，以后养老各方面，都会有保障。她在这里属于临时工，那边的单位是正式聘用的。结果她不同意，她说援藏工作队对她不错，她不想离开援藏工作队，她说感觉跟大家在一起，像一个家庭，外面再有好单位，也不愿意去。

福利院的孩子来吃饭是偶尔的事，不能太频繁，这样对福利院的管理工作会有影响。老赫这个人就是这样，每做一件事，都考虑是否有负面效果。他在工作上始终小心谨慎。他想到了这个问题。孩子们来工作队吃饭，纯属偶然的事。比如说参加乒乓球比赛，中午误了饭点儿，比赛完了之后，赶不上饭了，就请孩子们到工作队食堂吃顿饭，谁也挑不出任何问题。

福利院的孩子不这么想。他们只知道工作队的饭菜好吃。他们也喜欢仁增旺姆阿姨。有时候看见赫老师来，就急急问：我们什么时候去那边吃饭啊？我又想上那儿吃了。我又想徐叔叔了。我还想吃去。什么时候领我们去啊？

听了孩子的话，想着工作队再有两三个月就要结束工作，离开日喀则，老赫心里有些难受。

更怕孩子们心里难受。

老赫就把手机号留给孩子，让他们记着，背下来，跟他们拉勾发誓：说好了啊，赫叔叔赫老师的电话永远不会换号。就等着你们长大了，好跟我们联系啊。

老赫、张新光、王鸿飞、李原，几位教练的手机号，孩子们都能背下来。有时候他们找管理员借手机，给工作队的人或任课老师打电话，说想念老师了，聊聊天。

有时候工作队事太多，忙忙碌碌的，无法去福利院。孩子也会用借来的手机，给工作队队员打电话，聊一聊学习和乒乓球运动。学习这块儿，有老师陪伴，孩子的性格也开朗了不少，学习成绩也逐步提高。孩子，不是因为残疾什么的，都是家庭的特殊原因才进福利院的。他们一个个身心健康，聪明可爱。

尼玛吉宗和次仁巴宗

　　福利院的孩子喜欢打乒乓球。创办乒乓球俱乐部，并将福利院的孩子吸纳进来，分别来教，从小娃娃抓起，是非常不错的举措。当然也是为了能让福利院的孩子有一个爱好，让孩子们锻炼身体。从爱好到特长，则需要更专业的培养。

　　赫英杰与张新光，利用空余时间，分别来教福利一院和二院的孩子打球。

　　张新光上福利一院，老赫就上福利二院。张新光上福利二院，老赫就到福利一院。俩教练员，来回交叉，对两个福利院的孩子，进行乒乓球训练。

　　一次，张新光在福利一院教孩子们打球，跟往常一样，又有不少小观众看球。福利一院有两个忠实的小观众，一个叫尼玛吉宗，一个叫次仁巴宗，打球的时候，白色小球，来回穿梭，这两个孩子的眼睛总会眯眯着一条缝儿，跟着小球来回摆动着小脑袋。

张新光感到疑惑，停下球拍，来到了两个孩子面前说，让叔叔看看你们的眼睛。

孩子仍是眯着一条缝儿的眼睛，不敢睁开的样子。张教练看了孩子的眼睛后，心想，这两个孩子，是不是近视了呢？

张教练就将尼玛吉宗和次仁巴宗两个小女孩儿领到了眼镜店测了一下光。这一测，吓了他一跳。这两个小孩子，眼睛都是近视，而且近视度不轻，三四百度。张教练想，再这样发展下去的话，孩子的眼睛近视会更加严重。当即就给俩孩子配了近视眼镜。

尼玛吉宗和次仁巴宗两个小丫头非常高兴。

可是，这么小的孩子咋能近视成这样呢？

当然跟高原的阳光强烈刺激有关。别的孩子呢，是不是也存在眼睛问题？张新光向工作队说了这事，工作队立即向大庆眼科医院求助，大庆眼科医院也是反应迅速，没多久就派来

了大夫，直接来到福利一院，给所有在院的孩子，进行了近视眼的测试验光。

测试发现有轻度的、重度的眼疾问题的，医生就先发放一些药水和眼膏治疗。应该有百分之七十左右的孩子都有近视。这些一出生就在高原的孩子，不同于城市里的大部分孩子，是因为环境因素导致的近视。大庆眼科医院把测试的数据带回去了，再来的时候，就给筛查出的近视的孩子，每人配了一副眼镜。

戴了眼镜之后的孩子，除了扼止了近视的发展，眼疾也有了一定的改善。

尼玛吉宗和次仁巴宗两个小丫头，从此戴上了眼镜。

她们两个，在课堂上看书做作业习题，再也不用眯着眼睛、费力地贴近书本看书了。

阳光陪伴成长

小狗小狗，鞋子臭臭

　　有个事情，对老赫来说，一想起来就头疼，就感觉像是对他的一种检验。老赫都不太好意思说了。这件事儿，得让他考虑好几天，才去做的——

　　就是每个季度，老赫都要给两个福利院的孩子刷鞋子！

　　这些孩子都是乒乓球队员，不训练时，也是天天操场上跑来跑去地踢足球。这些孩子，玩篮球的、打乒乓球的、踢足球的，跑啊的，跳啊的，脚能不出汗吗？袜子能不臭吗？鞋子能不臭吗？一双鞋子，这么个用法，能好到哪里去呢？

　　老赫给两个福利院的打乒乓球的孩子配了两双运动鞋，是让他们来回换着穿的。味儿都应该小点儿，仔细点儿穿的话，一个季度、半年，都应该没问题。

　　这两双运动鞋，孩子有时候就忘了换着穿。孩子不长记性，也不会那么在意鞋子弄得干不干净，就可着一双鞋子造啊。将近30多个孩子，就有60多双臭鞋子让老赫来管来处理！

怎么个处理法呢？老赫找了周六和周日两天时间来干这事儿。

洗衣粉、肥皂、刷子、盆子，全弄到了卫生间水池边儿。卫生间狭窄逼仄，当鞋子从大塑料袋里倒出来的时候，老赫那个本来不太大的小屋子，瞬间弥漫臭鞋子味儿，臭得呀，就像农村的沼气化粪池。吃饭和喝茶时不能想。如果戴上口罩，估计也不会闻不到味儿！

要命的是，想刷干净这些又臭又脏的鞋子，还不能用凉水，必须用热水浸泡。这一浸泡不要紧，味儿全泡出来了！五十来岁的老赫、赫局，忍着这直冲鼻喉的难闻味道，把60多双鞋，分成了两批，泡进了大盆子里——老赫准备了三个大盆子，一个大盆子泡鞋，另两个要盛满水。将泡着鞋的脏水，一次又一次地倒掉，再注入清水，洗衣粉加肥皂一起，使劲儿打上去，一时间，清水变成了污水，盈满了大盆子。一双鞋：鞋帮儿，鞋里子，鞋靴底儿，鞋尖儿，鞋跟儿，鞋底儿，里里外外，掏了个遍，涮了个遍。

污泥巴发黏了的黑水，简直比烂泥沟里的泥汤水还黑、还腥、还臭。

换了几次水，打了几次肥皂，才刷干净。这种忍着臭味儿的活儿，谁愿意干呢？可是，年已半百的老赫，蹲着，站着，坐着，无论什么姿势，都会让腰腿酸痛。

老赫的寝室，在公寓最里头，那个小屋子，平时也不怎么住。现在，为了刷鞋，老赫就要把所有的窗户全都打开。

上午干不完，下午接着来。而且每次刷鞋时，老赫站一会儿，再坐一会儿，站着腰酸，坐着腿痛，有的鞋子的鞋底儿还有泥巴，得用手将之抠掉。

冲洗完之后，将这些湿漉漉的鞋子拿到工作队那边——因为得有一个大点儿的地方放鞋子啊，比如放在阳台，整个房间，整个的一大溜儿，一大片的大小鞋子。

周六刷完了第一批，周日再刷第二批。老赫一边刷一边生气。这几双是最脏的也是最臭的，一定是那几个臭小子的，他们打完了乒乓球，运动服脱下一扔，不管不顾了。有时连运动服都来不及脱，浑身劲儿没用透，又去到处跑，踢足球啦、追逐打闹啦，一定是他们：

巴增旺加、小普扎、大扎西、次旺多杰、巴桑罗布、旦巴伦珠、白玛次仁、次仁占堆、旺堆、拉巴扎西、旦增塔杰……

也不能排除是这几个有着"雄心壮志"，时刻想着要当国际球星的小家伙：

次仁罗布，他喜欢Ｃ罗，听说了Ｃ罗转到了尤文图斯队，想要一套尤文图斯７号球衣。

扎西多布杰，他崇拜巴西球星内马尔，因此就想要一件巴西队球衣。

边欧，他不是想着要当职业球员吗？天天吵着要一套门将的球衣。

次仁顿珠，他训练最刻苦了，一直想成为乒乓球王。

工作队搞了一次"福利一院二院的心愿调查"，所有的孩子填了"心愿"，要什么，希望得到什么，老赫和工作队都一目了然。这些个大大小小的孩子，都喜欢体育运动，都知道什么什么球星。还有一些小点儿号码的女孩儿的运动鞋，也一定不能排除是这几个小疯丫头呢：米玛吉宗、达娃央金、次仁巴宗、小索朗拉姆、达娃卓玛、洛桑措姆、洛桑卓玛、且增白玛……

小狗小狗，鞋子臭臭。

老赫刷一会儿，直直腰杆。又刷了一会儿，站起来走走。一边刷，一边念叨着几个小家伙的名字。然后，他走到窗子那里，向外透透气儿。刷了两天，刷完之后，老赫才从公寓里出来。那好几十双鞋放了一屋子，晾干。这么多的鞋子，一溜儿摆开，相当的壮观！

午饭和晚饭，就吃不下去了。鼻孔里总是有那股子又腥又臭的味儿，手心手背也有。打了几遍肥皂、再痛痛快快洗个澡，也不顶事儿。全身上下，味儿十足。现在想想，能吃得下饭？其实又一想，这些孩子也不容易。不花点儿气力，谁能给干这活？孩子自己不会刷鞋啊。

袜子，肯定不会经常洗的。

一再告诉大家，袜子要自己洗。一些孩子就是爱忘事，鞋子不干净，袜子能干净吗？而实事求是讲，这些孩子，这些臭鞋，沤闷了多长时间的汗水尘土以及混入人体湿气的味道啊，就是把一两双鞋，往那里一摆，转身就跑的，肯定大有人在！

对比刷鞋，洗衣服就简单了。之前用手来洗，现在可以用洗衣机了，那个就方便很多了。

在福利院"阳光夜校"上课的王老师，也经常为孩子们洗衣服、刷鞋。基本上都形成了一种习惯了，而且每周，都要给孩子们洗一次衣服。一般情况下，老赫一个季度刷一次鞋。

张新光得了自治区的一个先进个人奖励，他将得到的4000块钱奖金，全部买了洗衣粉，送到了福利一院和福利二院。这些洗衣粉，给孩子们洗衣服，到现在还没有用完呢。

次仁巴宗想念李原叔叔

次仁巴宗有点儿小心眼，她的学习非常好，后来学了打乒乓球。在球队这些孩子当中，学习也算是比较拔尖儿的了。工作队员李原，是乒乓球爱好者，他去福利院教孩子打球，去了几次。次仁巴宗就对李原叔叔特别感兴趣。李原叔叔亲切，带她打球时，耐心、细致，告诉她球怎样发球、怎样收小臂、怎样以较小力量让球的速度飞得快，等等。

在李原教练的指导下，小丫头的球技提高迅速。但是李原叔叔每次去福利院都不适应，爱得感冒，去一次感冒一次，去两次感冒两次。发烧、发热，咳嗽、打喷嚏、流鼻涕，找不到原因。他又怕自己的身上带了什么感冒病毒，传染给福利院那么多的孩子。

大概是对环境不太适应吧，或者自身带病毒，一打球，身上一热乎，就激发了出来。李原只能这样想，也只好这样想。到最后，就去得少了，最后竟不敢去了。

李原叔叔呢？咋不来了呢？见不到李原叔叔的身影，次仁巴宗这小丫头就天天想：李原叔叔啥时候来？李源叔

叔上哪儿去了呀？是不是我那天耍了小个性，气着了李原叔叔呀？谁能告诉我，李原叔叔为什么不来了呢？次仁巴宗乖乖的，不会再惹李原叔叔生气啦。

有时候次仁巴宗想念李原叔叔，想得心痛，眼泪儿直往下落。

每到这个时候，老赫就不得不撒点儿谎：你李原叔叔出差啦。

出差啦？也不跟我打个招呼！小丫头有点生气地想。生气归生气，还是想念李原叔叔。

次仁巴宗这个小丫头一大早就起来写日记，写给李原叔叔。有时候写着写着就又睡着了，醒来赶紧背起书包上学。后来李原有任务，很少回到日喀则，次仁巴宗不知道这些，也不明白啥叫任务。老赫跟李原通电话，说了次仁巴宗想念他，李原也难受，让老赫关照次仁巴宗。李原回日喀则，到福利院，特意找到次仁巴宗，送她小礼物，文具、玩具、小食品，都有。

孩子们的大事情

给孩子洗衣服是赫英杰和王鸿飞最重的活儿。也是孩子们的大事情。

有一个吉林援藏工作队的援藏队员，跟老赫个人关系不错，拿出了1万块钱让老赫代他表达爱心。他跟老赫说，这1万块钱，怎么花都行。可是，当老赫看到老王冬天里洗衣服，手冻得通红时，第一个感觉，只要有钱，就先给福利院买洗衣机。

老赫和工作队的人一起去看洗衣机。一开始想买一千块

阳光陪伴成长

钱半自动的。后来一想，有的孩子自己用手洗，冬天里小手被水冰得通红，就改变了主意，不买那种了，多添一点儿钱，买全自动的，让孩子手不沾水，冬天也能将衣服洗得干净。

还有一位做信息化的老板，老赫跟他说了福利院的情况，那人当即拿出2万块钱给了两套投影设备：每套配一台电脑和一台投影仪。两套设备，福利一院配了一套，福利二院配了一套。给孩子放一些动画片和童话故事片，很有必要。老赫就注意去收集一些儿童看的动画片，拷贝到电脑里，一有时间，就给孩子播放。有时候事情多，忘了放映，孩子就给他打电话，或者直接跟他说，要求给他们播放动画片和乒乓球教学片。

大人忘了的事，孩子记得清楚。孩子的事，大人必须办。

黑龙江省有一个"妇女创业协会"的老总到西藏之后，参观了"阳光陪伴成长"活动现场，深受感动，也要表达一下

第二部

爱心。老总从创业者协会拿了5万块钱。老赫与工作队协商，给日喀则桑珠孜区二中家庭贫困且成绩优秀的学生作为奖励资金用。

北京有一个记者来采访乒乓球协会。采访完后，也拿出1万块钱，让老赫代他为孩子买点什么。后来还有捐赠物资什么的。他们看到了报纸上刊登的倡议书。包裹打开之后，里头会有内地孩子给高原孩子的一封信，信的内容，充满浓郁情感。这些捐赠来的衣服，洗得干干净净，还带着肥皂的香味儿。小朋友与小朋友之间的情感沟通，让活动有了意义。

援藏的内容丰富了，形式也越来越多样化。

孩子穿的衣物其实是最费的了。因为喜欢天天在外面疯

阳光陪伴成长

跑，特别是运动服，都是一样的。孩子的个头也是大小不一。号码嘛，也是混着穿的。所以，谁都不认得自己的衣物。

老赫看见庆热和尼玛占堆的衣服和裤子都有点儿大，或者鞋是旧的，不合脚。

老赫就问他俩：鞋呢？

尼玛占堆的小脑袋一晃：没。

衣服呢？

庆热的小脑袋一晃：没。

裤衩子呢？尼玛占堆和庆热的小脑袋晃了两晃，异口同声说：没。

福利院小孩儿的衣服，隔一段时间就得买。

孩子们的事情，都是大事情。孩子们的心灵，就是美好的价值观。因为孩子们的心灵，是清澈的溪水，是干净的雪花，是蓄积着的清风，是闪烁着阳光、流漾着生命精神的赞美诗。

阳光与清风

孩子的生日，徐老师、老赫和工作队的队员们也想着呢。

每个孩子的内心都装满了阳光和清风，每个孩子的笑脸都是春暖花开。老赫就琢磨着，多给孩子们照相。援藏工作队，有几位是玩摄影的，平时也给福利院的孩子拍照。照相馆那里，工作队也设了一点儿照相资金，请照相馆的摄影师给孩子照相，并把电子版存在那里，以备今后孩子长大了能随时取用。

老赫跟照相馆说，这些孩子，给他们洗照片，洗完之后，两天半就丢了。孩子们的照片尽量保留。你该洗就洗出来，发给孩子们。电子版的，就存到照相馆。

老赫跟我说：第六批援藏工作队，三年期满就走了，然后下一批来的时候，还在这个照相馆做活动。他们还给这些孩子照相。等到孩子将来大学毕业也好，参加工作也好，他（她）想找回童年记忆的时候，就会到照相馆来，找他（她）的照片：2019 年的照片、2018 年的照片、2017 年的照片……每年，在五一、六一、十一等节假日，要去福利院给孩子照相。

要给孩子存留一个美好的记忆。

有时候，一个一个地过生日不现实，就过集体生日吧。过集体生日时，每人发一个大娃娃，每人发一只拉杆箱。拉杆箱顶部写着"陪伴是最好的礼物"。将来这些孩子，上大学也好，上内地学校也好，他们走的时候，可以随身带着。人走到哪儿，拉杆箱就走到哪儿。让所有人都知道曾经有那么一群人，陪伴孩子一起成长。

一位国家机关工委的援藏干部来到日喀则，看了"阳光陪伴成长"这个活动后挺感兴趣。问老赫，你这边缺什么？缺的我给协调，给孩子们补上。老赫说，其实孩子们缺的，并不是吃穿住行这些，我们也有最好的校车、配套的校舍和后勤管理。国家做的已经挺多的了，应该吃穿住行这块儿都问题不大。我们唯一缺的，其实就是一种陪伴。

孩子最缺的，是一个大人跟他（她）在一起，他有什么话，要跟你说，有什么事，能跟你唠。在一起，能陪他（她）玩儿。最缺的，是援藏工作队在做"阳光陪伴成长"系列公益行动的时候，能把定位定在"陪伴"上。老师去给孤儿上课，是一种陪伴；工作队员和老师跟孤儿一起打乒乓球，是一种陪伴；节假日去为孩子过生日，是一种陪伴；包括为大大小小的孩子照一些相，是一种陪伴；建立阳光超市，为小孩子发东西的时候，是一种陪伴；到了换季的时候，天冷了，把羽绒服、棉衣、棉裤这些给孩子们发放，还是一种陪伴。

就是让这些孤儿，时刻有阳光陪伴。就像花儿与蝴蝶、蓝天与鸟儿、河流与鱼儿。

阳光超市，就是孩子的储物之地。

老赫带我去看过。打开超市，孩子们一下子涌了进来，一人一件，随意选择，有选大熊玩具的，有选帽子的，有选围巾的，有选衬衣的，有选塑料冲锋枪的，有选小猪佩奇的……阳光超市里的东西很丰富，装不下，满了，发给孩子。过一段时间，又有源源不断的补充。

工作队发出了"倡议书"，借网络平台向社会征捐衣物。

"倡议书"直接写清楚：您准备好之后，请用物流，邮资到付。

老赫说，援藏资金这块儿，一年有3到5万块钱。就把这部分资金，用在邮费上，承担捐赠者的邮资。寄来的物品，越来越多，甚至偏远地区一些乡镇的小学生，也都捐来了衣物。福利院用不完，工作队就拓展到了各县乡村。下乡送医，下乡送衣。

福利院的孩子自己也知冷知热。快到冬天了，天冷了，就选一件棉衣或棉裤或羽绒服，喜欢哪件，穿着合身，拿走。当夏天快来时，天热了，就选件T恤或小背心，脱了脏了的小褂子，把新的小褂子穿上。秋天了，就选一件毛衣毛裤，往身上一套，照照镜子，美美的。

"阳光陪伴成长"这项活动，做了很多调研，去福利院，去民政局。"阳光学堂"和"阳光夜校"都有聘书的，工作人

员被聘为第一福利院、第二福利院的校外辅导员，都是以正式文件形式发出的，民政局做的。孩子们、福利院的院长、门卫、管理人员，对工作队都非常热情，离老远就打招呼。援藏教师授完课，孩子就跑到大门那里送老师，给开门。

孩子们也有头疼脑热的、跑肚拉稀的。他们不说，也说不出来。就得叮嘱管理员们留心观察，谁打蔫儿啦，谁脸色不好啦，谁不去上课啦，等等。吃两次药，做一碗面条、煮两个荷包蛋，准好。西藏的孩子，天生的抵抗力和免疫力强，都比较健康。当然，也有一些疾病。一次体检，发现一个叫旦巴的小孩子，有轻度皮肤病，医务人员查完后，把情况跟郭天龙院长反映了。就给敷上药膏，几天就好了。

体检出小病，一般就直接给孩子治疗。治疗小病用的药品，工作队那里都有，吃了就好。但是一些大病就不太好办，万一治疗过程中宝贝们出现什么差错呢？

孩子的身体，是大事。赶紧地，送医院！

第二部

高原上飞旋的小球

老赫是一个资深的乒乓球爱好者。2013年7月，到西藏适应了高反后，就开始打乒乓球。他的抽拉、扣杀，都令对手瞬间崩溃。特别是发球，他会变着法儿发球：平击发球、发急球、反手发轻球、发下旋球、正手发左侧上下旋球、反手发转和不转的球等。

有时候接不了他发过来的球，真是炉火纯青的教练！还有，他内心强大。球场上，他会知道你的心里想什么，判断准确无误。他培养的年轻教练次桑旺久一脸羡慕地对我说。

老赫饶有兴趣地给我讲乒乓人才的培养——

刚开始打球，目的就是陪伴孩子，后来我就有了一个想法：区分层次。

乒乓球比较适合西藏的孩子，因为它不需要太大的场地。在对高原的研究中，老赫突然有了一个大胆想法，把孩子送到国家专业球队，接受专业训练，说不定将来会成为国手呢。

或者说将来能代表国家水平，不仅仅是让西藏的孩子能打球，还要到世界赛场去打球，这是老赫的一个设计、一个愿望。如果说西藏目前还没有藏族孩子或者藏族专职乒乓球运动员的话，那么从现在开始，我们就要做这个事情。老赫说。

应该有西藏的孩子，来从事这项运动。如果有一天，西藏的孩子参加全国比赛，这将会为西藏体育的未来，带来积极且深远的影响。

要把这个事情做成。如果在国际赛场上出现藏族孤儿，该有多好！

再有一些的，就是经常来打球的人水平高低不同，因此

就有了层次区分：专业的、业余的、群众性的。

那么，推广这项运动，尤其是培养藏族孤儿打乒乓球，意义重大。

老赫异常激动，睡不着觉。如果能够在自己手里出现一批乒乓人才，功德无量呀。

当时老赫设计的时候，是想与北京的专业教练来一个对接。就与北京邬娜乒乓球俱乐部联系，他们说孩子最大的不能超过小学，一般都是在五六岁这个年龄段最好。从小培养，童子功。乒乓小球，练什么？一是内心强大，从小铸炼。失败和胜利，都是常态，就是这种心态。二是灵活度。灵活，巧劲儿撬大力，四两拨千斤。乒乓球运动，乃巧力之术也。

设计完之后，老赫就跟有关部门商量。都说，大好事！大好事！

萤石需要阳光才能焕发生机，灵性和灵动，很重要。选苗子的过程并不容易。能在两个福利院选拔有运动灵性的孩子，最好。给孩子一个美好的追求，清晰的出路。

福利一院，福利二院。两个福利院，各选两男两女小孩儿。他们都是一年级小学生。正好4男4女。可以成立一个代表队。

蛙跳、快速奔跑，按国标来测。小山雀们，各显本事。老赫与北京教练合谋，搞大事情。

北京教练说，你这样，就看他（她）连续的蛙跳，有运动天赋的孩子，一眼便知。训练由北京来做，老赫这边，只要把孩子选出来就行。

老赫就跟工作队汇报，专门开会研究。因为是培养孩子，尤其是乒乓球运动员，需要投入资金。这都不是问题。孩子的事情，是大事情。

选完了苗子，却出了一点儿小问题：福利一院选上的小女孩儿的奶奶不同意。

孩子奶奶从未听说乒乓球，但知道北京。北京太远了，骑牦牛要走多久啊？

奶奶啊，你以为是从这个村子翻山到另外的村子吗？那得坐火车，坐飞机。骑牦牛，那是祖先的走法儿。骑马都不行。孩子笑话奶奶见识太浅！简直是坐井观天。

奶奶执拗，反正孩子放在福利院，自己想了就能看看。要是送到北京，看孩子还得上北京，我身子骨不好，没那么多路费，也不一定能去看。我不同意。

老赫和管理员格旦，去说服孩子的奶奶。做孩子亲属工作，终于做通了。

老赫又联系企业赞助。工作队这边，援藏资金也来了。立项很快做了。

可惜。这个事情呀，我们持续做了大半年的时间，包括联系那边的就读的北京市重点小学，包括联系那边的乒乓球俱乐部。

……

到最后，由于种种原因，8个孩子终究还是没能去成北京。

可惜呀，可惜！老赫叹息。

孩子失望，流泪了。那些天，一碰到我，就问：教练，我们什么时候上北京呀？都知道，北京是祖国的首都。我要去北京，我要去北京。可是我无法回答呀，只能对他们说，孩子，别急，过一段时间再去，你们好好学习，好好打球……

我觉得这件事是离西藏从此有了专业乒乓球运动员最近的一次！老赫不无遗憾地说。

这件事，用了我将近大半年时间，九个月，就做这件事，我觉得太有意义了，你说什么条件我都答应。你只要让我做成这件事就行。

这8个孩子都是5岁到6岁，小学一年级。4男4女，全是福利院的孩子，都是从农村来的孤儿。如果这事成了，将改变他们一生的命运。你想想，现在内地，一个专业乒乓球教练，年薪都得超过 10 万。那么他们这些孩子，经过多年的顶级的专业培训，肯定能超过 10 万。他们接触乒乓高手，也见见世面。而且就在北京上学，北京邬娜俱乐部也答应我，尽可能多给他们提供比赛机会。主教练跟我说，战胜东南亚国家队员，肯定没问题。

训练刻苦一点的，还有可能进入国家队。

俱乐部里头经常有一些国手来跟队员们交流教学。而且我们国家对藏族同胞，有着特殊的政策和关爱。那么，他们很快就会从上小学一年级练到高中三年级。我也跟他们承诺，这个项目，第六批援藏工作结束，我会全力以赴。如果允许的话，在第七批援藏工作队来到时，继续这个项目。到了第八批时也负责。这是援藏工作的一个非常好的事。

这件事的失败，让我难受了很长时间。我耗费了 9 个月的心血，方方面面协调，功亏一篑！当时就是感觉我的所有设计，可能这个就是最好、最令我满意的。

高海拔，需要放平心态

老赫继续说：

北京的体育记者采访我，他问我最想做的一件事是什么。

我说我最想做的事，就是能够看到，我们援助或者资助的福利院的藏族孤儿，能够天天高高兴兴地生活，这是我最想做的。

他说，你最想看到的是什么？也就是说你最希望看到的是什么？

我最希望看到我们培养的藏族孩子，能挥舞乒乓球拍，活跃在国际国内赛场，这是我最想看到的。

现在看，可能还要有一段时间，10 年、20 年、30 年。国球这场运动，若能在西藏，能在我们藏族同胞相互之间推广起来，能成为他们喜爱的一项运动，能够在各个地方都看到他们在赛场上一起打这种国球，我觉得这个，是我最大的心愿。

绝不轻言放弃。虽然我没有参与培养专业的球员，但是，群众体育要推广。

开始成立乒协，成立日喀则市乒乓球俱乐部，各种手续都开始办，包括注册资金，都没问题，工作队领导非常支持。可是我考虑等我走了怎么办呢？我在西藏没问题，可是我离开了呢？

后来发现不行，我这也是走了很多探索的路子的。当时俱乐部每周一、三、五开放，然后到周六周日举办一周的升级赛。运行了大半年，等我休假回来，俱乐部黄了，没人打球。我在这儿，他们打球；我不在，他们就不打球了。

乒乓球这项运动，越是从小学起，它才越有可能成为一生的爱好。你掌握一定基本功的时候，与对手对攻超过一百下，你这一辈子都不会冷落乒乓球。两人啪啪啪打一百下，你的精神状态就起来了，保证到哪儿去你都会拿着乒乓球拍。

日喀则的乒乓球运动，需要有人来好好搞。工作队实在忙，驻村调研、下乡送医，队员都在忙。我就想了一个路子：从当地的小娃娃抓起。那么这个时候，我就开始成立少年队。报名的有一百多人，上海实验中学的、二中的、两个福利院的，后来陆陆续续有一些孩子不愿意打了，或者是坚持不下来，三五十人是这样。

　　考虑到以后怎么办，就在全市开始招聘乒乓球教练，然后又跟北京乒乓球俱乐部联系。我说，我不能送去八个孩子，但你得给我培养两个教练。工作队这边也同意了，那边的协议也签了，然后我就开始在全市招考乒乓球教练。做到什么程度？各县都发通知了，电视台也给我发公益广告了。我又联系桑珠孜区民政局、人社局，因为它属于就业这个渠道。

　　有人一打听，工资太低！去学习乒乓球，又没有基础，不愿意去。后来经过将近两个月时间，才找了一个男孩一个女

阳光陪伴成长

孩。次桑旺久和曲珍，职校毕业。我与他们签了一个"君子协议"。我在人社局分管劳动监察，我知道《劳动法》是怎么规定的，我不能限制人家。"跳槽"也是可以的。但是，工作队花了5万块钱培训了两个教练，你看见别处有高工资，拔腿就走。可是你走了之后，这些个打乒乓的孩子，就没人管了。孩子你得管，我说咱就签"君子协议"。没有保证资金，用良心保证。次桑旺久和曲珍，就跟我签了"君子协议"。

次桑旺久和曲珍两个年轻教练，也知道这个协议意味着什么。说清楚了，不管你有什么好的工作，不管以后你有多么高的薪酬诱惑，乒乓球，这是一个事业。啥时候你培养的孩子也能当教练的时候，你再走都行。但目前，没有教的，没有在日喀则地区乒乓球专业这一块能有一个群体领队的，你就不能走。咱俩，咱俩，就用"良心"来保证。

你凭你的良心跟我说，你能不能做到？

能做到，签协议；不能做到，走人。

能吧？好。我现在就送你上北京去培训。培训完回来，我再负责给你们安排一个公益性岗位，我只能做到安排公益性岗位。因为这个也是公益活动。解决基本温饱。

次桑旺久和曲珍，两个孩子上北京学习，也挺刻苦。好的是，现在自治区对乒乓球这项运动也非常重视。他们搞了一个基层教练的培训，两个孩子又学了一星期回来。

程红霞老师打乒乓球厉害，是日喀则女单冠军。小丫头曲珍对程红霞老师羡慕得不行，比赛的时候围着程老师转，她知道程老师水平高，日喀则女子乒乓球，程红霞老师的水平最高。所以这俩孩子，打球和带孩子训练，都非常认真。我目前给他们定的目标，不在日喀则，而是全西藏。全西藏现在没有专职的乒乓球教练，他俩是仅有的专职培训过的藏族孩子。

市乒乓球协会的少年队，经常去的有30多人，多数都是藏族小孩。

我采取的是松散式管理，不要求必须天天来。你有时间，就可以来。你什么时候说不好，你可以走。我这儿免费，公益的。完全是一种自愿，因为我想吸收更多的孩子。

阳光陪伴成长

只有天空不拒绝翅膀

农民的家庭或者说一些老百姓家庭，就觉得学好文化课才是唯一的出路。我们推广这项运动的时候，确实是一个起步阶段，也是创业阶段。最难的，就是观念问题。现在有的孩子，我们看到是一个好苗子，培养了两三个月，走了。说搬家了，离得远了，家长就不送了。还有的，说要专攻文化课，也放弃了。挺可惜的。在内地，涉及到孩子的，再远，也得去学。

我前年得了民族团结进步市级先进个人奖，得了 3000 元奖金，我买了 30 个球拍送到了福利院。福利院的孩子学乒乓非常刻苦，球拍子经常脱胶，我就买来胶水，给孩子们粘球拍。福利院的孩子，知道我良苦用心。孩子是孤儿，性格上肯定孤僻些，有时候他（她）的心是关闭的。但是，经过两年培训，已经看不出来了。他们上了球场，打起球来，生龙活虎的。

有一个小女孩叫米玛吉宗，小学五年级学生，是我从福利一院选上来的女队队员，孩子性格孤僻，母亲的意外死亡，

使她的心灵受到伤害。这孩子送到福利院时不大，但她记事儿。

后来我让米玛吉宗当了乒乓球队队长，让她自信起来。前两天我组织了"龙藏杯"少儿组比赛，她参加了。经过培训，她的性格越来越好了，接触的人多了。看得出来，孩子喜欢打乒乓球。她的"球感"很好。我有一段时间没去福利院看她，生气了呢，给我写了一封信，希望我能多去福利院看她们。当时我读了这封信，有点儿伤感。

我们也设个项目：黑龙江省乒乓球推广基地。所有器材都属于基地的固定资产。现在，把次桑旺久和曲桑这俩孩子选来，我找教育体育局，把这两个孩子给安排到体育科。他们管理球馆，教孩子训练就变成他们的一个工作了，但要长期坚持下去。他们本身，有一份工作和一份收入。等我离开日喀则的时候，这项工作就可以延续下去了，孩子也有人教了。

我们局里的拉巴副局长，他跟我说他现在身体就不行了。但他每次只要有时间，就把孩子送到我们球馆去学。他家里还买了一个乒乓球台，还买了一台发球机，有时间，就练练球。

我问他为什么这么重视。

他说，我跟你学的，你现在这个年龄，身体这么好，你就是经常去运动啊。可是，我现在身体不行了。我想要我的孩子也像你一样，不管到 50 岁、60 岁，都健健康康的。

一个人，身体如果垮了，学习再好，也得不偿失。

球队里，还有个孩子叫扎西。扎西是一个小胖墩儿。他妈妈领他来时候没抱希望，就是玩玩，因为孩子闲着没事，就在家看 iPad、看手机。来了之后不长时间，自己的体能开始增强，肥胖开始减下来，动作也变得灵活了。现在，这孩子有时间就写作业，写完作业去球馆训练。结果这次比赛，他拿了一个男子少儿组的单打季军，他把奖牌、奖金、纪念品，作为生日礼物，送给了他的父亲。

把德育教育融在了培训中，以一种精神品质去打球。

比如，人家打过来的球儿擦到了你球案子的边了，你要迅速举手，示意裁判，这球打上了。这个球，就是一个诚信。你不能说球擦边后，你妄说这球没擦边儿。

从小时候就讲诚信，培养好人品、好球品。还有，一个人的生活习惯问题，我们进球馆，必须换鞋，打完球之后你要拖地，由小球员来拖地，场地要拖干净了。

走的时候，要跟教练喊"谢谢教练"！一是为个人的卫生习惯，二是个人品质养成。以前他们在各种场合，除了进自己家可能脱鞋，公共场合从来没有脱鞋这个习惯。但是到了球馆，必须进门换鞋。家长穿鞋套才能在这馆里呆着，不穿鞋套你就不能进来。

小孩这种生活习惯的养成，很有必要。

球馆有藏族孤儿和有父母的孩子，我们要求有父母的孩子和孤儿之间要有礼节礼貌。

有一次比赛，有个小朋友找我说，教练，刚才那个孤儿骂人呢——因为我们一开始都强调，要对孤儿有礼貌、要让着点儿。结果有一个孤儿小球员，打球的时候，语言不文明。我问他还嘴了没有，他说没有，他还是友好地跟那个孩子打球。我表扬了小朋友，说你做得对。

孤儿毕竟在福利院生活，他们那里，一个大人要管很多个孩子呀。所以，孩子的管理上，肯定有点忙不过来。孩子，你就不同，你有父母管着你，自然管得更细致。所以你自己，首先要做到有礼貌，在与人交往的时候，你要用你的文明礼貌，

阳光陪伴成长

影响对方。

平时潜移默化的教育，比集中一块儿说教有效。

目前球馆有次桑旺久和曲珍两个小教练，还有我们这一批小队员，我相信到自己离开日喀则这一天，这项运动也会传播、传递下去。

现在社会各界都在支持乒乓球事业。包括北京乒乓球俱乐部，他们隔三差五地，在一些免费的网络平台，进行现场教学。我把我们的球员家长建了一个群，所有家长都在群里。更主要的是有各地的教练，孩子家长把孩子打球的视频发群里，就会有教练，纠正孩子的动作，比如收小臂收得不好，或者认为，转腰的力量欠了一些，因此劲儿就不能集中。我想尽了一切办法，推动着西藏乒乓球事业的发展，起点很好、很高，我有信心。

其实面前路很多。你犹豫了，你停止了，永远都是无路可走。但是，在你觉得没有一条路可靠时，你只要走其中的一条，或许就会柳暗花明，走入的是一个桃源胜境。从福利一院和福利二院挑出来打乒乓球的小孩儿，那是绝对的一顶一的小精灵的，没准将来还真的能出来几个西藏高手呢。

扒拉扒拉，谁能是呢？

赫大教练的手里拿着一个名单仔细看，哪个孩子像呢——

福利一院的：米玛吉宗、达娃央金、次仁巴宗、次仁顿珠、曲多、且巴……

福利二院的：小罗桑、白玛赤列、小索朗拉姆、来玉林……

学一门技术吧，孩子们

我是一个爱操心的人。我还想输送一些孩子到黑龙江技师学院学习技术。就和队友刘万波一起研究，又做了一个项目：送28个孩子进行职业技术培训，时间两年。这个职业教育学技术培训项目，也是西藏首创。

他们的所有吃住行，包括每个月零花钱都涉及到了。在哈尔滨，每月吃饭800块钱够用，后来我们给定了1500元一个月，多了700块钱。想啊，孩子能吃肉、爱吃肉，都以牛羊肉为主，让他们吃好，才能学好。但孩子的状态，我不了解，还以为不得跑了两个啊？结果这28个孩子学了2年，一个没跑。

从日喀则到鸡西，全程5000公里。

这个项目是由援藏干部、日喀则市职业技术学校常务副校长刘万波负责的，28个孩子也是由刘校长带到黑龙江省鸡西市的。我亲眼所见刘校长为完成此事睡不着觉，满嘴起大泡。

　　孩子们也争气，次旺加措、石美、益西江参、扎西、格桑、多加、普布欧珠、明玛等孩子，到了哈尔滨，由不好好学习变成了爱学习爱钻研的孩子。上课认真听讲，笔记记得认真。在内地，拿到这种电气焊和电工技术的职业技术证书，月薪肯定会过万的。那么他一年就能挣到 12 万，也就是说，半年就能收回投入的成本，一辈子都在这个工种上拿高薪，可以说是高薪体面的就业之道。他们以前都是走的学历教育。现在，专业课以手工操作为主。

　　有一些孩子，跟我说学成之后，想留在黑龙江，在当地就业。

现在是整个西藏都在鼓励就业和创业。各地市都拿出了大量的就业资金，而且，只要你创业，就给你5万块钱创业资金，马上拿到。在西藏，你拿到一个公司的营业执照，资金马上到位。如果你能接收几个大学生就业，奖励资金、养老、医疗等各种补贴，都是由政府来买单。但是现在就业很难。日喀则市职业技术学校毕业生无业可就。

　　开创这项可以到内地去就业的职业教育，非常有必要。还可以把藏族孩子培养成有一技之能的有用之才，难道不是好事吗？把藏族孩子送到内地去学习，等到国家倡导的职业技术

学校在西藏越办越多时，这些学有所成的孩子，还可以回来当老师。

全国正好放映印度电影《摔跤吧，爸爸》，影片根据印度摔跤手马哈维亚·辛格·珀尔的真实故事改编，讲述了曾经的摔跤冠军辛格培养两个女儿成为世界女子摔跤冠军，并打破传统观念的励志故事。女孩儿如此，何况男子汉！小伙子们，对"圆梦工匠"，有了自信。

学一门技术吧，孩子们！

有理想的牦牛

第五批援藏三年、第六批援藏三年。三年又三年，老赫在西藏六年了。

六年了，福利院的孩子，长大了的，不少；从小学一年级到小学毕业了的，不少。

老赫也快五十了。六年说快也快，说慢也慢。时光的脚步，对于平常人来说，比吹过身边的一阵风还快。六年，时间不短，但老赫却不觉得。倒是觉得时间如同白驹过隙。如果，再继续，援藏六年，他说自己的身体也绝不会有事。

老赫想去阿里！

就像举重运动员，逐渐加重量。老赫不是脑子进水了，而是经过了深思熟虑。我老赫，肯定比别人更有留藏的本钱。我老赫，知晓高原生存秘籍。对的，我老赫，到比日喀则还高的地方，那里可能更需要像我老赫这样的人。没错，没错，就去阿里！说我像孔繁森？没错，没错，就是孔繁森！

老赫是一头有理想的牦牛。对于一头牦牛来说，再荒寒的高原，也是天堂。而低洼之处，即便再多的鲜花盛开、芳草连天，也是炼狱。

只要我们有足够的耐心并愿意去发现，其实这个世界，到处都生机勃勃。老赫说。

我要做的事，真的很多。要搞群众性体育运动，要搞人类生命探索，要在西藏多搞实地考察和调研。一个人，如果有理想，哪里都不存在艰难，哪里都会有阳光照耀。

我经常下到县乡调研，跟藏族同胞一起生活。我在饮食上，从不挑剔，吃什么都没问题。我吃藏面，啃糌粑，喝酥油茶。我怀疑自己的前世，就是这里的牧人。

老赫说他还能唱几句藏族歌曲。到村子里，与农人牧民交流没问题，听得懂一些话。还能说一些简单的敬语和称呼，能自我介绍。藏族的语言，相对较难，有很多敬语，说同样一句话，跟长辈说的与跟晚辈的，都不一样，难的是这一点。

西藏山地，乱石多多，怪岩丛生，地貌复杂。下乡调研，路途难行，危险系数太高。特别是喜玛拉雅山脉之北的一些地方，车子跑起来，不安全。出门在外，安全很重要。

还真的遇到了危险！发生了车祸，差点儿交待了。老赫说。

那次，老赫按照自治区人社厅交叉检查的要求，带队去阿里，半道就跟一个占道逆行的大卡车撞了，气囊全打开了。车子需要大修了，惨！给老赫开车的师傅是一位藏族老司机，人家在西藏开了 30 多年的车，跑遍了各个区县，上山下乡，安全驾驶，从没出过事。这一次倒霉了，小河汊翻了大船。对面的大卡车，到底什么情况，竟然在危机重重的山路占道逆行！

　　老赫跟老徐汇报。老徐一惊，吓坏了，满地是血？老赫说，没事，系着安全带呢，那是防冻液。老徐说，老赫啊，人没事吧，赶快去检查。老赫他们换了辆车回来，上医院，拍片检查。万幸的是，人身无损。当时撞懵了，世界仿佛倒置，天旋地转，地转天旋。有 5 到 10 秒，懵了，傻了，呆了，不省人事了，什么都看不到了。缓过劲儿一看，司机和几个队员下去跟那个

　　大货车司机干仗去了。人没事，放心了。但不能干仗啊，咱们
讲道理。

　　车子已被大卡车撞变形了，幸好有个小缝隙，车门能打开，
人从里面出来了。

　　完全是那个大卡车的责任。大卡车占道逆行了。也正好
是一个拐把子弯儿，藏族老司机无法判断对面来车，未能及时
打方向盘或刹车，就给撞了。

　　藏族老司机气坏了。他说他开了 30 多年车，就要退休了，
这一撞，把他的名声全给撞没了。是宿命吗？命中该有的一种

劫难？但也没办法，踩刹车来不及了，躲的话，会更严重呢，躲的话，只能向外打方向盘，可是这外侧就是深山壑谷啊，摔下去，粉身碎骨！惊得老赫头发倒竖，出了一身的冷汗。气得藏族老司机真想抓住那个逆行占道的二愣子胖揍一顿。

老赫说，兄弟啊，咱俩开车，你的技术，肯定比我好。但是，为啥我没出过事呢？

为啥呢？因为我开得慢啊。在高原，一切都要慢，不躁不火。慢，是一种生活节奏，更是一种生活态度。慢的好处在于，能及时判断并能及时处理突如其来的变故。你不急不躁开车，倘若对方违章，你一看情形不对，一脚就刹住了。明白了吗？老司机说，我开了这么多年的车，什么都明白，唯有这个"慢"字，明白得太晚了，付出了代价呀。

第三部

暖暖的阳光照耀着我们

阳光下，有一株草，对风雨坚持，对大地信赖。

追逐梦想的桑旦拉姆

那天，我跟赫英杰一起去福利一院看看阳光超市，有个大一点儿的孩子问，帅叔叔来没来呢？

谁是帅叔叔？我问。

老赫说，帅叔叔就是徐向国，福利院的孩子都这么叫。或叫他徐老师。

福利院的孩子洛桑卓玛说：我们喜欢帅叔叔。帅叔叔总到我们这里来。我和云旦多吉、曲桑拉姆、卓玛拉姆、洛桑卓玛、阿旺白玛，都盼望帅叔叔来。

帅叔叔还给我买了行李箱。我们过生日的时候，帅叔叔给我们切蛋糕。

我们穿着校服演节目，然后去公寓吃饭，帅叔叔还给我盛菜，那天我们非常开心。我们回来，就写了一篇作文《最难忘的一件事》，每次见到帅叔叔，都是难忘的。

老徐是"阳光行动"的发起者，他还助养了福利院的一个孤儿。

西藏自治区有规定，不允许领养藏族孤儿。领养要有两个条件，一是：领养人必须是藏族；二是：不能离开藏区。对于援藏队员来说，这两个条件，都达不到。虽然有许多爱心人士想领养孩子，终因这两个条件限制，不能实现愿望。

可以"助养"，就是帮助孩子成长。老徐助养的孩子桑旦拉姆，考入了福建三明列东中学。桑旦拉姆的老师，平时开家长会，要跟家长沟通，都是跟他沟通的。桑旦拉姆呢，也跟他以父女相称，叫他徐爸爸，他叫桑旦拉姆为女儿。老徐妻子和女儿也都跟桑旦拉姆"认了亲"。

老徐去看过桑旦拉姆。到换季了，就给桑旦拉姆买衣服、买鞋啥的，找快递寄去。有时候老赫和万昱见他太忙，也帮他去找快递。

桑旦拉姆那个时候还很小，周六和周日，有时候到老徐那屋写作业。有一次老赫找老徐有事。桑旦拉姆写完了作业，歪着头看两个大人说话。作业做完了吗？老徐问桑旦拉姆，走过去检查作业。一看这孩子，好嘛，头发乱得不行，还有灰尘，脏得好久没洗头的样子。

老徐端起了脸盆子，接了一些水，然后再加了一点儿水壶里的热水，用手试了试水温，不烫。就把孩子抓了过来，给她打上了洗发水，然后用清水冲洗，洗完后顺手就把自己的毛巾拽了过来，给孩子擦头。

老赫在旁边，看老徐给桑且拉姆洗头发。一下子触动了他内心深处最柔软的地方。

老赫想起了自己的女儿小时候的情景。作为父亲，为孩子做着孩子还不能做的事，内心是温馨的、柔情的。在一般人看来，那是一条新毛巾，是老徐自己用的毛巾。

援藏教师谢亚双跟我说，有一次在开会，一般情况下，开会不得说话，更不得干别的。无论是工作队人员还是教师，不能溜号，不能说话，手机要开到振动或无声。总之，开会要严肃。那天开会的时候，电话响了。他看了来电显示后，停止了讲话，立刻接了那个电话。从刚刚的严肃，一下子换了一种情绪和一种说话的语态。柔情地问，怎么了？大家一听，就知道，是他助养的小闺女桑旦拉姆打来的。

散会后，谢老师问他：特别好奇，感觉对自己的亲生闺女都不一定能做到这种态度。假如是我，正忙着或正开着会，孩子打电话来，我会跟她说，等我开完了会再说啊。

老徐说：亲生孩子不一样。对于一个孤儿来说，如果你这次对她的态度有些生硬，或者是你对她说话有些迟疑，那么，下次孩子就会有顾虑或害怕，她的心理，就会发生某种变化。以后是不是还会再找你？

桑旦拉姆这个孩子，是一个懂事的、爱学习的孩子。但她在福利院长大，性格内向，不擅言谈。见到生人，不敢说话。而你的行为举止，孩子都能感觉得到；你的每一句话、每一个表情，孩子都会有不同的理解。但是孩子不善于表达。

所以对她来说，要更加关爱。要比对自己的亲女儿，还要好。

比如呢。

一次他到北京出差，日程非常紧，第三天就要返程。最后一晚总算有了一点儿时间。当时队员小韩在北师大进修，那天晚上八点多，小韩与他见面。老徐突然说要去一趟某大学。小韩马上想到了他女儿就在那所大学。这两天开会，他没时间去。其实若是早知道，自己就可以代他去看看孩子还缺啥少啥，孩子需不需要换季衣服，等等。

那就去看看孩子吧。司机开始导航，三个人前往他女儿的大学。他先是打了电话。孩子已经下晚自习了，但是父亲迟迟不到。孩子就有点儿着急，继而生气，问父亲到底能不能来。孩子说她在大门口等了半天了，再不到的话她就回去了。因为时间长了，宿舍老师会批评，尤其女孩子，十点前不回寝室，就得跟老师请假。后来到了，父女两个，只见面几分钟。

有时候，还很细腻。

比如呢？

小韩继续说：一次，我们去福利院。这时候的桑且拉姆已经到福建三明列东中学念书去了。那天，老徐突然看见了桑且拉姆之前同寝室的小姑娘，他马上就往桑且拉姆学校打电话，桑且拉姆没有手机，宿舍走廊里有一部公共电话，谁接了可以叫一下她。但是没打通。我问他这是干什么？他说我打个电话，桑且拉姆的同学在这儿呢，让她们俩通个电话。

那个小同学认识帅叔叔，也想着要跟桑且拉姆通个电话。

但是那边，没接通或者占线。后来他就给桑且拉姆的老师打通了电话，请老师跟桑且拉姆说，要她到走廊那里等电话。他只能这样联系，为了两个孩子能说说话儿……

桑且拉姆的家在谢通门县，父母双亡。桑且拉姆今年13岁了，她7岁进福利院，然后上小学，后来考到了内地少数民族班，现在，已经成了一个在班级里学习成绩突出的中学生。

跟孩子交往，工作队员都做得不错。只要一有时间，队员们就去福利院，有的陪着孩子一起做作业，有的帮他们洗衣服、刷鞋，有的培养小球员打乒乓球，有的与更小的孩子一起

做游戏，等等。关心孩子，让孩子的内心丰富起来，让他们感到阳光般温暖，找到一种亲人和家人就在身边的感觉。

桑旦拉姆的生日是 7 月 5 号，老徐和他带领的工作队进藏时间也是 7 月 5 日，同一天。

桑旦拉姆现在福建三明列东中学上学，老徐去过两次，跟她的班主任老师、任课老师，都交流过。桑旦拉姆这个孩子，特别看重别的家长关心孩子、别的家长给孩子邮东西。桑旦拉姆从小没有父母，她渴望有父母的关心。老徐第一次去的时候，跟她的班主任老师、任课老师了解她的生活和学习。老徐跟老师介绍了这个孩子的情况。

考到福建三明列东中学西藏班，对于桑旦拉姆来说，是一次飞跃，也是一次命运转折。

桑旦拉姆于 2016 年 9 月考到内地西藏班，她的学习成绩不错。那一年，整个日喀则福利院，就考上了一个孩子，就是桑旦拉姆。桑旦拉姆在内地班级的成绩，还算不错。老徐前段时间，正好去福州出差，就去了一趟三明，用了一天时间，到列东中学去看看她。

老徐把桑旦拉姆的成绩都列了出来，跟她说：从你入学开始，每次的成绩表，你都要分析分析，升和降的原因。你入学的时候，全班是第五，在整个年级是第六，这指的是全年段。

全国考入列东中学960人，你是第十九，这是入学考试成绩。但是现在，你的成绩有了波动，降下来了，年段成绩你是第六，去年期末考试你是第十二。这个年段，已经到了七十多名了。当然了，这个成绩，不能说正常，得分析原因。

老徐在工作队时，也经常给桑旦拉姆打电话。桑旦拉姆也经常给她的徐爸爸打电话，说说学习的事。

老徐给孩子买些衣服。别的家长都能给自己的孩子买衣服，她没有零花钱，平时在学校，吃、住、学习，都包。对西藏内地班的待遇，国家是有政策的。

她的老师详细掌握桑旦拉姆的情况，每次的成绩升了、降了，都直接跟老徐说。最近怎么样了？每科的成绩怎么样了？成绩一出来，就发给老徐。桑旦拉姆的成绩，这次有些下降。怎么办呢？就跟她做一些交流。孩子懂事儿，也听话。

桑旦拉姆从福利院那里上的小学。她有一个姥爷。她姥爷在谢通门县。老徐到谢通门县的时候，特意去了桑旦拉姆的姥爷家一趟。了解了一下她姥爷的家庭情况。但是，桑旦拉姆这个孩子，不太愿意谈及家事，也不跟她的徐爸爸谈。那次老徐去看她姥爷，征求了她的意见。老徐问她：孩子，我到谢通门县了，去看看你姥爷可不可以？

桑旦拉姆同意去看她姥爷。桑旦拉姆的姥爷是村里的一个治保委员。桑旦拉姆还有个姨，在拉萨工作。姥爷的生活还可以。她还有一个舅舅、一个姑姑，生活不太好。桑旦拉姆平时的生活费，老徐定期给，桑旦拉姆也不乱花钱。老徐跟她说：你上大学的姐姐呢，每次花完钱，包括给她的生活费，她都要说清楚买了什么，为什么要买。我想你也要像她一样，不要乱花钱。

去年母亲节，桑旦拉姆给她的徐爸爸打来电话，她说，爸爸，今天是母亲节，我给妈妈打电话了，我打通了几次，但我没说话，又撂下了。

老徐说，怎么没说呢？

桑旦拉姆说，不好意思说。

老徐说，没事的孩子，你给妈妈打电话，妈妈会很高兴的。

晚上老徐爱人与老徐通电话，说了桑旦拉姆打电话的事。老徐爱人说，桑旦拉姆那边叫了一声妈，她就哭了。

她说那孩子就说了那几句话，她就控制不住了。

孩子的话儿不多，但内心是丰富的。孩子藏在心里的东西很多，表达方式不一样。

桑旦拉姆经常给徐爸爸打电话。上初中时，春节不放假，在学校过春节。一些孩子的家长去看孩子，可以把孩子接出去，

逛逛走走，但是晚上必须送回去的。暑假时，桑旦拉姆回到了
日喀则，其他时间都在学校不能回来，一直到初中结束。

老徐感觉西藏这些孩子，特别是这些孤儿，内心很脆弱。
老徐对桑旦拉姆的关怀，孩子能感受得到。她时时就有一种
发自内心的感恩，或者说一种亲近感。包括福利院的其他孩
子也是。

前段时间，老徐到义乌开会，恰逢日喀则市开展少儿乒
乓球比赛，工作队组织的一个乒乓球队里，就有福利一院和福
利二院的孤儿。比赛误了饭点儿，就带孩子们来工作队吃顿饭。
孩子们来了后，楼上楼下、操场大院，玩一玩、闹一闹。大人
也跟着天真起来。老徐在外开会。孩子们就用老赫或工作队队

阳光陪伴成长

员的电话给他们的徐叔叔打电话。孩子们问：怎么没看到徐叔叔呢？徐叔叔你在哪儿呀？老徐说，徐叔叔在外出差呢，徐叔叔开完了会就回去看你们啊。

有时候老徐和队员们下乡，在路上，或在车上，福利院的孩子也会打来电话，比如庆热，跟老徐熟了，打电话，说呀聊呀唠呀的，没个完。都是孩子的事。老徐感觉到，孩子的内心是孤独的，他们需要精神上的安慰，需要亲人的关爱。有很多的东西，需要帮助他们认知。

这些孩子，你对他好，你对他们关心，他（她）是知道的，他（她）知道你是真心的。

桑且拉姆比老徐的女儿小6岁。老徐的女儿19周岁，桑且拉姆13周岁。小姐俩儿，有时也通个电话，聊聊天。老徐的女儿跟桑且拉姆说，妹妹你有什么事，你要跟姐姐说。你有什么事，你要给姐姐打电话。需要什么东西，你也要跟姐姐说。

老徐的女儿喜欢桑且拉姆。老徐跟女儿聊了一些关于桑且拉姆的身世和成长环境。他跟女儿讲，这个孩子，你想一想啊，她从小就缺少父爱和母爱，7岁之前，她在一种无人管束的环境中生长，有一些不好的习惯，很难扳过来。没人跟她说，也没人教育她。

桑且拉姆需要鼓励。鼓励她，就上进。从前在福利院，她的表现不错。桑且拉姆在福利院的时候，凡是她会的题，她都很积极给小班的孩子做辅导，帮着小班的孩子。

桑且拉姆很懂事。她知道当一个老师的辛苦。福利院的孩子，都是大的管小的。

这几年，桑旦拉姆上了小学、初中，各科的成绩优秀。也越来越懂事了。

桑旦拉姆性格逐渐开朗起来，但她唱歌跳舞这方面不行，小时候没人教她唱歌跳舞。

老徐今年4月5号到福州，晚上到了三明，6号去了桑旦拉姆的学校，晚上赶回福州，6号、7号有活动。老徐跟桑旦拉姆说，这段时间，你们学校搞了什么活动，学校组织了什么活动我都知道。知道你参加什么运动会了，参加什么活动了。包括前两天学校搞了诵读比赛。没看到你参加比赛啊？她说是报名参加的。她们班、她们寝室就报了一个。老徐问她，那你为啥没报名呢？桑旦拉姆说：我寻思马上要到月考了，挺紧张的，就没报。

老徐说，考试只是一个方式，学校里的活动，作为学生，要主动参加。你主动参加活动，第一个，你才知道你和别人有哪些差距；第二个，通过参加活动，自己就会有一种成就感。本来桑旦拉姆就不擅长这些，参加活动少，需要锻炼。老徐到桑旦拉姆的学校，跟她的老师沟通，告诉老师，桑旦拉姆这个孩子特殊在哪儿？她是孤儿，但是，希望老师关心她的时候，不要让她知道，老师对孤儿的关心是出于同情或者什么的。她也不希望别人知道她的身世，要从了解她的内心感受出发。她自己，不希望她的老师以一种同情来关心她。

就和平常的孩子一样，只是知道她没有爸爸没有妈妈。

桑且拉姆管老徐叫爸爸，是因为老徐一直在关心她、一直在照顾她、一直在生活上为她做一些事情。

这时她的班主任老师和一些老师才知道，桑且拉姆这个孩子是怎么回事了。

这些老师，对她有着格外的关心，但又不能让她感到特殊。福建三明列东中学的西藏班里，就她一个是孤儿。列东中学有一个西藏部，负责孩子的学习和生活。内地学校的生活都不错，尤其是早餐，很丰富，与她在西藏的饮食上有些变化。老徐去了两次，她和同学，包括寝室的同学之间，都相处得十分融洽。老徐给桑且拉姆带了一些东西，给她带了爱人买的衣服，还给

她买了一点儿吃的。西藏的孩子爱吃西藏的食物，就给她带了西藏的食品。

老徐跟桑且拉姆说，这些东西，你要和小朋友一起吃，跟大家一起分享。

桑且拉姆初中毕业后，将考高中班，高中班就不一定在三明了。是根据成绩来定学校的。西藏日喀则福利院，那年只有桑且拉姆一个孩子考到了内地班。初中毕业后，就不难进入高中了，然后再考大学，再读研，这样的一路下来，对桑且拉姆来说，应该是很顺利的。

桑且拉姆这个孩子很听话。老徐上次对她说：孩子，你还得努力学习，考高中。你现在福建三明的学习生活，与在日喀则的学习生活不一样，接触的教育知识面不一样，老师的教学水平也不一样，所以你要珍惜。老师把知识教给你，你考高中之后，还要考大学，考上大学之后呢，还要选择自己的未来。老徐对桑旦拉姆说的未来，是指她今后要参加工作的时候。

桑旦拉姆懂事地说，爸爸，我知道。

老徐又问她，你以后想考什么学校？

桑旦拉姆说她没想过。

桑旦拉姆的文科，相对要好一些，理科要弱一些。作文呢，有的时候写得不错。老徐这段时间，因为下乡，没时间看。但电话是可以通的。他告诉桑旦拉姆：你现在还欠我几篇作文。桑旦拉姆说，想给你寄，后来没寄。老徐说作文一定要写。这是锻炼一个人的写作能力最好的方式。老徐给桑旦拉姆布置了一些作文，他对桑旦拉姆说，这段时间，你就围绕一个故事或一个情节，写一篇作文给我看。桑旦拉姆说她写了，写得不好，不敢寄。

这次去福建三明，老徐给桑旦拉姆又布置了一些作文。

学校平时是不让用手机的，也不允许用。桑旦拉姆平时的一些生活照片，她的老师用微信发给了老徐。桑旦拉姆的老师那儿有她的照片。她平时的生活或参加什么活动，老师都要发过来一些。老徐都下载在了手机上，有时候拷贝到电脑上，给她留存。

孩子，像阳光一样，映照了大人。

大人，也给孩子阳光般的温暖。孩子与大人，其实是相互的，相互陪伴，相互照亮。

老徐下乡，车的后备箱，总会带很多衣物之类的。

西藏日喀则偏远县乡，经济落后，物资贫乏。老徐清楚记得，那年初春三月，他到谢通门县下面的地震灾区，路过了一个村子，路不太好走。那里没有固定的路线，所以也没法儿导航。路边遇见了一个八九岁的小男孩，背著书包，独自一个人走。

三月，还是一个很冷的月份。孩子身上的衣服很单薄，加之下着小雪，孩子冷得耸着肩膀走路。司机在孩子身边将车子停下，问那个小男孩儿，村委会在哪儿？怎么走？小男孩儿就告诉司机叔叔怎么走。

这时候，老徐下了车，让司机把车的后备厢打开，挑了一件羽绒服给孩子穿上。

穿上了羽绒服之后，那个小男孩仰着小脸，看着老徐。

老徐能感觉到，这个小男孩的眼泪，就在眼圈里打着转儿。那是一双纯净得一尘不染的眼睛。泪水盈在了眼窝儿里，像两汪泉水，那般清澈，那般纯净。

老徐有些心酸，将孩子抱起来，然后再轻轻放下。

就进了村子。等跟老百姓聊完出来，已经有半个多小时或40多分钟了。车子路过那个地方，看见那个小男孩儿还站在那个路边没走——孩子一直等着，一直等着老徐的车子回来。

　　老徐让车子停下。司机是藏族人，他跟孩子说了几句话，孩子也跟他说了几句话。司机问那个小男孩，为啥还不快点儿回家？小男孩说，要等叔叔回来，跟叔叔说再见。

　　那一刻，老徐就感觉，在西藏，自己做了什么其实并不重要，但却时刻会有一种震撼。因为总是有一些地方，当你走过了之后，会让你失声痛哭。总有一些点滴的"小事情"，透出了人性的光芒。高海拔区域，生存之艰，是检测人性之地。这里，能看见人的灵魂，能校正人的价值观。因此到现在，老徐的脑海里，总会浮现站在路边的那个小男孩——那双盈满了泪水的眼睛。那双眼睛，照亮了人的内心！对援藏干部来说，是一次重重的触动和拷问。

说的都是"小事情"。但是，正是这些事无巨细的小事情，才考量为孩子服务的良苦用心。老徐那天跟老赫说要去福利院"阳光超市"看看，他对老赫说，万昱买来了货架子，但是很高，也很沉，要是孩子们淘气碰倒了怎么办？要是把孩子砸着了，事儿可就大了。

　　担心的事，就得马上去解决。

　　老徐就带着钳子和铁丝来到了福利院的"阳光超市"。他爬到了架子顶上，把架子用铁丝固定在墙顶，把架子腿儿也绑好拴牢。所有的铁丝缠了又缠，直到固定得无人搬挪得动，才从架子顶上下来。所有的架子的绑定固定，都是老徐一个人干的。

　　老徐的活儿，干得漂亮：铁丝拧得规范。他将铁丝的头，掰到了孩子的手碰不到的位置。

　　然后就往里头搬运物资，衣物啦、玩具啦、帽子啦，往货架子上摆放，然后调整好。他做得很细致、很小心、很谨慎。临走时，还逐个架子用手搬了搬，看看绑得是否牢固。

　　隔一段时间有东西运来，老徐，老赫或者工作队队员，便把东西送到阳光超市。

　　有一天晚上，车到了福利院，大家一起卸车。老徐把衣服扔在了门口的栅栏上。搬完了东西，就进到了屋子里，再往货架上摆东西。等大家在屋里摆了一个多小时出来，看见有个小男孩蹲在栅栏那儿。队员韩文友问小男孩：在这儿干嘛呢？小男孩说，看着衣服呢。

小男孩儿告诉韩叔叔，说衣服里头的手机刚才响了呢。徐叔叔很感动，把孩子抱起来。这个小男孩儿，或许不知道衣服是谁的，也不知道电话谁打来的。但是呢，他不敢走，就在那儿蹲着，看着衣服。这个孩子，有多善良！韩队员说。孩子在栅栏旁，蹲了一个多小时。他看见大伙儿都进屋了，都在屋子里忙活着，谁都没注意，挂在栅栏那里的衣服。

可是，小男孩儿注意了。他感觉他就应该蹲在那里，帮着叔叔们，看着衣服。

老徐说，我们虽然做了一点儿事情，但我们得到更多的，是纯洁、善良和悲悯。小男孩用本能的、简单却又难得的举动，回馈给了我们一种启悟、一种精神、一种灵魂的东西。

那天，我在北京见到在京进修的韩文友，他给我说了不少老徐的事。

他说，其实我们下乡是随时随地的。没有事先的计划和

安排。马上决定，马上走。

比如说，我们到谢通门县、仁布县、康马县等下面所属乡镇村庄。当然，今天也不知道到哪个乡和村，明天也不知道到哪个乡和村。吃完了早饭，马上走，具体去哪里，上了车再说。其实，上车后才知道要到哪里。

比如说到切洼乡、德吉林镇、姆乡、扎西岗乡、萨玛达乡，等等。但是，无论到哪个乡，哪个村，车子的后备厢和后座，都有小孩的衣服、书包以及面包、方便面、水果、小食品和饮料等。还有黑龙江的特产，蓝莓干、葡萄干、山楂片，等等。要带给村里，给孩子们呢。

而每次出发之前，老徐都会问一问工作队或韩作家：车里装没装东西？装了多少？

老徐和工作队下乡，无论到哪里、去什么地方，车上都要带些东西，给孩子，给老人。

阳光陪伴成长

你真的很不错

　　我在黑龙江援藏公寓大楼一楼大厅，看到了刘万昱创作的壁雕。有队员韩文友撰写的《汉藏铭》，文笔酣畅，才气十足。韩文友在北京师范大学进修。我从西藏回到北京的第三天，唐朝晖约了刘万昱和韩文友来我这儿聚聊。本来，我想采访他们两位"龙藏"两地小学对接的事。但话题还是工作队队员与福利院孩子的故事。我插不上话，任其神侃。文才口才俱佳的韩文友，绘声绘色，像说一段段童话故事，给我讲述日喀则福利院孩子的几个有趣的故事。

1.

　　吃饭的时候，次旺多杰要端着饭碗绕食堂走两圈儿。

兄弟姐妹们都打好饭，坐下了，动起筷子来，他仍在不紧不慢地巡视着，瞥见桌子上一排排餐盘里的伙食，流露出了满意的神情，嗯，不错，嗯，吃吧，吃吧，真是不错呀。

次旺多杰二年级，刚刚开始学习汉话，他把硬梆梆的汉语和柔润丰厚的藏语胡乱地揉搓在一块，风流名士一样的狡猾，却让你笑不起来。这个时候，你没有时间弄别的，用全部的精力在心里拼接他的发音，也未必搞得懂他下一句要说出什么来。

次旺多杰的处事哲学是"无用"，他的伙伴很多，只是并不时常在一起，看上去他是孤独的，实际上他的朋友无处不在。

有一次，我问他，你最好的朋友是哪个？

他指着从走廊里走过来的一个小女生，就是她了呀。我说那你过去问一下，她要去干什么。

正如我推测的那样，小女生根本没有理睬他，对他哼了一下，扭搭扭搭地走过去了。

次旺多杰孤零零地站在门厅中央，左顾右盼，颇为茫然。

过了一会儿，他朝那边喊了两句什么，回过头来瞅着我，很幸福的样子。

整整一个下午，我特别流氓地想知道，他那两句喊的是什么呢？

其实，次旺多杰和他的伙伴们都不像是一般的孩子。你

看他们脏兮兮的脸蛋儿，看他们蘑菇云一样的头发，看他们亮晶晶的眼睛，仿佛是一群活了一千年的孩子。当他们看向你的时候，目光遥远，像是刚睡醒的婴儿，从天堂那边看过来。

他们明明是孩子，在院子里过的却俨然是大学的生活，一切都自己说了算，一切都那么的悠闲，让人羡慕。

次旺多杰坐在凉亭下的一块水泥地上，把书包里的课本全倒出来，粗野地翻腾一通，我以为他会翻出一个多么稀奇古怪的东西。什么都没有，连个橡皮大小的小汽车都没找出来——他把一地的家当重又装进书包里，心情好极了。

奇怪的是，在次旺多杰的世界里，什么都应当是一样的。我让他在一张小纸片上写下自己的名字，他不问我要干什么用，小心翼翼地写了之后，随即推给旁边看热闹的，意思是，嗯，

第三部

该你了，写吧，写下你的名字。

　　次旺多杰领我去乒乓球室，空着手在案子前作挥拍状，躬腰、缩脖、收臂，连起来像极了一个童子兵在不停地行礼。也去阳光学堂，去电教室，去图书馆，向每一位干正经事儿的同学介绍他的客人，不厌其烦，手忙脚乱，把自己弄得像个常务副院长——令人欣慰的是，每一个兴趣小组的活动，他都不参加。他的主要工作是在院子里转悠，晚饭后，一圈一圈地溜达起来没完，仿佛他早早晚晚是这里的一院之长。

　　这明明就是我想过的生活嘛。

　　最有意思的是，他不知在哪里捡到一只流浪猫。他给它起的名字是罗布拉仁，和他的一个朋友同名，理由大概是他们都有一脑袋炸毛刺的毛发。罗布拉仁并不永远在次旺多杰身边，事实上，它随时可能在任何一个孩子怀里。令人费解的是，罗布拉仁是次旺多杰的，这一点谁的心里都很清楚。

　　在院子里遇到他，我问，罗布拉仁呢?

　　玩去了嘛，和罗布拉仁玩去了嘛。

　　噢。

　　这一回，我到底是听懂他在说什么了。

2.

　　晚饭的时候，餐厅里突然走进来二十几个小客人。高高矮矮，校服整洁，长长的队列里飘扬着兴奋又腼腆的笑。

　　少年南达瓦走在其中，他绅士地巡视四周，眼里闪过一缕欣慰，看得出，他对这个环境表示出了满意。队友们把餐台让了出来，小客人们依次取来餐盘。在这里活动了一个下午，日程很紧凑，内容很丰富，陪同的规格也蛮高的，看上去，他们是有些饿了——快开饭吧！

　　徐叔叔给客人们打饭。南达瓦走过来的时候，浓浓的眉毛不由自主地向上挑了一挑，又挑了一挑，纳木措湖水一样纯净的眼睛里，漂过来的是一层厚厚的惊愕：酸菜吗？酸菜吗？

　　徐叔叔把他手里惊愕的餐盘接过来，笑着说，是啊，你不说酸菜好吃嘛，我特意告诉食堂阿姨，专门给你们做了一道排骨酸菜，东北黑龙江的酸菜，来吧，开造吧，南达瓦队长。

　　南达瓦不好意思地笑了。小客人们也开心地笑了。

　　原来，这里有一个愉快的关于酸菜的故事。

　　这伙来自日喀则福利院的客人们到了工作队以后，可谓马不停蹄。先是参观了一下公寓，或者说，他们整个一个下午只是参观了一下公寓，参观到哪里就活动到哪里，活动到哪里欢声笑语就澎湃到哪里。

　　来到了活动室，好吧，那就分几伙打几拍乒乓球——他

们大都是工作队"阳光陪伴成长"阳光球馆的队员，球员遇到了球，总要忍不住挥上几拍，来吧，来吧，也好让这些业余的教练们开开眼！

来到了保健室，好吧，那就撸起袖子露出胳膊，掀起衣襟露出肚皮，让专业的大夫们给检查一下嘛，量一量，测一测，听一听，问一问。

嗯，知道你为什么这么瘦吗？

为什么呢？客人忐忑而焦灼地望着眼前这个没长出翅膀的白衣天使。

天使严肃地说，多年的经验告诉我，你这么瘦呀，主要是吃得少啊！

哈哈，哈哈哈！客人对专家的诊断感到意外和惊喜，把头藏到伙伴的身后窃喜起来。

　　来到会议室，会议室有什么参观的嘛，除了桌子椅子没什么可看的嘛。咦？怎么还挂起了一个大银幕，这是要放电影吗？

　　放光头强！光头强！光头强！

　　重要的事情都要大声呐喊三遍。

　　那就光头强！

　　就是在看光头强时候，银幕里出现了一句台词：我最愿意吃妈妈做的酸菜！

　　坐在观众中间的徐叔叔忽然说，孩子们，谁知道酸菜是什么？

　　屋里子一下子静起来，小客人们面面相觑，作迷惑状，作深思状，这可是一个大问题，百思不得其解啊。是南达瓦，机灵狡猾地大声说，肯定是好吃的东西！

　　孩子们又是一通欢快的笑声。徐叔叔没有笑，悄悄地走出了放映室……

　　南达瓦一连吃了三小碗酸菜。坐在圆桌不远处的前球队副队长格桑次仁（他自己也没搞清楚为什么被拿下了），偷偷地把刚盛来的一碗酸菜转向南达瓦，南达瓦黑黑的眼睛天上地下转了几个来回，脸上掠过诡秘的笑容。格桑次仁根本不在乎队长南达瓦表情里的深意，隔着丈八远冲徐叔叔说，以后不叫他南达瓦了，叫他酸菜哥啦！

酸菜哥！哈哈，酸菜哥！

在这片热闹里，小姑娘次仁巴宗默不吱声，她羞怯地瞅瞅这边，望望那边，她仿佛感觉这一切不是真的，像梦境一般。但是，她的梦却是真的。在保健室里，一位专家型队员对她说，看你文文静静，这样，我教你当一个医生吧？

谁会料到，次仁巴宗严肃了，一脸郑重地回了这位自以为是的享受政府特殊津贴的专家，我不当医生，我要打乒乓球，我主要是想当世界冠军！

糟糕的是，吃饭的时候，次仁巴宗不幸被人揭穿了——她才刚刚加入球队，她的球，在全队里打得是最差劲儿的啦，哈哈。

众目睽睽下，欢声笑语里，南达瓦慢条斯理地吃着碗里的酸菜。他的脸上腼腆而平静，像刚刚放学回来，像刚刚做完作业，像刚刚得到了一次小小的奖励。

这个周末的活动光景如此短暂，客人们要乘车返回了，队员列队欢送。校车启动了，南达瓦和格桑次仁争着把脑袋挤向一个小窗口。穿过一溜儿窄窄的缝隙，南达瓦使劲地朝徐叔叔招手，窗口里传来天籁一样的声音。

南达瓦说了什么，谁也没有听清。

他大概只是想告诉徐叔叔，今天，他终于知道，酸菜，是什么滋味了……

3.

　　从福利院回来已经很晚了。屋子里干燥极了，弄了一盆水放在床头。忽然就想起来，忘了问那个孩子叫什么名，他眼睛很大很亮，头发乱得像初三学生的课桌。有一次，我从教室里出来，他在门口站着，我摸了一下他的头，他说，叔叔，有足球吗？

　　我说，这次的发没了，回头我给你弄一个。

　　可是，我忘了问他叫什么名。

　　物资车到的时候，天已经黑了。大家七手八脚往超市里搬的时候，这个小家伙帮着拿小件。后来，我们在屋子里往架子上摆物品的时候，就不见他了。

　　摆完物品已经是将近夜里 11 点，我们从楼里出来，他在门口的台阶上坐着。

　　我们说，你怎么不回宿舍睡觉，明天不上学啦？

　　他指着花坛花架上的一件冲锋衣说，这是徐叔叔的衣服吗？手机响了两次了。

　　原来，他一直在这里，看着领队徐叔叔的衣服。

　　我忘了问，这个孩子叫什么名字了。

4.

西藏人喜欢唱歌，真的很喜欢唱歌。

援藏公寓食堂里有几位藏族阿佳整天在忙碌。厨房不大，由一个窄窄的长廊通向院子。下班回来，远远地就能听见从走廊另一头传过来的歌声。是的，她们在歌唱。劳作时她们歌唱，走路时她们歌唱，休息的时候，她们依然在歌唱。歌声就像她们清澈的目光，走到哪儿就带到了哪儿。自由，干净，淳厚，像一只鹰，在空中盘旋，回荡，缭绕不息。

歌声大概是世界上最真诚的一种语言。你可以不懂她唱的是什么，没关系，还有旋律。那些或高亢嘹亮，或低沉厚实，或婉转悠扬的调子，会让你一下子回到远古的记忆中，那些原始的对辽阔的倾诉，站在云端对生活的沉醉，还有身处远方对故园的依恋，像一条小河，在午后的阳光下，缓缓流淌。

才旦卓玛老师回到日喀则那天，我看见，那条叫雅鲁藏布江的河水，仿佛也在歌唱。

几个漂亮的藏族孩子，远远地看着才旦卓玛老师走过来，突然羞涩起来。她们穿着节日的盛装，双手合福在胸前，眼睛盯着慢慢向前移动的脚尖，却不知道应该扑将过去，还是躲在原地等着前面那双脚尖慢慢地移过来——直到才旦卓玛张开瘦弱的怀抱，把她们拥入怀中。我看见她们的眼中是悲喜交加而又宁静的湖水。

这位翻身农奴的女儿，离开家乡实在是很久很久了。时光流转，乡音未改，那些在她歌声中长大的孩子，如今都已两鬓斑白。

什么样的歌声能穿越两个时代，什么的歌声为世人揭开了西藏神秘的面纱，又能有什么样的歌声，让世界听到了一个民族善良的心灵？80岁高龄的才旦卓玛站在家乡日喀则的土地上，想必她是多么想高歌一曲，为她苦难的母亲，为她勤劳的兄弟姐妹，为她的村庄和今天安静祥和的生活，唱一首歌。

半个多世纪的时光在一个人的身上漫过去了，一个人的命运就是一部民族的历史。半个多世纪之于西藏的千年秘史，只是万千雪山的一角。才旦卓玛，一个普通的藏族姑娘，和雪

第三部

域高原一起阅历了那场史无前例的变革。一夜之间，她和百万农奴翻身成为自己命运的主人。一夜之间，她和她的歌声，成为跨越两个时代的一道彩虹。

才且卓玛老师来到公寓，她要在院子里走一走，她要吃一吃东北的饭菜。她说，你们也远离亲人，把这里当成家乡，你们付出了这么多，我为家乡做多少都是应该的……

秋天来了，我看见一株沉甸甸的青稞，深深地弯下了腰身，亲吻着大地。西藏在才且卓玛的手心里，这里是故土，这里是她为之歌唱了一生的地方。

歌声响起来。我听见歌声在遍野的麦香里响起来。

也许，在庸碌的生活中，有些东西就藏在某些特殊的地方，需要你去寻找，或者不经意间偶尔发现。如果有一天，你果真来到了西藏，也没有找到传说中的神奇，我建议，你去那片歌声里找一找。

其实，真正的西藏，是从一个人的歌声中开始的。

在这儿的歌声中，你会遇见自己。你会望见湖水，蓝色的湖水。你会忽然觉得，人的一生实在是太短，太短了。就像一曲歌，伴着一片云朵，漫过一个开满格桑花的美丽山坡。

爱的 N 次方

坐在我面前的李娟，刚刚来援藏时，女儿只有两岁。

但是她来到了西藏，来到了日喀则。

不但她来了，爱人也来了。爱人是军人。夫妻来援藏，其实很有新闻由头。两岁的女儿就只有让家里的老人来照顾了。而我来采访前，已在网上看到了关于她与爱人援藏的报道。

但今天，我不想重复那些报道。

我跟她说，我还是想听听关于工作队与日喀则福利院儿童的故事。她就给我讲，语速也是很快，口才也是极佳。我们在工作队一楼大厅，很长时间的采访，她让我吸氧，自己却是没事一样。她说她已经习惯了高原环境，她不用吸氧，也能谈一个多小时。

我选择了她与孤儿之间的故事。虽然都是小事，却是生活，实实在在的点滴生活。

给福利院孩子照相——

　　要多给这些孩子们留一些照片。因为这些孩子，吃的、穿的什么的，福利院都会提供，但是，却少有人给他们照相，记录他们的成长。工作队当时为这些孩子按不同情况分了好几个组。比如：一个县的，放在一起；比如：一个学校的小伙伴放在一起；比如：不是一个县的也不是一个学校的，但他们自己和谁的关系好的小朋友，放在一起；或者：有亲属关系的，放在一起。

　　现在生活条件好了，一般小朋友家里有手机或有照相机有电脑，平时照片都很多。但福利院的孩子没有家长，我们给他们照完相之后，洗出照片给他们。他们很高兴。

　　这样以后，他们长大了，看到了照片，也会同时想到他们小时候的伙伴。

照相的时候，孩子们摆什么样的姿势都有。他们也特别喜欢照相，看见我们拿着相机去的时候，特别高兴。有的孩子对相机特别感兴趣，围着照相的队员，也想摆弄一下相机。

于是队员们就让孩子也试一试，也算是让他们尝试一下新事物，培养多一些兴趣。

给福利院孩子关爱——

有时候我会去福利院，给女孩儿梳个小辫儿什么的，陪着她们聊聊天。还会教他们说些简单的俄语，活跃气氛，她们很高兴，虽然不善于表达，但是脸上的笑容灿烂。我曾申请成为市儿童福利院的课外辅导员。有空时，我也会去给孩子讲讲不会做的题。我平时也备些中小学课本，每次去之前，看一下，都有什么课程，做做题，帮助孩子复习一下学校的课。

除了给孩子上课，有一次我印象很深刻，我们去看望小

宝宝。他们躺在小床上，有的睡觉，有的还抱着奶瓶。

其中有一个小宝宝，我一进屋，他就看着我，咿咿呀呀地求抱。当时福利院的老师说，孩子一看到女老师，就喊妈妈，让抱抱。有的孩子太小，还不会喊出来，只是咿咿呀呀地叫。

这个小孩儿，他是那样渴望母爱。

一般情况，孤儿都很腼腆，不太善于表达。但是这个孩子，很难得这么爱表达。他本来跟其他孩子一样躺在小床上的，看见我来了，就立刻站了起来，嘴里叫着，伸出小手，要抱抱。我抱着他，跟他照相，他特别高兴！

虽然他不一定能听懂我的话，但是小手紧紧搂着我的脖子。抱了他半天，该走时，孩子也不愿意下来。让我感受到了孤儿们那种渴望被关爱的样子，让人很心疼。

给福利院孩子过生日——

工作队经常组织大家去福利院给孩子过生日。

比如说这个月，计划给福利院孩子哪天过集体生日。但有时候一忙活，真的就忘了。偶尔，赶上搞活动的时候，大家想到了，然后就提前准备礼物，去福利院看望孩子。

徐书记和赫局长都说，我们自己的生日可以忘记，但是，福利院孩子的生日，不能忘。

那天，我给孩子准备的"阳光陪伴成长"的箱子，里面装有玩具、文具、篮球和乒乓球拍什么的。当然，蛋糕是必须有的。

那天，我们还请了很多小朋友，跟着一起过生日 party。大家一起唱歌跳舞，送上美好的祝福。每个人脸上都露出了久违的笑脸。这是一种陪伴，是一种大人与孩子相互的陪伴。

不只是说上课的事。

到孩子的世界里看看。跟孩子们在一起的活动，都是一种阳光陪伴方式。

梦想是阳光的种子。在高原的阳光里，跟着一股柔柔的清风，萌芽、成长。

阳光下，一个都不能少

　　日喀则仁布县中学副校长李英龙老师，先从仁布县的一个项目切入话题的——

　　这个是我们工作队员利用下乡的时间和一些休息时间做的项目。我们考察了一些村级的学前幼儿园。仁布县有8个乡，基本上都看了，发现切洼乡白林村，没有村级学前点。

　　这个村子有20几个孩子需要上学前点。

　　他们上幼儿园，大人走十来里的山路送去，这还是临近的一个幼儿园。我们看完了之后，争取了支持，新建了一个非常现代化的幼儿园，投资了120多万。这样就解决了附近大概是3个村子的孩子上幼儿园的问题。

　　幼儿园建成之后，又跟内地的一些学校建立了对口帮扶。为孩子提供了服装和学习用具，以及一些生活用品等，我觉得这是一个比较好的项目，做成了。

　　利用暑寒假，为幼儿园捐赠衣物。

我们发动内地的学生捐助一些。像我这三年期间，内地朋友往这边捐的衣服大概也有一千多件了。像书本、孩子的读物，也得有千把本了。

上学，孩子要上学。孩子必须上学。

小学升初中，西藏这边，我们这边报考西藏内地班的孩子，有很多孩子成绩够报考内地西藏班，但他不愿意上那儿去上学，家长也舍不得让孩子去。

那就奖励来助力，一次性奖励5000元。家长有时候看着这个奖励，觉得孩子到内地，也全部免费，很有诱惑。

鼓励考内地西藏班，鼓励前几名的孩子考内地重点大学，老百姓很认可。这个项目还针对了有建档立卡的学生，西藏建档立卡的学生比较多。只要是建档立卡的学生，成绩优异的，再额外给奖励。大大促进了学生的学习积极性。

　　鼓励孩子去上学。走走县乡农户，看看家庭情况，做登记，鼓励孩子上学。我感受最深的一家，也是我帮扶的一个贫困户，他家就一面墙上全是孩子的奖状。

　　他家三个孩子，其中一个已经毕业上班了，在财政局上班。一个孩子上重点高中，一个孩子在仁布县中学，学习成绩前几名。家里的奖状贴了满满一墙。

　　让家长骄傲的是：三个孩子都非常优秀！

　　有一些孩子的家庭困难，单亲的孩子、孤儿也特别多，有些是跟父母在一起的，有些是跟爷爷奶奶在一起的。学校经过调查，找出来二十多个孩子。

　　对于这些孩子，开始想通过一个企业对其进行赞助。

　　结果这个企业后来把赞助活动就取消了。为了不让孩子失望，我通过朋友圈，将孩子的材料发到了朋友圈里，问有没有帮扶这些孩子的。一对一，当然是帮扶，不是短期，我说这些孩子都是学习比较好的，一定要持续到大学毕业，参加工作。

这个倡议是当天下午发到了朋友圈的。到了晚上 11 点，二十个孩子，全都被爱心人士认领了，他们愿意帮扶这些孩子。完了之后，他们跟我联系，询问怎样来帮助孩子。

我说自愿，可以一年给一千两千，或者每个月给几百块钱的生活费，都可以。我说孩子现在在学校上学，目前不缺这些东西。生活费只能是给他们买一些生活用品和学习用品。

他们当中，有按年给汇款的，有三个月给汇款的。我跟班主任联系，班主任很负责任。目前为止，已有 5 万块钱左右。持续到大学毕业，这个捐助将到二三十万。

我也认领了一个小女孩。

这个孩子学习好，班级排名第二，学年有时候能排到前 20 名左右。从目前的这种状况看，孩子上重点高中应该没问题。

第三部

现在上初三了。

　　我跟孩子说，我答应的，你上高中，要送你一部手机方便与家里联系。我打算一直帮助她到大学毕业。她还有三年考高中，然后就是考大学了。

　　日喀则的雨季，是在每年的六七八三个月份。雨季舒服，空气湿润。西藏的干燥期比较长。这三个月，对我们这些饱受干燥缺氧折磨的援藏老师来说，是难得的好时光！

　　干燥和缺氧，让大家的身体受到了损伤。典型的一个就是心脏损伤，再一个就是痛风。在西藏，不出汗。而我又特别爱出汗，在家里头吃点饭都汗不溜秋的，可在这边根本就不出汗。然后就是痛风，还有结石。喝日喀则自来水，新壶，稍微一烧，马上挂上一层白碱。

阳光陪伴成长

阳光栽花

坐在我面前的郭天龙，是一个年轻的妇幼保健院的副院长。

他的语速很快，向我侃侃而谈——

无论从哪方面说，孩子的事情，都是大事情。

作为工作队的一员，做"阳光陪伴成长"，就是要从情感上来做。因此，力所能及的情况下，买了一些小孩的新衣服、玩具、学习用品。作为医生，定期去给福利院儿童进行体检。

给孩子进行一些正常生长发育方面的检查。在生长发育检查中，发现福利院的孩子，最主要的是：营养不良，发育缓慢，胃肠疾病，还有一些孩子眼睛斜视。

福利院的管理员少，七八个人，要管几百个孩子，管不过来。孩子吃的东西，都是一些糌粑或者是一些比较粗糙的食物，缺少蔬菜，鸡蛋也少，肯定会造成孩子营养不良。

这跟老师就没多大关系。老师也不可能天天看孩子洗没洗手。所以当时我也跟妇幼保健院院长进行过提醒。

比如说有些病，我可能怀疑。但是毕竟没有那么多医疗仪器设备。一般的建议，他们也都倾听了，愿意进一步改善。所以说，我就觉得医疗卫生这方面，虽然我是医生，我觉得自己做得不好，我也没有那么大能力，我很惭愧。

有一个小女孩，我去了两次，她认识我了，管我叫医生大大、医生伯伯。我每次去她都是这样叫。她的身体状况良好。我问她：你将来想不想当医生？

我想当医生！

为什么想当医生？

她说我爷爷带我，爷爷去世后，我就上了孤儿院。如果我爷爷在世的话，就不会上孤儿院了。我听孩子这样说，就不能再问她父母是怎么回事了。

福利院那里，都是大孩子管小孩子。我问大孩子，那个小女孩来了几年了？大孩子说她来的时间短。她来的时候，上小学了。事实是，这个小女孩儿的父母仍在，好像不要她了。她爷爷一直带着她，后来爷爷得脑溢血死了，她就被送到福利院了。

孩子跟我说，她将来要当医生。因为她要是医生，爷爷就不会死。

这个孩子给我的印象挺深的。因为医疗技术在福利院，发挥不了那么大的优势，有客观环境因素，也有主观环境因素。

所以，我觉得作为医疗技术人员，我发挥得，并不是特别好。
但是，作为孤儿们的一个长辈、一个援藏队员，我觉得"用情
陪伴孤儿"，自己还是做到了。我在工作队负责一些行政后勤
管理工作。

我如果有机会、有能力，就去为福利院的孩子们做一些
事情。

这两年半，大概得有 15 次左右，是分批次地去看望孩子。
大孩小孩中孩，我们会把他们请到咱们援藏公寓来，为孩子们
做上可口的藏餐。厨师是仁增旺姆她们，藏餐和东北菜都会做。
厨师们会做出一些孩子爱吃的食物，当作小礼物送给孩子们。

食堂要给孩子们炸几百个鸡腿。

藏族服务员、工作人员，包括我们，大家买几百个鸡腿，
滚上面粉炸好，给孩子们吃。有个小女孩子，临走时还拿几个，

要给她的弟弟和亲戚的孩子。仁增旺姆就用一个小纸袋，给孩子装上鸡腿。鸡腿、鸡蛋、牛肉都是当地产的，孩子们爱吃这些肉类食品。

每一次，孩子分批来，给他们做得非常多。再一个就是，带着他们看电视、聊天唠嗑，与他们沟通感情。

每个人的环境，先天的环境，没有可选的余地，也选择不了父母。但是，你唯一能决定的，就是命运。整个国家，最公平的，就是高考。只有你学习好了，才能改变命运。儿子小时候我跟他说过这话。当时他不明白，现在读了高中，他明白了。他说爸爸我现在多少能理解你原来说过的那些话。

家长和大人只告诉你正确的事。但是，不论你在福利院，那些老师跟你说些啥，或者学校老师跟你说些啥，相信十之八九的人告诉你的都是好的东西。孩子，很少有人告诉你一个

错误的方向。

只要是我有机会的话，包括那些乒乓球队员，我一定要说，让他们把学习抓一抓。

我是一个从农村考出来的孩子，我就觉得要想改变命运，必须好好用功。这个阶段的孩子，初中毕业以后，绝大多数没人管，都要流到社会。因为上高中前，他自己有意识了，不学习，多舒服，拧几个螺丝，修一个轮胎，整点儿零花钱，抽根烟，喝口酒，有多舒服、多潇洒。

我跟那个孩子说：你要记住你所了解的幸福，应该是在成人以后。前面的幸福，都不是你最后认为的那种幸福。幸福在每个阶段的含义不一样。我现在给你个棒棒糖，你就觉得这个大大好？这个大大的话，能使你一周左右踏踏实实学习，到时候你就觉得这比棒棒糖重要。

我就觉得医生这块儿，其实我的能量没发挥出来。但是作为他们的一个长辈，我尽心尽力去做。因为医生涉及到的很多，包括后续孩子万一检查出来什么病、怎么去治疗等一系列的问题。

作为孩子的一个长辈，我希望将来再有援藏资金项目，要把更多的关爱、更多的情感，给妇幼群体、孤儿群体。关注他们的心理，关注他们的生存。就是说，要形成一定的机制。这个机制我认为不是说给钱给物，而是一个长效的、有保障的医疗体系。

体检以后涉及到的，就是后续的治疗、后续的保障。

这点是关键！

援藏毕竟是阶段性的。每一批的援藏，都有每一批的工作重点。从大的层面、社会的层面，去引导职能部门，更好地去关心孩子、去照顾孩子，可能更好。在日喀则三年，虽说自己感觉工作没做好，但是，得到的哈达是最多的，无论是下乡送医，还是在日喀则给妇女儿童看病，每次医病，都有乡亲送哈达，有四五百条了吧。或许，这是乡亲们最好的评价。

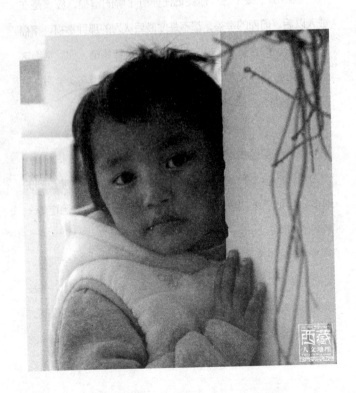

阳光陪伴成长

后记

与高原一起攀援

我们黑龙江第六批工作队是2016年的7月5号进藏的。

进藏以来，从谋划重点工作到对口资源工作的切入——按照中央的要求，工作队一直在思考这个对口资源如何切入的问题。就是说工作队援藏的方向，从哪些方面入手？

除了一些硬件的投入，重要的是，要做好交往交流交融工作。我的理解，这可能是经过了20多年对口资源工作的经历经验，走到了现在，应该成为一个核心内容了。

因为，不交往，就不能交流；不交流，就不能交融；不交融，就不能融入内心。

促进民族的团结，就是要像石榴籽一样，心和心，紧紧地抱在一起。

光靠给钱、给物资，解决不了"交融"问题。我觉得我们应该靠的是：工作队要以实际的工作热情，注入真情，融入实感，进入心灵，真心实意地去做。

当时选择项目的时候，除了一些援藏项目，包括队员在本职工作岗位上搞系列公益活动，都是非常好的。通过活动，使大家尽职尽责，把工作之外的业余时间填满。那么，用什么来填满呢？就是要用公益性的内容。周六周日、晚上、节假日，这三个时间段，都是最好的时间。比如五一，说是给大家放假了，但都没有休息，都在值班，都在工作岗位上。还有的，跟福利院的孩子们一起参加活动。包括五一全市的一个活动，也有队员参加。

　　以公益性的内容，把生活填满，使之内容充实。其切入点，就是立足对藏区民生的关怀和帮助。从进藏开始，工作队搞了一些活动，立足于福利院，陪伴孤儿、照顾孤儿。福利院儿童是弱势群体，需要关怀。日喀则有两个福利院，700多个孤儿。但实际在院的，是400多人。所以说工作队从项目的谋划，到内容的实施，必须"交融"到这里去。

　　当时提出来：一对一。西藏自治区有明文规定，不让认养，不让领养。但可以助养，结对认亲。一对一，通过活动，工作队、老师，与孩子结对儿。赫英杰、李原、张新光他们，基本上每天都要到福利院，陪伴孩子打乒乓球、学习文化课、做作业、做游戏、学画画、学艺术创作。福利院就相当于一个大家庭。在福利院上课的老师，分为周六周日补课和每天晚上的补习。周六周日的"阳光学堂"都是我们的援藏教师来上课。我们择选优秀老师是看硬件条件的。先是大家报名，然后筛选，筛选之后排课。

福利院的这些孩子，他们不幸成为孤儿，但我们不能让他们的未来有什么遗憾。他们要接受跟正常家庭的孩子一样的教育。因此我们派出教师给他们上课补课，给他们创造好的学习氛围，陪伴他们，让他们有一个快乐的童年。

到了福利院，情况好了些。但是，那么多的孩子，二三百人在院子里，除了到外面上学，晚上回到福利院，管理员就那么几个，哪能都看得过来？哪能都照顾到？平时在福利院，除了管理员之外，生活上，都是大孩子看小孩子；学习上，都是大孩子教小孩子。

"阳光夜校"由桑珠孜区第二中学的王鸿飞老师来上课。

我们工作队，是一对一、一对多。贴近福利院的孩子的内心，知道孩子想要什么，想学什么，想玩什么，拉近了队员与孤儿的情感距离。孩子们虽然失去了父母，又有了父母。某种程度上，与其说是我们陪伴这些孤儿，不如说是孤儿陪伴我们。要有这样的心态。

陪伴孩子，避免有什么对他们的内心造成伤害。

陪伴孩子，实际上孩子也在陪伴我们。

不一样吗？我们有的老师、有的队员的孩子才一岁、两岁，只身就来到西藏，来到日喀则。比如工作队员李娟，夫妻二人都来西藏，他爱人是部队干部。他们夫妻，同时援藏。刚来的时候，孩子才两岁，家里的老人帮着带。

孩子的内心非常敏感。包括福利院被抽调到乒乓球队的孩子。工作队的队员和老师只要一去，那帮孩子就非常开心，

非常快乐。每年的六一儿童节，工作队全体成员，都要跟孩子们一起过，让孩子们得到温暖。当然，福利院对他们的照顾和关心很到位。

黑龙江的日喀则援藏队对口三县一区：谢通门县、康马县、仁布县以及日喀则自治区。拿谢通门县来说吧，谢通门县是一个贫困县。整个县区经济应该是好的，经济总量突破了一个亿，在18个县区排位第一或第二。但是对于乡村来说，县区经济再好，和内地相比，少得可怜。这个县的人口也不多。对乡村群众来说，生活还靠土地和牛羊，没有别的。外来收入、打工收入，也不多。我们第六批援藏工作队共有112人。教师、专业技术人才、医生、农牧、干部、公检法人员，各部门都有。

服务在下边的各县。

我们选了 28 个在福利院长大的孩子，送到黑龙江那边学汽车修理焊接技术。

这是我们搞的一种"就业模式"，实际来说，对这些孩子是一件非常好的事。这些孩子在西藏生活，得有一技之长。否则的话，他没技能，就业就很难。

两年时间，通过培训，让他们获得最基本的技能回来。回来之后，高质量就业，从此形成一种导向和一种模式。所以说，工作队当时的理念，就叫"就业援藏"。俗话讲：授人以鱼，不如授人以渔。让他学到技能，他回来，除了有一个高质量的工作，还可以当师傅、带徒弟，培训更多的人。筛选的时候，家长和学生也都在观望，因为这种模式，日喀则没有过。

这一批共 28 人，还没有结业。他们都在鸡西市黑龙江技师学院。

人社厅所属的黑龙江技师学院，就是专门培养技能人才的。

这28人，主要是学焊接技术，西藏这边，焊接技师是一个比较热门的需求岗位。因此，让他们学习焊接，其他方面也要涉猎一些。机械类的以及其他的一些实际应用技术。将来回来后，就业面会比较宽、比较容易，因为焊接技术的社会需求量比较大。

西藏日喀则属于高海拔地区，气压低，空气稀薄，含氧量少，干燥，紫外线强烈，对人的身体有一定的伤害。工作队员和援教老师们，记忆力都普遍下降。脑细胞的死亡不可逆转，还有视力损伤。但我们的队员和老师，从未有人说想回去。

赫英杰在日喀则6年了。他是第五批援藏队员，又续了3年，成了第六批援藏队员。他搞了一个乒乓球推广基地，可能是目前西藏地区第一个乒乓球推广基地、第一支乒乓队伍。他利用业余时间，推广训练，选了两个年轻的藏族教练，送到北京邬娜乒乓球学校学习。

西藏体育运动需要大力扶持，我们的目标不是培养一两个运动员、教练员。次桑旺久和曲珍两个小教练，是赫英杰2017年开始培养的。虽然说高原地区适合搞训练，但是太高了不行，最佳的是海拔2000多米，对人的体力包括爆发力，都会有提升。比如说很多基地都在林芝。日喀则就高了许多，海拔3800米，正常按照医学上来讲，3500米以上，就不适宜人的生存。但是，在西藏，3500米、4000米、4500米以上，却大有人在！日喀则有1735公里的高海拔边境线，边境老百姓就是守边人。靠部队也是能守住的，但部队离不开老百姓。老百姓在山坡放羊，我的家在哪里，我的羊就在哪里，我的国土就在哪里。

援藏队在高原工作3年，第一，就是让自己不留遗憾；第二，就是要实实在在干点事。

你说现在，做什么轰轰烈烈？没有。没没有轰轰烈烈的事情。有的时候，就是在这个过程中，不管遇到什么样的困难，都要坚持下去，大家那个时候都有心理准备，既然那个时候没得选择，那就要勇敢面对。那个时候咱们援藏干部还能撤下来吗？不能。只能上，不能撤。

黑龙江从第一批到第六批援藏，今年已是第17个年头了。

从2002年开始的第一批，到现在一共200多人，我们第六批是112人。第六批援藏队，是人数最多、规模最大的队伍，是前五批的总和。

来的队员都是自愿。先是提出要求，然后申报、筛选，最后选上来的都是优秀干部、优秀教师。西藏提需求，需要什么样的老师、医生技术人员，农牧，各个行业、各个岗位，包括法院、公安、检察院，需要哪些类型人才，综合考虑，最后组建成一支文化素质过硬、品质优秀的队伍。

工作队来了之后，针对雪域高原眼疾病较多，工作队倡议"光明行"活动，有41位队员，自愿身后捐献眼角膜、自愿捐献全部器官。

2017年6月6日，国际"爱眼日"。工作队发出"光明行"倡议书。西藏这地方，高原辐射大，对眼睛伤害大。我们的队员，视力都减退了。太阳照射，流眼泪；阳光直射，更不行。西藏的老百姓，一旦得了白内障，失明了，整个家庭就毁了，就致贫了，因为他没有劳动能力了。看不见了，就不能去种地、放羊，家里还得有人照顾。

我们从进藏开始，搞"雪域高原光明行"，就是让大庆眼科医院、黑龙江省医院、黑龙江眼科医院的眼科专家们上来，为患眼疾的老百姓，免费实施手术。截至目前，实施了408例眼科手术。我们"送医下乡"到县乡。群众感动，排着队，静静地，一动不动，等着做手术。

送医下乡，排查疾病。我在后来几天采访了几位工作队

员——日喀则妇幼保健院郭天龙副院长和仁布县卫生服务中心魏永佳主任、穆树隆主任，他们在海拔4000多米的高原地区排查病患，没吸一口氧，没吃一粒药，及时将老人和在村人员的病情记录在案。我就想：做有意义的事，不是在你方便的时候施以举手之劳，而是在你又累又乏的时候，却依然打起精神做着你认为该做的事。

还有些疑难杂症，就将病人送到哈尔滨，做完了手术，再送回来。

谢通门县一个小女孩，刚刚出生，先天性失明。我们的眼科医生给她治疗，基本治好了。

"雪域高原光明行"和"送医下乡"，挽救了众多患者，挽救了众多家庭。

有一天，我从县乡回来的时候，有一个藏族老人叫白久，他在大庆眼科医院做完眼睛手术，刚刚回到日喀则。那天，白久老人就坐在我们的一楼会客厅，就在那儿，用藏文写了一封长长的感谢信，讲述了他失明之后，通过做手术，又能看见东西的喜悦。

我去见白久老人。老人握着我的手，使劲使劲地握着，手不撒开。老人不会说汉语，但他瞅你的眼神儿，蕴含着千言万语。老人60多岁了，他不会说汉语，但所有语言全在手里。他握你手时那般地用力，那种使劲儿握手，不撒开。你感觉到他看你的那双眼睛里流出的是感动。很多东西就是这样，你做到他内心去了。你像偏远山村的白内障患者，知道了黑龙江眼科医院或大庆眼科医院的医生又来了，奔走相告，特别兴奋。

有一位老人，从偏远的乡村，骑着牦牛，晃晃悠悠地，顶着烈日曝晒，走了几十公里并不好走的山路，来到县医院，就为了给这些为他们治病的医生，献一束吉祥的哈达。

大家自愿捐献眼角膜，你看的那幅照片，那是我们一部分人，很多人的家属也都自愿捐献眼角膜（家属不在照片里）。工作队一共有41人自愿捐献。

有位老师这样说："我们身后捐献眼角膜，就想在离开这个世界的时候，我们的眼睛在身后，还能看见这山、望见这水，记住我们曾经的第二故乡的乡愁。"

这是一种情感，就想要留下这个东西。

黑龙江医生在县里头也有，在妇幼保健院的也有。郭天

龙医生，他是日喀则妇幼保健院的副院长。工作队队员，在市妇幼保健院的、在县医院的，也都有。在康马县、谢通门县、仁布县的医疗服务中心，都有我们的队员。

喜玛拉雅山脉纵横交错，以至于影响了地球上的气候模式。气压低，氧气稀薄，紫外线强烈，植物稀少。高原反应造成身体突发病患不可预见。高血压、心脏病、血红素增高、心脑血管病等，这些病症，都会突发突变。

我们这批的援藏队员，心脏变大的也有。心脏变大，不可恢复。心脏瓣膜关闭不严，反流就多。这批队员中，就有九个了。因此我们成立了关爱小组，就是两个人，一对一的关爱小组。今天你吃不吃饭？今天舒不舒服？身体怎么样？状态怎么样？都要关注。

在这个地方，历史上出现过，人没了，在房间里死了两三天，谁都不知道。像在公寓住的 52 个人，大家有时候大

阳光陪伴成长

帮哄的时候，你很容易忽略或注意不到一些潜在的危机。

三年的时间，说长也不长。因为三年之内，能做点儿事情。时间短了，刚想谋划些事的时候，就没时间了，从而留下了遗憾。我总给大家讲，工作队队员和援藏教师这三年，对身体的伤害很大。但是，大家千万不要把援藏当做一种资本去炫耀，你要当作一种人生经历去回味。因为和在藏的干部比，跟他们祖祖辈辈、每天都要受煎熬来比，我们的三年还是短暂的。

就把它当作一种人生的经历吧。这些年，工作队自己一些种菜，补充蔬菜。在高原，要常吃含维生素多的蔬果。在高原，健康生活，就是意义。健康生活，才会高质量地工作。

号召大家要种菜，主要是有两个收获。第一个，让大家都要参与劳动。在参与劳的动过程中，凸显集体的气氛。第二个，有的时候，你想上园子里摘几个柿子，摘几根黄瓜，摘点儿青菜，晚饭蘸点儿酱吃。大家吃的时候，就有这样的感觉：这是我自己劳动的成果啊。

工作队经常下乡参加劳动，帮老百姓收割青稞。我们搞了青稞增产行动，黑龙江是农业大省，那么西藏的青稞怎样能够增产？自治区提出了一个课题目标，我们就在仁布县搞青稞增产行动。搞青稞实验田，带动大家转变传统的田间管理方式。老百姓从一开始怀疑、不认可，到最后主动参加、热烈欢迎，这是一个转变的过程。

这就需要我们的干部、农技人员，一点一点地去做，包括培训。我们给大家培训，一个村一个村地培训，发放辅导手册，让大家对科学育田有正确的认知。

就目前来说，三个县所有的乡镇，我和工作队员都走遍了。日喀则的土地面积大，18.2万平方公里。每次出行都是这样：出门就翻山，翻山就五千，山路弯又弯，一走就走一整天。

出行安全是大事。从县城到乡镇，柏油路、水泥路都覆盖到了，但是，往村里走，就不一定了，路况都不太好。一些路况不好的村庄，大家都去过了，个别的，还是沙石路和土路。

对于工作队来说，做这些事情，没想到要什么。没想把这个事做成多大，只是觉得要做点儿有意义的事情。

工作队三年时光，留下的记忆，太多太多。但要有值得记忆、值得回味、值得说"不后悔来一趟西藏"的故事，可能是一辈子的最美回忆。

援藏的工作和生活，绝不是我们炫耀的资本，可能是我们一辈子都不会从记忆里抹掉的、最值得自豪的一段经历。

黑龙江省第六批援藏工作队领队 徐向国
2019年5月29日于西藏日喀则

写作札记

**孩子的图景，
即是世界的图景**

我已经是第二次进藏了。第一次是在 2013 年 8 月，生龙活虎，到处游走，四处拍照。但是这次，却高反了，眼珠有肿胀感觉，头痛难忍。我在拉萨住了一天之后，就买了去日喀则的火车票。黑龙江援藏工作队安排我住进了他们的援藏公寓。刚一进房间，接我的援藏队员刘万昱就给我把氧气挂上了，赫英杰给我调节合适的出氧量。吸了一会儿氧，他们便带我去食堂吃饭。当天晚上我就开始了采访。之后多天，白天晚上，连续采访队员和援教老师。

　　在援藏教师公寓，我看到卧室床头和小客厅的吸氧机。屋子里无法培育花草，物理老师张明的小客厅里，唯一的绿植，是一个不锈钢托盘里泡着的没有剥皮的大蒜。这些带皮大蒜水生蒜苗儿，割了又割，用来炒鸡蛋或配菜。而我的到访，也让老师们破费，他们买来了岗巴羊肉和多种蔬菜，炒了十多个菜，以茶代酒。第二天我来公寓，他们又包了白菜、韭菜和酸菜馅儿饺子。高海拔之地，烧水沸点不够，做饭夹生。第二天大家一起包饺子，饺子煮不熟，就用高压锅将饺子压熟。老师们用自己的厨艺，招待远道而来的我，却是我在西藏高原最难得的两次丰盛而又美味的"家宴"。我与来自黑龙江各地的教师精英一起，说说教学，谈谈孩子，聊聊生活，唠唠家事。有如曾经相识的老友，谈天说地，不亦乐乎。

　　表面上看，福利院的孤儿们是不幸的。或是父母双亡孤苦伶仃的孩子，或是被遗弃的无家可归的孩子。但是无论怎样，这些都是人生之初的困厄。这种人生之始的不幸也让他们的心理发生着变化。那么，陪伴就成了一种精神上的慰藉。到福利院上课的教师们，除了传讲课本知识，还本能地担负起了精神慰藉的导师或灵魂迷津的指引者角色。他们有自己的劝世哲学，潜移默化地传导着一种能让幼小心灵接受的优

写作札记

秀品质。教师们的精神传导告诉孩子：宿命不是命运。一个人经历的风雨再多，也要相信生活，相信明天会有晴好的天地。

凭着多年的写作经验，掂量着满手机的录音和满箱子的材料，马不停蹄返回北京，休息两天，准备找一个幽静的地方，进入隐居式写作。出发前，本书主编约我谈这部书的整体构架及设计，同时邀约了在北师大研修的援藏队员韩文友和在北京陪父看病的援藏队员刘万昱。韩文友向我讲起了给福利院上课的老师。他告诉我，2016 年 8 月，教师团队上去的时候，工作队搞了一个援藏人才和援藏教师座谈会。王鸿飞老师的发言，细细品味，挚朴、真实。王鸿飞老师说：我

阳光陪伴成长

们来西藏，肯定会有困难。但是，无论遇到了什么，面对西藏的孩子，我们得去做、做好，要做到，让自己将来不后悔——不能白来一趟西藏。

援藏教师，非常辛苦。他们周一至周五，白天在日喀则桑珠孜区二中上课；夜晚和周六周日，放弃休息，给福利院的孤儿们上课补课。既当爸，又当妈，有的还得了严重的高原病。但是他们没有下来。整整三年，每天站八小时讲台，烈日里来，暴风里去，雨雪无阻！

很快，带着资料，我住在渤海湾东部的一个庄园——每有重大题材或急迫性的写作，我都会来这里。无车马之喧，无俗杂之烦，无琐碎之扰。20余天，每天，听风吹树叶窸窣，听从大辽河流过来的第一渠净水灌溉稻田，听从苇丛深处传出的长腿鹬、草莺、草雀、鹏鹈、翠鸟和白腰雨燕的鸣啼，听窗外稻田小蛙的鼓噪、湖岸小蟹的吐沫儿声和鲤鲢跃出的水声。每天，闻到的是马莲、蔷薇、玫瑰、刺叶、忍冬、山皂荚、苜蓿和紫槐花的清香。

北方的天，亮得早。凌晨4点半，天就亮了。下午6点半，天就黑了。我在时间的水光中游走。我在日月的映象里踯躅。我在湖光树影下散步、思考。梭罗一样，寂寞、孤独。

空间的差别，恍如两个不同世界。

有意思的是：我从高海拔的雅鲁藏布江与年楚河交汇处返回，又来到了低海拔的大渤海与大辽河的交汇处。西边的、东边的。江与河、海与河。我追着水，水追着我。此时的渤

海湾辽阔的田野，正是引源辽河水灌溉稻田时节，辽河水从我的身边流过。天地大境，时光流年。从高海拔到低海拔。我站在文学的隐喻里，是在窥探人生的某种秘密吗？

深入情境，研读地理；整理材料，提纯故事。

但是，终究因为时间缘故，我的采访和写作，也有不少的遗憾。用Ｒ·Ｓ·托马斯的话说："我甚至不敢说我拥有一把吉他，我只是在大路旁边吹奏一支小小的笛子。"比如，一些参与"阳光陪伴成长"行动的工作队队员和老师，或因工作到外地考察，或因严重的高原疾病到内地医治，我没有采访到。另有几名队员，因为本书的主题，虽然采访了，却未能纳入，在此向他们表示歉意。队员刘万昱，来自黑龙江建筑职业技术学院，在日喀则职业技术学校担任教师，与队

员韩文友一起，对接龙藏两地的学校友谊班级，故事肯定多多。他负责给福利院孩子拍照摄像，他告诉我，他想拍出"一千张笑脸"。每一张，都是阳光一样的孩子。

而我认为，这可能是他内心隐现的一种世界图景。是人类共有的、不分贫贱高低的、欢乐的生命灵魂的图景。孩子的图景，即是世界的图景。

为这个世界图景，他与工作队一道，尽心做好。他说：我们坚持一件事情，并不是因为这样做了会有效果，而是坚信，这样做是对的。

三年援藏，时间不短，援藏工作队所有队员们，与日喀则桑珠孜区二中、三中的孩子，与福利一院、二院的孤儿之间，肯定还有很多很多真实、生动、有趣的故事。

写作札记

　　阳光让一切事物变得明亮。倾听高原呼吸，浇灌大地梦想。梦想，是一朵格桑花的图案。现在，他们带着故事，就要走了。下一批援藏工作队再接着来回答时间的问卷。作为援藏队员，"不能白来一趟西藏"是他们的心声。他们用自己的付出，阐示了尽善尽美的价值观。

　　谨以此书，向所有的援藏工作队和援教老师们，致以诚挚的敬意与衷心的祝福。

2019 年 5 月 28 日作者于辽东渤海湾

附

黑龙江省第六批
援藏工作队人员名单

黑龙江省第六批援藏工作队
日喀则市支队员

徐向国	魏立志	仲辉	任克奇	许上	赫英杰
刘伟	刘万波	林立民	王英君	于天宇	徐传明
王海龙	徐树	成善忠	宋长军	郭天龙	孙志坚
王清伟	刘昭明	刘万昱	刘崴	李娟	张新光
		王伟	李原		

黑龙江省第六批援藏工作队
仁布县工作组

迟伟东　周宏坪　魏家宜　张岩峰　袁忠义　宁院成
李英龙　韩 阳　魏永佳　鲁建光　穆树隆

黑龙江省第六批援藏工作队
谢通门县工作组

刘 鹏　窦沿东　韩文友　赵云鹏　于海波　闫 栋
李志强　孙英达　汪 林　王伟峰　刘福贵

黑龙江省第六批援藏工作队
康马县工作组

孙东光　杨铁军　何立珠　夏 天　吴松涛　孙作举　李万宝　周建伟

黑龙江省第六批援藏工作队
组团式教师

殷茂堂	钟学峰	谢亚双	刘建国	王东辉	张天利	邹广生	宋延军
崔兴荣	李公华	陈国明	苑仁成	赵永光	刘广武	刘红霞	庞 颖
赵鹍	柳大庆	施海波	于雪松	赵 惠	廖青梅	张 明	王鸿飞
唐庆捷	杨士会	孙铁岩	张春燕	许忠志	梁亚宏	王立冬	马海云
秦 勤	程红霞	范瑞祥	王世君	陈庆国	侯淑娟	赵丽丽	赵伟艳

黑龙江省第六批援藏工作队
万名支教计划教师

鲁业胜	李振兴	刘斯珩	苑春霖	张国华	徐成宝
许磊	刘楠	姜金鹏	仲维强	董雷	刘长松
于胜月	李永峰	张远新	刘建伟	张明明	杨艳朋
		李文全	郑晓东		

阳光陪伴成长